若旦那様、もっと
あなたの愛が欲しいのです

奏多

Kanata

エタニティ文庫

目次

若旦那様、
もっとあなたの愛が欲しいのです

プロローグ　～華宵亭《かしょうてい》の人魚姫～

相模湾《さがみ》の絶景が望める、高級老舗《しにせ》温泉旅館『華宵亭』――熱海《あたみ》の山腹にあるこの旅館は、二万坪の敷地面積を有する。明治期に作られた数寄屋《すきや》造りの客棟からは、四季折々の花が咲く大庭園が観賞でき、風雅なひとときを過ごせると評判の隠れ宿だ。華宵亭は客のプライバシーを尊重するため、一般客の宿泊は受け入れていない。利用できるのは、専《もっぱ》ら各界で活躍する著名人たちだった。

季節は春。晴天が広がるその日、大庭園ではしだれ桜が満開で、垂れた枝にはこぼれんばかりの薄紅の花が華麗に咲き誇っていた。その下に座り、『人魚姫』の絵本に読みふけっているのは、八歳の少女――朝霧雫《あさぎりしずく》だ。緩やかな風が頬を撫でると、彼女はふと顔を上げる。

はらはら、はらはら。

豪華な花が風に舞い散る光景は儚《はかな》く、もの悲しく思え、泡沫《うたかた》に消えた人魚姫が流した悲哀の涙を彷彿《ほうふつ》とさせた。見ているだけで、雫の胸はぎゅっと締めつけられ、切なくなってくる。

鹿威《ししおど》しが、かこんと清涼な音をたてた後、赤い欄干《らんかん》のある縁側に着物姿のふたりの老婦人が現れた。ひとりは華宵亭の大女将《おおおかみ》。もうひとりはその友人で雫の祖母だ。祖母は呉服屋『あさぎり』の大女将《おおおかみ》をしており、雫を連れて華宵亭に着物を届けに来ては、大女将《おおおかみ》とのお喋りに花を咲かせる。

祖母と大女将《おおおかみ》は、部屋で一緒にまんじゅうを食べないかと雫を誘った。

「シズク、お腹空《す》いていないから、お外でまだご本を読んでる！」

雫は『人魚姫』の絵本を持ち上げて、ふたりに見せた。

「シズクちゃんは、いつも『人魚姫』を読んでいるけど、他のお姫様の物語は読まないの？」

大女将《おおおかみ》の問いかけに、雫はこくりと頷いて答える。

「シンデレラも白雪姫もいばら姫も、突然出てきた王子様と結婚して、めでたしめでたしで終わるでしょう？　それがいや。シズクも人魚姫みたいに、王子様に恋をしたいの」

恋をまだ知らないはずの幼子がそれを語る姿は微笑ましく、老婦人たちは声をたてて笑う。

「でもね、人魚姫は泡になって消えちゃうでしょう？　シズクが王子様だったら、絶対に人魚姫を好きになる。人魚姫は泣きながら消えちゃったんだろうなと思うと、シズク悲しくて」

肩を落とす雫に、大女将《おおおかみ》が笑みをこぼした。

「人魚姫の……涙か。ねぇシズクちゃん。この華宵亭の温泉は、人魚の涙でできていると言われ、人魚の湯とも呼ばれているのよ」

雫の目が好奇心に輝く。

「昔、華宵亭には温泉がなかったの。お客さんは皆、温泉があるお宿へ行くから、初代大旦那は困っていてね。そんな時、海辺を散歩していた大旦那は、悪い人間たちに捕まった人魚を見つけ、助けてあげたの。人魚が御礼にと大旦那へ渡したのが、瓶に詰めた人魚の涙。使えば願いがひとつ叶うと言われ、大旦那が華宵亭の庭に垂らしてみたら、温泉が湧いてきたのよ」

大女将《おおおかみ》の話に引き込まれ、興奮した雫は顔を上気させた。

「シズクちゃん、そこから細い砂利道《じゃりみち》が見えるでしょう？　そこを進んで行くと、秘密の岩風呂があるの。そのお風呂は熱海の海に繋がっていると言われていて、時々人魚さんも来るみたい。こんなにお天気だったら、今日も遊びに来ているかもしれないわ」

「本当⁉　シズク、行ってくる！」

雫は絵本を放り捨て、大喜びで砂利道《じゃりみち》を走った。

爽《さわ》やかな新緑の香りが濃くなっていく中、啜《すす》り泣きにも似たか細い声が雫の耳に届く。

前方に見えるのは、雨避けの屋根がついた質素な岩風呂だ。

その縁《ふち》にある大きな岩に腰をかけ、下半身を湯に沈めた子供が泣いている。

風に靡《なび》く、茶色く長い髪。萌黄色《もえぎいろ》の着物からはだけた胸は、雫と同様まだ平らかである。

しかしその顔は大人びて美しく整っており、弱々しい翳《かげ》りがあった。

今目の前に、人魚姫がいる――雫は目を瞠《みは》った。

悲恋の代償に海の泡になって消えてしまう、あの人魚姫が、桜の花びらのように……はらはらと涙をこぼし、嗚咽《おえつ》を漏《も》らしている。

その身体が少しずつ湯に沈んでいくのを見て、雫は青ざめた。

もしや彼女は、このまま海へと繋がる温泉の泡になって消えるのではないか――そう危惧した雫は、力いっぱい叫んだ。

「死んじゃ駄目！　生きてぇぇぇ！」

途端、雫に向けられたのは、驚いた顔。

雫は、人魚姫を助けるために一心不乱に走った。……が、足場は苔《こけ》でぬめった石畳《いしだたみ》。滑って体勢を崩した雫は、悲鳴を上げる間もなく、飛沫《しぶき》をたてて無色透明な湯の中に落下してしまう。

ごぼごぼと水泡が視界に広がる中、水中を優雅に泳ぐ人魚姫の姿が見えた。

ああ、やはり人魚姫は泳ぐのがうまい……そう感嘆している間に抱え上げられ、気づけば岩の上。雫は青空を眺めながら、湿った咳を繰り返した。

人魚姫は横に座り込み、心配そうな顔を向けてくる。

雫はふと、人魚姫の下半身を見た。陸に上がった彼女の足は、尾ひれではなく人間のものだ。脹《ふく》ら脛《はぎ》は傷だらけで、赤く腫《は》れ上がっており、見るからに痛々しい。

そうまでして人魚姫は人間界で頑張っていたのだ。それを無かったことにしないでほしい。

「わたし、あなたが大好きなの」

雫は涙声で、必死に声をかけた。

「シズクが、あなたとずっと一緒にいるから。だから海の泡にならないで、人魚姫さん」

深い紫がかった、人魚姫の瞳。その奥でゆらりと揺れるものに雫が魅入《みい》られた瞬間、人魚姫は困ったように言った。

「……僕、普通の人間の男だけど」

雫のつぶらな目が、驚きと失望に大きく見開かれる。

「え？　人間……男……？　人魚、姫じゃ……ないの？」

「違ったら、きみも僕のそばにはいてくれないの？」

彼女――否《いな》、少年は儚《はかな》げに笑う。雫は彼をじっと見つめ、静かに首を横に振った。

「一緒にいてあげる。あなたも人魚姫みたいに、消えてなくなるのはいやだもの。泡になる前にまたシズクが助けてあげるから、生きていて！　そうだ、シズクとずっと一緒にいる約束をしよう」

小指を差し出す雫に、少年ははにかむ。そしておもむろに、己の小指を雫のそれに絡めた。

「指切りげんま〜ん　嘘ついたら針千本の〜ます　指切った！」

満面の笑みを見せる雫だったが、ぽかぽかとした春の陽気に加え、温泉から立ち上《のぼ》る暖気と穏やかに笑う少年の雰囲気に、とろとろと微睡《まどろ》んでしまった。

「あれ？　もう……寝てる……の？　指切りして十秒も経っていないのに」

少年は呆れた声を出し、幸せそうに寝息をたてる雫を見て微苦笑する。

「ああ、でも。本当に……お昼寝したい最高の気分だね」

少年は雫の隣に横たわると、その小さな頭を片腕に乗せ、無防備な寝顔を眺めた。

「約束、か……」

少年が雫の耳元になにかを囁《ささや》いたが、雫はふにゃふにゃと言葉にならない声を発して、少年の温もりを求めて抱きつく。少年は雫を抱擁《ほうよう》したまま、笑みをこぼして静かに目を閉じた。

――それが今から十八年前。華宵亭女将《おかみ》のひとり息子、雅楽川瑞貴《うたがわみずき》と雫の出会いだった。

第一章　若旦那様、あなたの素顔を見たいのです

梅雨《つゆ》入り間近な、風薫《かお》る五月──

華宵亭では白い帯を締める仲居の着物が、桜色から薄い藤色へと色変わりをしたばかり。

大庭園では、旬の花である藤が壮観だった。鯉が泳ぐ池の上にたてられた大きな棚に、白、薄紅、薄藤、濃藤と四色の藤が、一メートル以上もの花房を垂らしている。陽光に煌《きら》めく、迫力ある紫のグラデーション。大庭園に面した廊下を歩む足を止めたのは、今年二十六歳になる仲居、朝霧雫だ。

笑うといまだ少女のような可憐さを滲《にじ》ませる、楚々《そそ》とした目鼻立ち。肩まである艶《つや》やかな黒髪をまとめ上げた、快活で健康的な女性である。

和装が似合う体形は呉服屋の実家では喜ばれたものの、なで肩とメリハリのなさはコンプレックスなので、実に複雑なところ。

雫は今春、ようやく仲居見習いから新人仲居に昇格した。しかしその仕事は、見習い時代となにひとつ変わらない。実家が誂《あつら》えた風流な着物を身につけながら、先輩仲居に

扱かれつつ、今日も裏方要員として華宵亭を駆け回っていた。

そんな雫を魅了した藤の花。昼間は紫水晶《アメシスト》のような輝きを見せ、夜のライトアップ時には神秘さを強めて、幽玄《ゆうげん》な空間に観客を誘う。その妖艶《ようえん》さを感じる花を見ていると、藤よりも深遠な紫色の瞳を持つ〝彼〟と、その柔らかな声が思い出された。

『雫。藤の花には昔からこんな言葉遊びがある。日舞や歌舞伎の長唄『藤娘《ふじむすめ》』に出てくる……』

「〝いとしと書いて藤の花〟……だっけ」

雫が滑《なめ》らかに口にすると、背後でくすりと笑う声がした。

「……昔に僕が教えてあげたこと、よく覚えていたね」

頭の中の声が現実のものとなり、雫は驚いて背後を振り返る。

藤色の半衿《はんえり》を覗かせた、銀灰色《シルバーグレイ》の正絹《しょうけん》着物姿。深紫色の羽織を手にした白皙《はくせき》の長身男性――華宵亭の若旦那である雅楽川瑞貴が、涼しげな切れ長の目を和《やわ》らげ、微笑みながら立っていた。

男臭さのない上品で秀麗な顔立ち。右目の下には色気を増すホクロがある。濡れ髪のような艶《つや》やかな赤墨色の髪は緩やかにうねり、フェミニンな雰囲気を強調していた。優雅な所作ひとつひとつに妖艶《ようえん》さを漂《ただよ》わせる、まさに藤めいて蠱惑的《こわくてき》な美男子だ。

彼は雫より三歳年上の二十九歳。香道・華道・茶道・日舞などあらゆる芸道に秀で、ゆくゆくは七代目大旦那を継ぐ予定である。

「若旦那、お疲れ様です」

雫の顔と声が一気に華やぐ。そしてそれは、瑞貴も同じだった。

「雫もお疲れ様。藤の簪《かんざし》が落ちかかっているな。挿《さ》し直してあげよう」

仲居は着物の色に合わせ、季節の花の簪《かんざし》をつける。瑞貴は雫の髪にさくりと、下がり藤の簪《かんざし》を通した。

「よし、できた。……また華宵亭を走り回って、仕事を頑張っていたんだね。元気なのはいいけれど、無理をしたら駄目だよ。困ったことがあればすぐに僕に言って」

「わかりました。若旦那に泣きつくことがない程度に、頑張ります」

片手でガッツポーズを作ると、瑞貴は苦笑する。

「きみの頑張りはひとの倍以上だから、倒れないか心配だよ」

「それはわたしの台詞《せりふ》です。若旦那は、わたしなど足元にも及ばないぐらい忙しく働いてらっしゃるじゃないですか。若旦那の方こそ、倒れないで下さいね。……と、もしやその羽織、外出されるところでしたか？」

「ん……町内会の定例の会合にね。気乗りしなかったから雫に会えてよかったよ。元気が出た」

そう言って顔を綻《ほころ》ばせる瑞貴に、雫は問いたくなる。

会えて喜んでくれるのは、幼馴染《おさななじみ》としての親愛の情ゆえか。それとも――

「僕の可愛い許婚《いいなずけ》は、いつだって僕を癒《い》やしてくれるからね」

婚約者として、昔とは違った特別な情があるからなのか、と。

雫が瑞貴の許婚《いいなずけ》になったのは、指切りをしてから二年後。祖母同士が取り決めた話だった。

それまで雫は、瑞貴が泡となって消えぬよう、何度も祖母や両親にせがんで華宵亭を訪れては、瑞貴の後を追い回して無事を確認したものだ。

ひとりっ子の瑞貴は、雫をとても可愛がった。

『雫、今日もよく来てくれたね。また華宵亭を探検して遊ぼう』

雫もひとりっ子だ。両親がともに呉服屋で働いている雫の話し相手は、祖母ばかり。遊び友達もいなかった雫にとって、瑞貴は初めての友であり兄だった。

優しい笑みを絶やさない瑞貴は、物知りで、そして聞き上手でもある。

『人魚姫もそんなに雫に好かれて、嬉しいだろうね。もう一度僕と本を読んでみようか。もしかしたら王子様よりも雫を好きになって、今度は泡にならないかもしれないよ？』

瑞貴は膝の上に雫を置いて、頬をすり合わせるようにして本を読む。そして時々頬にちゅっとキスをして、「可愛い雫が大好きだよ」とわかりやすく好意を示してくれた。

『雫は僕のこと、好き？　好きだったら、僕にもキスをしてよ』

最初は好きだと口にして、瑞貴の頬にキスを返していた雫だったが、やがてそれが簡単にできなくなった。指を絡ませて手を握るだけでも心臓がドキドキするようになり、身体に触れられると熱くなってたまらなくなったのだ。瑞貴はそんな雫の変化を見抜くと、意地悪く問うた。

『ふふ、雫。どうしてこんなに真っ赤な顔をしているの？』

含み笑いで見つめたり、優しい笑みをふっと消して、急に真面目な顔を近づけたりもする。なにか怖くなって逃げたくなるのだが、瑞貴は強く抱きしめて放してくれない。

瑞貴のそばにいると、心臓がおかしくなる。自分は病気ではないのかと思い始めた小学校の高学年の時、彼が雫の許婚《いいなずけ》になった。祖母曰《いわ》く、結婚は雫が高校をちゃんと卒業したらとのこと。

『嬉しいよ。雫が僕のお嫁さんになるなんて！　結婚……待ち遠しいね！』

雫の中で結婚とは、童話の終わりを告げるイベントにすぎなかった。恋をしていなくてもできるものとして、瑞貴ほど喜びは感じていなかったものの、彼が本当に嬉しそうだったから、次第に雫も結婚を待ち侘《わ》びるようになった。今の楽しい日々の延長上に結婚がある。そう思っていたが――

『瑞貴は華宵亭の跡取り。その嫁として、そして次期女将《おかみ》として相応《ふさわ》しい女性になってもらいます。これよりお互い、修業に励みなさい』

瑞貴の母である女将《おかみ》により、雫も彼と同じ礼法や伝統芸能を指導する私立一貫校に転校させられた上、若旦那としての修業に忙しくなった瑞貴と、華宵亭で遊ぶことも少なくなってしまった。

雫はポジティブに、学校の方が彼といつでも会えると喜んでいたが、現実は——ぎりぎり及第点をとるので精一杯の雫に対し、中等部に通う瑞貴はすべてが優秀。そのため、華宵亭の外では彼は雲の上の存在で、気軽に近づくことができなかった。

彼に会いに行こうものなら、人波に阻《はば》まれて押し返されるばかり。さらに瑞貴のファン倶楽部《クラブ》の結束は固く、彼女たちを通さずに馴れ馴れしく近寄ろうとする雫は、ファン倶楽部《クラブ》のブラックリストに載り、制裁が加えられた。

ただ瑞貴に会いたいだけなのに、水を浴びせられたり、倉庫に閉じ込められたり。一緒に食べようと初めて作った弁当はひっくり返され、一番に見せたかった初めてのスマートフォンは水没させられた。

しかし雫は泣き寝入りしなかった。やられっぱなしでは相手を図に乗らせるだけだと学習し、果敢《かかん》にやり返した。その結果、心身ともに逞《たくま》しくなっていったが、学校で瑞貴と会える時間は失われたまま、彼は高校を卒業してしまったのである。

会いたいのに会えず、他の女性たちと同じく遠巻きに見るしかできない立場は、瑞貴にとって特別でもなんでもない。そう思うたび、胸に切ない感情が膨れ上がり、時に涙となってこぼれ落ちた。そして雫は自覚したのだ。自分は瑞貴に恋をしているのだと。

今まで近すぎてわからなかっただけで、瑞貴をとうに異性として意識していたから、遠くなってしまった彼を独占したくて、彼に向かっていったのだと。

以前のように特別な関係に戻りたいと願っても、恋しい彼は雲上人《うんじょうびと》。卒業した瑞貴はますます若旦那業に忙しく、その高みから気軽に下りてきてくれることはなかった。

せっかくスマートフォンの番号を聞いても、声を聞きたい時に彼は出られない。雫が寝ている時に留守電のメッセージがひっそりと残されるのみ。

本当はずっと言いたかった。

『どうしてあなたから、わたしに会いに来ようとしてくれないの？』

『あなたは機械に残された声や文字だけで満足できるの？　わたしのことはどうでもいいの？』

しかしそれを呑み込んだのは、瑞貴の立場を理解しようと思ったからだ。

彼が若旦那になるために、どれだけたゆみない努力をしているか、雫は昔から知っている。天才肌の彼でも、歴史ある華宵亭の若旦那になるのは大変なことであり、また、逸材をさらに磨こうとする女将《おかみ》の指導は厳しい。瑞貴も、期待されるとそれ以上で応《こた》えようとする向上心と責任感が人一倍強く、空《あ》いた時間も自己鍛錬を欠かさない。

昔こっそり華宵亭に遊びに行った雫は、瑞貴と女将《おかみ》の日舞の稽古《けいこ》風景に度肝を抜かれたことがあった。いつも穏やかで優しい彼が、あんな過酷な稽古《けいこ》をしていたとは想像もつかなかったのである。

汗を掻き、歯を食いしばって頑張る瑞貴を見て、雫は彼を心から応援したくなった。

だから雫は、恋のせいで我儘《わがまま》になりそうな心をぐっと抑え、いずれ来たるふたりだけの時間を楽しみに高校を卒業した。しかし瑞貴の父であり、今は亡き六代目華宵亭大旦那に尚早《しょうそう》だと反対され、結婚にストップがかかってしまう。

気落ちする雫に、瑞貴はこう言ってくれた。

『いいか、雫。僕が破談にさせない。これはあくまで延期だ。だから僕を信じて待っていてほしい。いい機会だから次期女将《おかみ》……若女将《わかおかみ》として修業をしておくといいかもね』

それもそうだと思った。ただ待っているよりは、華宵亭のプラスになることを学びたい。だから東京のホテル観光学科がある専門学校を出た後、色々な旅館で下積みをした。

二十歳の誕生日に瑞貴から郵送された、誕生石《アメシスト》がついた雫形のペンダント。それを握りしめて修業に励み、昨年瑞貴に呼び戻されるまで計七年の月日が過ぎていた。

『花嫁修業として、華宵亭の住み込み仲居になってほしい』

若女将《わかおかみ》修業と花嫁修業の違いがよくわからないものの、花嫁という言葉が出ただけでも、結婚に向けて前進したのだろうと思うようにした。でも、瑞貴は先輩仲居たちに

『幼馴染《おさななじみ》で、得意先の娘』としか紹介しなかったのだ。

やっかみを受けぬようにとの配慮だったのだろう。だが、結婚話は一向に進まない。

彼は以前こう言った。

『若旦那としてきちんと認められた時に、皆に公表したい。それまで許婚《いいなずけ》というのは秘密だ』

誰もが彼を若旦那だと認めている今ですら、彼は周囲に許婚《いいなずけ》だと紹介しない。

解禁はいつになるのか。一年後？　十年後？　それともずっとこのまま？

『あと少し待っていてくれないか。僕が必ずなんとかしてみせるから』

障害があるのか尋ねても、彼は困ったように笑うだけで答えてくれなかった。

……もう二十六歳だ。結婚に焦っているわけではないが、瑞貴に望まれているのか不安になる。

延期されているのは、彼自身がこの結婚に、乗り気ではないからではないかと。

嫌われていないのはわかる。今だって彼の方が忙しいはずなのに、わずかな時間を縫って、雫に優しい言葉をかけてくれるのだから。

それに雫の奮闘ぶりを温かく見守り応援してくれている。今も昔も……〝兄〟として。

会えなかった昔はそうした〝特別〟でもいいと思っていた。しかし毎日顔を合わせている今、華宵亭の伝統を守り、客を大切にする……その真摯《しんし》で誠実な若旦那姿を見るたび、彼に強く惹《ひ》かれる。それでなくとも魅力的な男性へと成長した瑞貴だ。尊敬の念を抱くと同時に、否応《いやおう》なく彼を異性として意識してしまう。瑞貴に女として愛され、求められたいと思ってしまう。

穏やかで清廉《せいれん》な兄の慈愛ではなく、もっと激しい〝男〟の情愛を見せてもらえたら。それがなく、結婚話も進まないのは、彼を駆り立てるだけの魅力が自分にないからだ――

「――雫？　黙り込んでどうかした？」

考え込んでいた雫は、心配そうな瑞貴の顔が近づいていたことに驚き、背を反らした。

「い、いえ……なんでもないです。ごめんなさい、ぼうっとしてしまって」

慌てて笑顔を作る。いつからか、彼の前で笑顔を作ることが癖になった。昔は自然と笑みになっていたというのに。

「ちゃんと休憩をとりながら仕事をするんだよ。……あ、そうそう。〝いとしと書いて藤の花〟……その内容まで、きみは覚えているかい？」

かこん、庭で鹿威《ししおど》しが鳴っている。

「はい。〝い〟を縦に十個書いて、真ん中に大きく〝し〟を書く。それが藤の模様と……」

「そう。い十《と》し……〝愛《いと》おしい〟という言葉にかけている」

彼の口から出てくる愛の言葉に、雫の心臓がとくんと鳴り響く。

「藤の花言葉は、『恋に酔う』。ネガティブな意味として『決して離れない』もあるけれど……僕は、この藤が好きだ」

暗紫の目を切なげに細めて微笑むと、瑞貴は雫の頬を優しく撫でる。

……幼子をあやしているかのように。

「……もっと話していたいけれど、もう出かける時間になってしまった」

瑞貴は小さくため息をつき、手にある深紫の羽織を身にまとう。

それを手伝う雫の鼻にふわりと漂《ただよ》ってきたのは、麝香《じゃこう》をベースとする彼が調香した甘い香。

昔はもっと爽《さわ》やかな香りを身につけていた気がする。大人の男として妖しげな魅力を備えた今、瑞貴の香は彼自身のように蠱惑的《こわくてき》で、雫の身体を火照《ほて》らせた。

「ありがとう。じゃあ行ってくるよ」

妖艶《ようえん》な色をスタイリッシュに着こなす瑞貴は、雫にとってどこまでも目映《まばゆ》い存在だ。

「はい……。いってらっしゃいませ」

雫は頭を下げて、瑞貴を見送る。

昔とは違い、彼をそばで感じられるのに、遠くで見守っていた時と同様に切なさは抜けない。

彼との距離感が掴めない。

（もっと……素直に飛び込んでいける、近しい関係だったはずなのに……）

〝あなたは、わたしのことを女として愛してくれていますか〟

そう聞きたくても、怖くて聞けない。

人魚姫と仲良くなった王子ですら、別の女性を選んだ。

もし瑞貴に、恋も結婚も他の女性としたいのだと言われたら――

昔は瑞貴を人魚姫だと思ったけれど、泡になって消えてなくなるのは自分の方かもしれない……そう考えると、臆病になってしまう。学生時代に培《つちか》った勝ち気で勇ましい性格は、彼の前ではひっ込むのだ。

すべてを捨てても、恋しい王子のそばで生きることを選んだ人魚姫。どんなに王子の近くで、彼の笑顔を見ていても、愛をもらえないために消えていった。

子供の頃に哀れんだ童話のヒロインが、今はとても身近に思えて胸が痛くなる。

（若旦那。わたしは……今年二十六歳になるんです。もう化粧もしている大人の女なんです）

それでもまだ、彼の恋愛対象外、なのだろうか――

華宵亭には、四季の名で呼ばれる四つの客棟がある。それらは庭を眺められる渡り廊下で結ばれていた。一棟には四室。全室部屋食、風呂は予約制。送迎時間が重なる場合は、出入場所を別にするなど、できる限り客同士が顔を合わせることがないように配慮されている。

＊。・＊・。＊

その日、雫がフロントから一番遠くにある冬の棟の膳を下げていたところ、ベテラン仲居のひとりである仲村孝子《なかむらたかこ》が現れ、目を吊り上げた。

「朝霧さん、春の棟のお膳、まだ下げてないじゃないの！」

目鼻立ちがはっきりしていて、華やかな雰囲気を持つ美女のため、怒ると迫力がある。

「あちらの棟は、香織《かおり》ちゃんに任せていますが……」

「入ったばかりの子がひとりで、あんな重い膳を下げられるはずないでしょう⁉」

（わたしの時は、すぐにやらせたくせに……）

香織というのは常脇《つねわき》番頭の娘で、短大を卒業し今春就職した、雫の唯一の後輩である。

ふわふわとした可愛らしい子なのだが、マニキュアが剥《は》がれるからと洗い物も配膳も布団敷きもしない。そんな状態なのに、イケメン客を見ると勝手に担当仲居として挨拶《あいさつ》してしまう。注意すれば大粒の涙を流してパワハラだと父親に訴える。今では仲居のほとんどが怒れる番頭を恐れ、香織の我儘《わがまま》を見て見ぬふりして甘やかすため、ますます仕事をしないのだ。

「誰かのせいにしないで、自分で進んでやるくらいの優しさはないの？」

そのまま孝子に返したいと思いつつ、これも修業だと心の中で唱えて落ち着く。

「――申しわけありませんでした。これを片づけてから、すぐ春の棟に向かいます」

雫は冬の棟の部屋から下げた空《から》のお膳を重ね、片手で三膳ずつ持ってすくりと立ち上がる。

「六膳……。私ですら両手に一膳ずつ持つので限界なのに……」

軽やかな足取りで厨房《ちゅうぼう》に向かう雫を見て、孝子は引き攣《つ》った顔で呟く。

「どんなに扱《しご》いても尻尾を巻いて逃げ出さず、大量の力仕事を押しつけてもすぐに終わらせる。あんなに小柄なのに、なんなのあの子……。謎だわ……」

雫は瑞貴の許婚《いいなずけ》であることを秘密にしているが、彼の幼馴染《おさななじみ》、かつ得意先の娘という事実だけで、瑞貴に憧れる仲居たちの顰蹙《ひんしゅく》を買うことになった。

女将《おかみ》がなにも言わないのをいいことに、早く辞めろと言わんばかりにいびられているけれど、嫌がらせなら学生時代のおかげで慣れている。培《つちか》ってきた根性と体力、若干の怪力で乗り切る内に、いつの間にか力仕事が専門となっていた。

人前へ出すには未熟すぎると、部屋担当はおろか接客自体させてもらえないが、雫は十分に外で経験を積んでいる。それでも下働きは大切だと、仕事を疎《おろそ》かにはしなかった。なにより瑞貴の姿を毎日見ながら、大好きな彼の旅館で働けるのなら、どんな仕事でも愛《いと》おしく思えたのだ。

そんな雫が春の棟を見に行くと、甘ったるい声が聞こえてきた。これは香織の声である。

「もう～、副番頭ったら！　なにか喋って下さいよう、まったくクールなんだから」

彼女が話しかけているのは、鉄紺色《てつこんいろ》の着物と羽織を着た、黒髪の若い男性だ。清潔感が漂《ただよ》う、きりっとした美貌の彼は副番頭の片桐大倭《かたぎりやまと》といい、雫のもうひとりの幼馴染《おさななじみ》で、私立一貫校時代の同級生でもある。

女将《おかみ》により転校させられた雫は、しばし新たなクラスに馴染《なじ》めず、祖母にもらった人魚姫のノートに落書きをして休み時間をすごしていた。そこに、大倭がなにを描いているのかと声をかけてきたのだが、慌てて隠そうとする雫から彼がノートを取り上げた際、ノートが破れてしまったのだ。

雫が大泣きして帰宅した夜、大倭とシングルマザーの小夜子《さよこ》が謝罪のため家に訪れた。そこで初めて小夜子が華宵亭の仲居であることや、大倭と華宵亭の離れに住んでいることが発覚した。

今まで雫が目にしたことがなかったのは、彼らの住居が、瑞貴と探検していない大庭園の外れにあったからだ。そして大倭もまた母屋《おもや》への立ち入りを小夜子に禁じられていたため、瑞貴たちとの交流がないまま、裏口から出入りして華宵亭の外で遊んで育ったとか。

そうした少なからぬ縁があったため、最初の頃は瑞貴も交えて華宵亭で遊んだこともあったが、瑞貴が忙しくなると、雫の遊び相手は学校でも華宵亭でも気軽に会える大倭ばかりになった。彼は瑞貴に会えずやさぐれる雫を見兼ねて、瑞貴への伝言役を買って出てくれたこともある。大倭は本当にいい幼馴染《おさななじみ》で、親友であった。

香織は仕事を放棄して彼に媚《こ》びを売っているようだが、大倭は彼女に背を向けて黙々と作業をしている。

（……あれ？　大倭が香織ちゃんに代わって、客室からお膳を下げてくれたんだ）

大倭は昔から、口は悪いもののよく気が回る。番頭のようにふんぞり返ることはなく、多くの雑用を自発的にこなすため、周囲からの人望も厚い。

「副番頭は偉いんだから、そんなことしなくてもいいんですよう！　それは雫さんのお仕事なんです！　廊下に出しておけばやってくれますよ」

香織の声にカチンと来た雫は、できるだけにこやかに、ふたりの背後から声をかけた。

「まあ、副番頭。お忙しいのに、わたしたちの仕事まで手伝って下さり、ありがとうございます。あ～ら、香織ちゃん、そこにいたの？　早めの休憩中？」

するとこ、香織はぎくりとした顔を向ける。

「そ、そうなんですよ。休憩中で……」

「そう。休憩中悪いけれど、わたしと一緒に、ひとつでもいいからお膳を厨房《ちゅうぼう》に運んでくれないかしら。仲居のお仕事を副番頭に任せるわけにはいかないでしょう？」

「え……。これ重いし、着物の袖に汚れがついたら困るし」

「たすき掛けしてあげる。それに着物は撥水《はっすい》加工。仮に汚れても予備の着物があるから安心して？」

「私は雑用するために仲居になったわけじゃ……」

「仲居になるのはこれからよ。見習いの今は、どんなに汚れても、仕事を覚えるのが大切」

優しく諭《さと》したつもりだったが、口を尖らせる香織は手強《てごわ》い。

「雫さんは、化粧が剥《は》げても髪がほつれても気にしないひとだけど、私は華宵亭に相応《ふさわ》しい女子力の高い姿でお客様の前に出たいんですよ。着替えれば終わりじゃないんです！」

雫はくらりとする。彼女の言い分を理解できない。

化粧が剥《は》げて髪がほつれるのは、仕事で動き回るからだ。それに休憩時間の合間に、きちんと身だしなみは整えている。女子力が高いとは思わないが、低いと言われる筋合いはない。

「あのねぇ……」

雫の声が低くなったことで身の危険を感じたらしい。途端に香織は、大倭の袖を掴む。

「酷いです。雫さんが先輩たちから扱《しご》かれているのは自分のせいじゃないですか。それなのに、後輩の私に当たって、同じ目に遭わせようだなんて。香織……悲しい。副番頭、助けて下さい」

香織は大倭の袖を掴んだまま、大きな目をきゅるんと潤《うる》ませた。

だが大倭はその小悪魔的テクニックに堕ちるどころか、ため息をつき、香織の手を払う。

「泣くのは勝手だが、華宵亭の従業員として仕事をするのが先だと思わないか？」

漆黒《しっこく》の瞳が冷ややかだ。大倭が味方にならないと悟った香織は、屈辱に顔を歪《ゆが》めて「酷い」と言い捨てると、パタパタと走り去った。

「……香織ちゃんって、最初からブレないよね。あそこまで貫《つらぬ》かれると清々《すがすが》しくも感じるわ」

「他人事かよ。どうにかなんねぇのか、あれ」

「どうにかする方法があるのなら、わたしが教えてもらいたいよ。彼女、仕事がしたいのではなくて、イケメン限定で婚活をしたいの。その候補のひとりが大倭。可愛い娘を泣かせた責任をとれって、荒ぶる番頭がやってこなければいいね。気がついたら外堀を埋められていそう」

「怖いこと言うなよ。大体、泣かせたのはお前だろうが」

小声で会話をしながらも、雫と大倭の片づけは素早い。雫がいつも通り三膳ずつ両手で運ぼうとしたところ、大倭が奪い取り、雫に二膳が手渡された。

(こうしたところが、男らしいというか……優しいんだよね)

「どうもありがとうね。助かりました」

「仕事だからな」

彼は基本的にぶっきらぼうだが、こうして雫をそっと助けてくれる。

今までどれだけ彼に助けられてきたことだろう。

「お前さ、女将《おかみ》かお袋に訴えた方がいいんじゃやねぇか？　この劣悪環境」

「わたしに、香織ちゃんその二になれと？」

「お前のは正当な訴えだろう？　仕事量が半端《はんぱ》じゃないのに、一方で暇な仲居もいるんだから」

「ははは。まだまだ余裕。それに最初から、耐えるのも修業だって女将《おかみ》さんに言われてるし」

「だけどよ……」

大倭と仲居長である小夜子だけは、雫が瑞貴の許婚《いいなずけ》だということを知っている。

「黙って見守っていてよ、今まで通り。これはわたしの修業なの。それに騒ぐことで迷惑をかけたくないもの。和を大切にする若旦那に……」

大倭はなにか言おうとしたが、口を噤《つぐ》むと顔を背《そむ》けた。彼の漆黒《しっこく》の瞳が苛立ったように揺れていたことに気づかず、雫は前方から現れた人影に足を止める。

爽《さわ》やかな若草色の着物と羽織を着た、艶《つや》やかな男性——

「……若旦那、お帰りなさい！」

雫は破顔して、大倭の横を擦り抜けた。

その際、大倭が唇を噛みしめたのにも気づくことなく。

「ただいま、雫」

瑞貴は暗紫色の目を細めて柔らかく笑うと、雫の頭を撫でた。

ふわりと、甘い香りが雫の鼻腔《びこう》を擽《くすぐ》り、くらくらしてくる。

「頑張っているようだね。なにか困っていることはない？」

「ありません」

雫は今日も笑顔で嘘をつく。瑞貴の笑顔を曇《くも》らせないために。

「そう。それはよかった」

瑞貴から感じるのは、彼と初めて会った日から変わらない、ひだまりのような暖かさ。

どんなに心が凍《い》てついても、彼の笑顔を見ると氷は溶け出し、どこまでも頑張ることができる。

「その膳は厨房《ちゅうぼう》に？　僕が返してくるよ」

「駄目ですよ、若旦那。それはわたしの仕事ですから！」

「たまにはいいじゃないか。少しは手伝わせてよ」

「駄目ですって。若旦那は働きすぎだから、身体を休めて……」

「雫は、僕のことを心配してくれているの？　本当に優しいね、きみは」

瑞貴が甘やかな微笑を浮かべた時、ゴホンというわざとらしい咳払いが聞こえてくる。

瑞貴はすっと笑みを消すと、冷ややかな声を出した。

「……なんだ、そこにいたのか、雫の腰巾着《こしぎんちゃく》」

「いたのかじゃねぇだろうが、最初から目に入っていたくせに。雫の立場も考えて、周りを気にしろよ！」

昔から瑞貴は、大倭にだけは塩対応だ。そして大倭もまた、周りに人影がなければ、瑞貴に喰ってかかる。取り繕《つくろ》わなくてもいいのが幼馴染《おさななじみ》のよさだとは思うが、もうちょっと仲良くしてもいいんじゃないかとも思ってしまう。それとも男同士とはこういうものなのだろうか。

「お前に、こそこそする必要性を感じないんだけど」

「少しぐらい俺にも遠慮をしてみせろよ！　ああ、もう。腹立たしいから、先に行ってるわ」

そう言いながらも、きっと大倭は周囲を見張ってくれるつもりなのだ。

「これで、うるさい小姑《こじゅうと》は消えたな。ようやく僕の許婚《いいなずけ》とふたりになれた」

瑞貴は、雫の頬を撫でてにっこりと微笑んだ。

〝許婚《いいなずけ》〟――それを耳にした雫はわずかに顔を歪《ゆが》めた。小さな棘《とげ》がついた蔦《つた》のようなもので、緩やかに首を絞められている感覚になったのだ。

（いけない、いけない！　ちゃんと笑顔にならなきゃ！）

泣きたい心地を堪《こら》えて、笑顔で瑞貴に問うてみる。

「若旦那、指切り、覚えてます？」

「もちろん。僕が泡になって消えないように、きみがずっと一緒にいてくれる約束だろう？」

今は、無邪気に彼の膝の上に乗ることはできない。気軽な触れ合いもできない。

近いのに遠い関係だ。それでも――

「そうです。今も消えないよう、見張っていますからね」

「ああ、見張っていて。結婚してからも僕をずっと」

するりと彼が口にした、結婚という言葉。ちくりと胸に痛みが走るけれど、彼がふたりだけの思い出を覚えてくれているのなら、それで満足しよう。

「若旦那～。お出迎えの時間です！」

大倭の声が聞こえる。

「ああ、そんな時間なのか。じゃあ行かないと。……そうだ、雫」

瑞貴は袖から小瓶を取り出し、中身を指で摘《つま》むと雫の口の中に入れた。

それは老舗《しにせ》の和菓子店『松菓堂《しょうかどう》』の金平糖《こんぺいとう》。上品な甘さが口に広がった。

「また後でね」

瑞貴は甘い顔で雫の頬を撫で、麗《うるわ》しい後ろ姿を見せて去っていく。

(やっぱり子供扱いされているわ。まあ、いつもくれるこの金平糖《こんぺいとう》は、美味《おい》しくて好きだけど)

複雑な気持ちで、雫も急ぎ足でフロントに向かい、入ってきたばかりの客に頭を下げている大倭の隣に立った。そうして膳を持ったまま深く頭を垂らす。

「若旦那、会いたかったわ〜」

やってきたのは、月に数度、華宵亭を利用する馴染《なじ》み客——大女優の吉川映子《よしかわえいこ》だ。

瑞貴に抱きつき、メリハリある身体をぐいぐい押しつけ、派手に喜びを体現していた。

後ろには、ぺこぺこと頭を下げる困り顔の男性マネージャーがいる。いつもながら影が薄い。

瑞貴は映子の身体をやんわりと離し、微笑みながら言った。

「お待ちしておりました。いつもの桔梗《ききょう》の間にご案内します」

するると映子が慣れた動きで、するりと瑞貴の腕に自《みずか》らのそれを絡める。

拒《こば》まぬ瑞貴に、雫の胸がちくりと痛む。

(嫉妬《しっと》なんておこがましい。若旦那はエスコートしているのよ、お仕事)

そうは思えども、堂々と女を武器にできる映子が妬《ねた》ましく、同時にあの美貌が羨《うらや》ましい。

あれだけ美しい女性であれば、瑞貴の横に立っても誰も文句を言わないだろう。

(若旦那も、ああいう女性なら、隣に立たれると嬉しくなっちゃうんだろうな)

それにひきかえ、自分は――

(ああ、くよくよしちゃ駄目！　わたしはわたし)

雫は気持ちを入れ替え、映子と連れ立って消える瑞貴に背を向け、厨房《ちゅうぼう》へ歩き出した。

＊。・＊・。＊

夕暮れ時になると、華宵亭は茜色《あかねいろ》に染め上げられる。

特に大庭園の奥に広がる相模湾の水面《みなも》が、夕映えに赤くなりゆく様子は絶景だ。

雫が小さい時は、よく庭で瑞貴の膝に乗せられ、美しい海を一緒に眺めた。

『雫。夕方は黄昏時《たそがれどき》というんだ。黄昏《たそがれ》というのは〝誰《た》そ彼《かれ》〟ともいい、「あなたは誰ですか?」と聞いてしまうくらいに薄暗い頃、という意味なんだよ。段々と夜が近づいて、僕の顔がわからなくなってくる頃、雫は僕を残して帰ってしまうつもりなのか、それとも僕とずっと一緒にいてくれるのか、とても気になって寂しくなる』

放したくないとばかりに、ぎゅっと雫の身体を抱きしめて、瑞貴は言ったものだ。

『〝誰そ彼〟とは反対に、夜が明ける頃のことを〝彼《か》は誰《たれ》〟という。同じ薄暗い時でも、これから明るくなって雫と会える〝彼は誰時〟の方が、僕は好きだ』

「――はぁ、あの頃はよかったなあ」

赤色に染まる大庭園を見て、雫は過去を思い出したため息をついた。しかしすぐぱんぱんと頬を手で叩いて、自分自身に気合を入れる。

「昔にトリップしてはいけないわ。今は倉庫に行って器《うつわ》を探さないと!」

静かに廊下を走るのは、雫の得意技でもある。しかしこの時は焦りすぎて、つるりと滑った。このままでは派手にひっくり返り、大きな物音をたてて客をびっくりさせてしまう。なんとかそれを回避しようとした雫が、両手をばたばたさせて片足で踏ん張っていたところ、帯に後ろから誰かの手が巻きついた。そして優しげな声が雫の耳に届く。

「きみの危機だと思って駆けつけたつもりだけど、体操をしていたとかではないよね?」

瑞貴である。日舞で鍛えた彼の足さばきは神がかり的に音がしないため、気づかなかった。

「ち、違います。ありがとうございます、助かりました」

「役に立つことができたようでよかったよ。今、ちょうど夕食の手伝いをしようと、厨《ちゅう》房《ぼう》に向かっていたところだったんだ。いいタイミングだったね」

ふわりと瑞貴は笑った。

「しかし、そんなに慌ててどうしたの？　厨房《ちゅうぼう》とは逆の方に向かっていたみたいだけれど」

「実は……デザートのみかんの花蜜アイスを載せる器《うつわ》なんですが、準備中に五客割れてしまいまして。他の仲居は足りない分を伊万里《いまり》焼の小鉢に入れればいいと言うのですが、板長さんが渋っていますし、わたしも抵抗があるんです。今日は蒸し暑いのに、あの器《うつわ》では高級感はあっても冷涼感がなくて。それに白アイスに琥珀色《こはくいろ》の蜜をかけても、白磁では色が映えにくい。それで倉庫にならなにかあるかもと」

するとは瑞貴は腕組みをして思案顔を見せた。

「……華宵亭の食事も器《うつわ》も、季節を考えて僕と板長で決めている。特に板長はこだわりがあるひとだし、僕も伊万里焼の小鉢は反対だな。合わない」

「ですよね。大倭も、それなら色つきの硝子《ガラス》皿の方がマシではないかって」

瑞貴はひくりと片眉を跳ねさせる。

「……大倭も知っているのか？」

「え……あ、はい。わたしが聞いてみました。いけませんでした？」

「いや……。そうだな、倉庫に行かずとも、黒い楽焼《らくやき》の皿を使おう。硝子《ガラス》はどうも安っぽい」

瑞貴の返答が意外で、雫は驚きに目を瞬《しばた》かせた。

「黒？　白いアイスは引き立ちますが、冷涼感が出ますか？」

「他で涼しさを感じさせればいい。ちょっとついてきて」

雫は瑞貴に誘われ、大庭園に向かった。奥の茂《しげ》みの中に入ると、彼がある花を指さす。

「山荷葉《さんかよう》だ」

「サンカヨウ？」

「そう。この白い小花は野花みたいに素朴《そぼく》だけど、ギザギザの葉は蓮に似ているだろう？蓮の葉は別名、荷葉とも呼ばれ、これは山でよく見られる花だから山荷葉《さんかよう》なんだ。これを使おうと思う」

「はぁ……。これが涼しさを感じさせるアイテムになるんですか？　可愛らしい花ではありますが」

瑞貴は意味深に笑うと、ホースを引いて山荷葉《さんかよう》に水をかけた。

すると水を浴びた白い花びらは、氷細工のように透明になったのだ。

「えぇぇ……なんで……。うわ、裏まで透明だわ！」

「不思議だろう？　これを皿に添え、一緒に冷たい蜜をかけてもらおう。黒の器《うつわ》だから白い花も映える。山荷葉《さんかよう》の変化が、アイスの冷涼感を引き立ててくれるはずだ」

こうしてできた黒皿に山荷葉《さんかよう》が添えられた花蜜アイスは、限定五客。目でも楽しめるこのデザートは大好評で、板長も今後のメニューに加えたいと大喜びだった。

雫は周囲に誰もいないことを確認して、瑞貴に客の反応を伝えに行った。身振り手振りを加えて嬉々として語る雫に、彼は柔らかく微笑む。

「食事は目でも楽しませるものだとわかっていたつもりでしたが、やはり若旦那はすごいです。あのお花、時間が経って乾いてくると、また白くなるんですね。手品のようでした！」

「ふふ。大庭園で山荷葉《さんかよう》を見つけた時、雫に見せてあげたいと思っていたんだ。……茜《あかね》さす時間帯をすぎても、こうして消えないで華宵亭にいてくれるきみが、目を輝かせて喜ぶ姿を見たくて」

雫の胸がとくりと切ない音をたてた。

（若旦那も夕陽で、同じ記憶を思い返してくれていたの？　……彼が思い出したのは、あの頃のわたし？　それともあの頃の自分の気持ち？）

それが聞けず、雫は控えめな微笑を作る。

「ありがとう……ございます」

そんな雫に向けられた暗紫色の瞳は、切なげに揺れていた。

不意に伸ばされた瑞貴の手が雫の頬を撫で、その親指がおもむろに彼女の唇をなぞった。

なにかを訴えられている気がする。妖しく艶《つや》めき出した彼の空気が、雫を戸惑わせた。

「若、旦那……？」

わずかに怯えた雫の声を聞き、瑞貴はため息をつくと、袖から金平糖《こんぺいとう》の小瓶を取り出す。長い指でひとつ摘《つま》んで雫の口に入れ、また瓶を袖にしまう。

それを見た雫は、ふと疑問を投げかけた。

「若旦那の袖からはいつも金平糖《こんぺいとう》が出てきますが、金平糖《こんぺいとう》以外のお菓子も入っているんですか？」

「ふふ、案外きみが好きな練り切りとかも入っているかもしれないよ？」

（え……和菓子まで入っているの？　だからいつも甘い香りがしているとか……）

「……ちょっと、覗いてみてもいいですか？」

「だーめ。これは僕の秘密」

瑞貴は、形のいい唇の前に人差し指をたてた。その仕草は艶《あで》やかで、雫はどきどきしてしまう。それを悟られまいと出した声は、やけに上擦《うわず》ったものになった。

「そ、そう言われたら、とても気になるんですが！」

「だったら……ずっと僕を気にしていてよ。四六時中」

切れ長の目はぞくりとするほど挑発的で、雫の鼓動がさらに騒がしく跳ねた。

心臓がおかしくなると雫が焦った次の瞬間、暗紫色の目が愉快そうに細められる。

「おかしな体操なんてしていないで、さ」

途端に雫は先ほどの醜態《しゅうたい》を思い出し、真っ赤になって言った。

「あれは体操じゃありませんってば！　綺麗さっぱりと忘れて下さい！」

「ははは。忘れられないほどすごい体勢だったよ。こんな感じ……飛べない鶴？」

同じ体勢を再現しても、瑞貴の動きはどこまでも優雅である。

「真似しないで下さい。若旦那、誰かが見ていたら！」

雫は焦って、きょろきょろとあたりを見回した。幸い、誰もいない。

「僕の体操だと言えばいい。これから皆で朝の体操としてこれをしようか。雫、指導役頼むね」

「それだけはいやです！」

「おや、仲居が僕の決定に逆らっていいのかな？」

「うう……今日の若旦那は、意地悪です！」

雫が恨みがましく涙目を向けると、瑞貴は雫の頬を撫で、優しく微笑んだ。

「ふふ、これも……可愛い僕の許婚《いいなずけ》への愛情表現だよ」

その言葉は、どこまでも清らかで——

（……ああこれが、わたしが欲しい愛であれば幸せなのに）

雫はまた切ない気持ちを封じて、微笑み返すのだった。

＊。。・＊・。。＊

華宵亭では、仲居は昼食を控え室でとることになっている。

下っ端《したっぱ》の雫は、いつも二時頃にひとりで食べているが、その日は片づけに手間取り、三時過ぎになってしまった。自販機で飲み物を買っていた間に香織がやってきたらしく、和室にある鏡台の前で化粧を直している。

気遣って話しかけても返事がない。控え室に重い沈黙が流れる。

他に食事ができる場所もないため、ひたすら胃に詰め込んで、仕事へ戻ろうと心に決めた。

（クレンジングから化粧のやり直し？　それは、ご苦労なことで……）

ちらりと鏡台を窺《うかが》い見た雫は、鏡に映っている顔を思わず二度見してしまった。

重い一重《ひとえ》の目、団子っ鼻に分厚い唇、エラの張った顔。

雫が知る香織とは、似ても似つかぬ顔が映っていたのだ。

（香織ちゃん……よね？　髪形も、あの化粧ポーチも……）

考えてみれば、あの厳《いか》つい番頭の娘だというのに香織はやけに可愛かった。母親がかなりの美人なのだろうと思っていたが、鏡の中の香織は、ずいぶんと番頭に似ている気がする。

視線を感じたのか、鏡の中から冷ややかな眼差《まなざ》しを向けられた。

「……笑いたければ笑えばいいでしょう。雫さんは化粧が剥《は》げた最悪な顔でも、中の中くらいの凡顔だからいいかもしれませんが、私は雫さんより若々しくてピチピチなのに、こんな顔なんです。一時間に一回は補正しないといけないだなんて、面倒で理不尽すぎますよ」

辛辣《しんらつ》な言葉を浴びせられたことよりも、どんな化粧をすればあの可愛らしい顔になるのかということの方が、雫は気になって仕方がない。再び鏡を見ると、香織が左目を作り終えたところだ。

雫は茶碗と箸を持ったまま香織の横に立ち、じっと鏡を見つめた。

「なんでそんな……かまぼこ形のぱっちり二重《ふたえ》の目になるの？」

その感想に反応することなく、香織は雫が知らない小道具を駆使して顔を作る。自分も知る香織の顔に近づいていくにつれ、雫の目が見開かれた。

「神……」

「これくらい当然です。女ですから」

「詐欺……」

「『うるせぇ、黙りやがれ』ですよ。努力して身につけた武器にケチつけないで下さい。私の素顔、広めるなら勝手にどうぞ。若旦那も副番頭もまるで相手にしてくれないし。私、ここを辞めるつもりですから」

「一ヶ月で⁉」

「一ヶ月ももったんだからいいじゃないですか。元々、華宵亭が欲しい父さんが、私をハニートラップに使おうとしていただけですし。うまくいかなきゃ、いる意味ないでしょう？」

とんでもない内幕を聞かされた気がする。

「いやだったんですよね、女だからという理由で父親から利用されるの。それに私の学生時代の不本意な仇名《あだな》、腋臭《わきが》です。だからさっさと結婚して名字を変えたかった」

(常脇香織……なるほど、常に腋《わき》が香っていると)

「ここにいても結婚できそうにないし、番頭の娘というだけで、仕事もせず色目ばかり使う……こんな女をちやほやする仲居にもうんざり。逆にいい指導役ぶって仕事をさせようとする、誰かさんもうざかったし」

香織のことを見誤っていたのかもしれないと、雫は思った。素の彼女はどこまでもドライかつ毒舌で、姿を変えることで複雑なやりきれなさを誤魔化していたのだ。

（ああ、わたし……まだまだひとを見る目がないな）

雫は笑って香織の顔に手を伸ばすと、ほっそりとした輪郭を作っているテープを一気に剥《は》がす。

「ちょっと、なにするんですか！」

素顔のエラが目立ち、香織がヒステリックに怒鳴る。

「猫を被ってできないフリをしていた挙げ句、逃げようとしている罰。ギブアップはまだ早いよ、香織ちゃん。努力と根性があることを、あなたはまだわたしたちに見せていない。このままじゃ、ただの世間知らずの負け犬だよ」

香織は返事をしなかった。

「わたしなら、できないと思われるのは絶対いや。皆ができていることなら特に、どんな努力をしてでもやり遂げたい。それが、わたしのプライド」

「どんなに頑張っても、ひとと同じことができなかったらどうするんですか……」

香織は握った手に力を入れて、ぼそりと呟く。

「自分は、顔以外でもひとより劣っていると、再認識させられるだけなのに」

香織はきっと、顔の造作で傷ついてきたのだ。そのせいで必要以上に臆病になっている。彼女にとって化粧とは、弱い自分を守る虚勢なのだろう。培《つちか》った技がなければ、己がいかに脆弱《ぜいじゃく》なのか悟っている。努力しないことは、彼女の逃げ道なのだ。

「やってみないとわからないじゃない。自分の可能性を信じてあげないの？　まだわたしより若いのに、人生、そうやって諦め続けるの？」

「……っ」

「可愛さ以外に、努力してもうひとつ武器を手に入れようよ。あなたがアプローチしなくても、男の方が〝顔だけじゃない女〟って寄ってきてくれるような。一石二鳥だと思うけど」

雫の提案に、香織は小さく答えた。

「……頑張ったら。若旦那、振り向いてくれますかね？」

途端に雫は血相を変える。

「ターゲットは若旦那⁉　駄目よ、駄目！　彼は振り向かせちゃ、絶対駄目！」

思わず私情を挟んで即答した後、気まずい沈黙が流れた。

「……雫さん、副番頭ではなくて若旦那が本命なんですか？」

「い、いや、その……」

なぜ大倭の名前が出てくるのかと思いつつ、自爆してしまった雫は頬の熱さを感じている。

「うわ……まるで裸でエベレスト登山に挑戦するような無謀さ」

雫はずぅんと落ち込んで、その場で四《よ》つん這《ば》いになった。そしてふと思う。

自分には瑞貴を振り向かせるために、女として〝努力して身につけた武器〟はあったかと。

彼に恥をかかせないように、仲居の仕事は全力で取り組んできたが、瑞貴個人に対しては、昔から素のままだった気がする。香織のようなアピールもしたことがない。

（もしかして、子供扱いされているのは、わたしのせい!?）

今の自分が女らしくなれば、いくらかは意識してくれるだろうか。

「大体、色気皆無の雫さんと色気垂れ流しの若旦那が、釣り合うわけ……」

雫は両手で、香織の手を強く握りしめた。

「香織ちゃん。色っぽくなれるお化粧方法、教えて。今すぐ！」

＊。。・＊・。。＊

「香織ちゃんのメイクは、神技だわ。今まではなかった色気っぽいものも出ている気がする」

雫は化粧室の鏡に自分の顔を映して、感嘆の息をつく。

教えを乞うたものの、結局、雫の不器用さを見兼ねた香織にメイクをしてもらったのだが、のっぺりしていた顔に陰影がつき、肌つやもよくなった気がするのだ。香織に散々毒を吐かれた甲斐《かい》がある。

（これなら若旦那も、少しはわたしを意識してくれるかな……）

「……いけない、こんな時間。仕事に戻らないと」

休憩時間後は、華宵亭自慢の懐石料理の準備が待っている。

本日の懐石料理は七品。客の食べる速度を見計らい、適温の品を部屋に運ばないといけない。

夕食に関しては、仲居全員が手分けして配膳することになっている。

さらに華宵亭の名物は、女将《おかみ》が作る季節の食前酒。旬の花や果実を漬け込んだもので、味だけではなく、色や匂いも同時に楽しめる。

配膳室は戦場だった。せっかくの化粧を瑞貴に見せに行く時間もない。

厨房《ちゅうぼう》は板前たち男性調理人の神聖な場だ。昔、女性は立ち入り禁止だったらしいが、今は仲居も出入りができ、完成したばかりの上品な料理をすぐにカートで運ぶことができる。

雫があたふたと料理をカートに入れていると、ふと白髪《しらが》頭の板長と目が合う。

彼は副板長の時から雫を知っていて、瑞貴や大倭とのおやつにと、よく和菓子を作ってくれた。

「どうした雫ちゃん。今日はやけに色っぺぇな」

褒められた雫は顔がにやけないように気をつけながら、いつもと同じだとすまして答える。

「女が変わる時は男絡みだと相場が決まっているもんだ。男だろ、片桐の坊主か？」

「なんで大倭が出てくるんですか。板長さんご存じでしょう、ただの幼馴染《おさななじみ》です」

「いやいやいや。お前さんがそうでも、あの坊主は……」

その時だ。

「……まだかな。待っているんだけど」

苛立った声を響かせて、中に入ってきたのは瑞貴だった。

慌てて謝罪の言葉を口にして頭を下げるふたりだが、瑞貴の様子はいつもとは違うまだ。無表情でふたりの横を素通りすると、カートに料理を載せ始める。

「若旦那、わたしがやります」

雫は青ざめた。仕事中に無駄口を叩いていたから、瑞貴を失望させてしまったのだ。

雫は涙を堪《こら》えつつ料理をカートに載せ、配膳室に運ぶために誰もいない廊下へ出た。

唇を噛みしめ足早にカートを押していた雫の腕を、ため息をついた瑞貴が引く。

「……ごめん、大人げなかった。だからそんなに泣きそうな顔をしないで」

ああ、まただ。子供すぎる自分をあやすために、彼は正論すら呑み込む。自分はいまだ彼の庇護の下から抜けきれていない、未熟な子供のままなのだ。

「若旦那が謝ることはありません。わたしが至らなかったからです。粛《しゅく》として受け止め、今後二度と若旦那を失望させぬよう……」

しかし瑞貴は暗紫色の瞳を大きく揺らし、悲しげな表情を浮かべた。

「いつからきみは……」

「若旦那？」

瑞貴はおもむろに手を伸ばし、ほつれた雫の髪の束を耳に掛ける。

「……その化粧、やめてくれないか」

「え……」

「きみには似合わない。いつものにして」

冷ややかに響く瑞貴の声。鼻の奥はつんと熱くなり、同時に胸がじくじくと痛む。

（意識してもらうどころか、不興……）

「……わかりました。お見苦しいものをお見せしてしまい、申しわけありません。配膳室に行ってから、直《ただ》ちに化粧を直して戻ってきます」

震える声でそう言うと、奥歯を噛みしめて小走りに去った。

瑞貴が名前を呼んだ気がしたが、雫は止まらない。

彼と顔を合わせたら、涙が溢れていることに気づかれてしまうから。

（どうしよう、このまま配膳室に行ったら、泣いているのがばれちゃう……）

そんな時、大倭の姿が見えた。雫は彼を呼び止め、カートを配膳室に運んでほしいと頼んだ。

「配膳室？　別にいいけれど、ここまで押してきたなら、お前が持って……」

言葉を切ったのは、雫の涙に気づいたからだろう。

「うわ、泣いたら、ますますドブス」

「……うるさいわ、この常時イケメンもどき。顔を直しに行きたいの！」

「今夜『四季彩亭《しきさいてい》』で、生ビールおごれよ？」

「すぐそこに持っていくだけなのに……。わかったよ、お願いします」

「商談成立！」

大倭とハイタッチをしてから急いで控え室に走る雫は、そんな様子を……瑞貴が、暗い眼差《まなざ》しで見つめていたことには気づかなかった。

＊。・。・＊・。・。＊

華宵亭にある居酒屋『四季彩亭』は、完全個室制となっている。

海の幸料理が特に絶品で、雫が好きなホタテ貝のバター焼きは、ホタテがとても大きく肉厚であり、病《や》みつきになる美味《おい》しさだ。さらに従業員割引をしてくれるのだから、太っ腹だと思う。

「信じられない、あの愛されメイクを落とせだなんて……！」

ウーロン茶の入ったジョッキをテーブルへ乱暴に置いたのは、香織だ。

アルコールが飲めないいらしい彼女は、素面《しらふ》なのにかなり荒れている。

「……おい、雫。なんであいつがいるわけ？」

大倭が香織を見ながら、横に座る雫にぼそぼそと耳打ちした。

「……わたしがプライドを傷つけちゃったから、おわびに連れてきたの」

仲居にとって忙しい夕食の時間帯ですら、香織はいつも雲隠れをしていた。そんな彼女を戦力外とみなしていた仲居たちの前に、手伝いたいと香織が殊勝な態度で現れたのは、数時間前のこと。

思わず雫が驚いた顔を向けると、香織はそれ以上に驚いて尋ねてきたのだ。

『どうして貧乏臭いメイクに戻っているんですか！　私がした化粧は⁉』

それで事情を説明したところ、彼女が荒れ狂ったため連れてきたのだった。

「……ねぇ、副番頭。私がした雫さんのメイク、見たんですよね？　あのメイクの雫さんと、この貧乏メイクの雫さん、どちらが可愛いと思います？」

すると大倭は、事もなげに言う。

「俺はすっぴんの雫を見慣れているし、変な武装されるより、化粧しない方がいいからなあ」

「うわー、何気に独占欲丸出し。せめて化粧が落ちるくらいの激しいセックスができるようになってから言って下さいよ。ヘタレな副番頭さん」

ビールを呷《あお》っていた大倭は途端に噴き出し、げほげほと咽《む》せ込んだ。香織流のジョークだと思っている雫は、遠い目をしながら大倭に水を差し出し、彼の背中を撫でる。

「……こ、こいつ、なに？　なんでキャラ変？」

「私、素はこっちですので。ぶりっこキャラはおふたりの前ではもう意味がないので、やめることにしました。これからはのびのびと、日頃のストレスを発散させてもらいます」

香織はひとつ残っているホタテを箸でぐさりと突き刺すと、豪快にかぶりついた。

「あ、それわたしのホタテ……」

涙目の雫に構わず、香織は別の話題を振る。

「若旦那のタイプってどんな女性なんですか？　まさかブス専？　歴代彼女はブスばかり？」

「若旦那のタイプ……わたし知らないや。彼女……いなかったはずだけど」

「いないってことはないでしょう、あのスペックで。雫さんが知らないだけでは？」

香織の言葉が心を抉《えぐ》る。確かに瑞貴なら、どんな美女でも選《よ》り取《ど》り見取《みど》りだ。彼には恋人や、一夜限りの存在がいたのだろうか。……もしや、現在進行形で。

（いやいやいや！　若旦那は忙しいし、恋人を作っている暇などないはず……）

同意を求めて大倭を見ると、彼は店員にホタテと飲み物を追加注文している。

注文が終わると、雫は香織からの質問を大倭に投げかけた。

すると彼は、心底いやそうな顔で答える。

「あいつはブス専どころか、どんな美女でも堕ちねぇよ。なのにあいつが少し優しく声をかけただけで、女たちが勝手に自分は特別だと勘違いし、醜《みにく》い争いを繰り広げる。俺なら望みを持たせないけど、あいつは夢だけ見せる分、残酷だ」

すると香織が、こくこくと頷きながら言った。

「確かに私が声をかけても、副番頭のようにうざがらず、にこにこしていましたしね。私はあれを特別な優しさだと勘違いするほど経験値が低い痛い女ではないですが。雫さんに対してもそう？」

特別な優しさだと思っていた経験値が低い女は、返事の代わりに突っ伏した。

「ホ、ホタテ来たぞ、雫。お前の大好きなホタテ！　食べて元気出せ、な？」

雫は鼻を鳴らして顔を上げると、熱々のホタテを口にする。悲しみが吹き飛ぶほど、今日もホタテは美味《おい》しい。我ながら単純だと思うが。

「……おふたりは普段も一緒に飲んでいるんですよね？　そこに若旦那が入ることは？」

「ないない。若旦那、仕事とか稽古《けいこ》とか忙しいし」

瑞貴は月に一度、大庭園にある神社の、神楽殿《かぐらでん》にも似た小さな舞台で利用客に舞いを披露《ひろう》するため、時間がある時は日舞の稽古《けいこ》をしている。その時間を邪魔したくはない。それでなくとも若旦那業は重労働。稽古《けいこ》がない時は身体を休めたり、自分の時間を満喫したりしてほしい。

「忙しいといっても、三百六十五日、毎秒忙しいわけじゃないでしょう？　若旦那も従業員も月に数度の深夜勤以外、終業後は自由だし、休日もちゃんとあるし。若旦那からお誘いは来ないんですか？　遊びに行こうぜ、食べに行こうぜー！　的な」

雫と大倭は同時に、ないと即答する。すると香織は怪訝《けげん》な顔をしてさらに尋ねた。

「……若旦那、おふたり以外に友達いるんですか？」

「友達？　どうなんだろう……。大倭、知ってる？」

「興味ねぇし」

「本当に幼馴染《おさななじみ》なんですか、あなたたち！　幼馴染《おさななじみ》としての会話、しないんですか⁉」

香織の剣幕にたじろぎながら、雫は答える。

「し、しているよ。立ち話はよくあるし」

「どんな話をしているんですか」

「お疲れ様とか、身体を大切にとか。仕事のことや昔の話、お花やお菓子、体操……まあこれはいいや」

「どこの老人の会話ですか。二十代がする会話じゃないです！」

「や、大倭の方は、もっと軽口を叩き合っているよ？　素を見せて」

「エベレスト登山しようとしているのは、副番頭じゃないでしょう？　ではもうひとつ聞きますが、雫さんにとって幼馴染《おさななじみ》の利点ってなんですか？」

「優しくしてもらえる……？」

「あの若旦那は皆に優しいんです。幼馴染《おさななじみ》に特別な優しさがあるのだとすれば、化粧だって落とせなんて言わずにベタ褒めするでしょう！　だったら幼馴染《おさななじみ》が知る若旦那の裏情報は？　たとえば皆に隠している趣味や癖があるとか、スポーツや音楽はなにが好きとか」

改めて考えると、瑞貴の個人情報はなにひとつわからない。そばにいられることに満足していたため、知りたいとも思わずにいた。

(幼馴染《おさななじみ》だから知りえる情報？　え……と)

「携帯番号とかメルアドを知っている！」

「では、それを使って週に何度、連絡をとり合っています？」

「連絡もなにも……用があれば、昼間本人に直接言えばいいし」

するとと香織は哀れみの目を向けてくる。そのため雫は、別案を口にした。

「昔の若旦那を知っているし！」

「……それ、現在のエベレスト登山に役立っていますか？」

　すると訝《いぶか》しげな顔をした大倭が、口を挟んだ。

「なあ、さっきからエベレスト登山ってなに？」

「雫さんの無謀すぎる挑戦のことです。……雫さん。ちなみに、若旦那の誕生日や血液型、身長とかは知っていますか？」

「し、知っているよ！　誕生日は九月四日！　血液型は……確かＡＢ！　身長は知らないけど」

「誕生日は正解ですが、血液型はＡ！　身長は百八十一です」

「あれ、Ａ型だったっけ……って、なんで香織ちゃんが知っているの？」

「そんなもん、本人に直接聞いたんですよ。こんな下《した》っ端《ぱ》にもオープンにする程度の情報も知らないなんて、幼馴染《おさななじみ》の特権なぞ意味ないじゃないですか！」

「う……」

「雫さんは、幼馴染《おさななじみ》という関係に胡座《あぐら》をかいて、若旦那に対する積極的な姿勢が欠けています。今の雫さんは、縁側で茶を啜《すす》り、昔を思い出してほのぼのしている老婆に等しい！　……私が断言します。エベレストどころか熱海の山だって登れませんよ、よぼよぼの雫さんは」

　……雫の体力気力のゲージが、一気にゼロとなった。

『もっと若旦那に興味を持て』と、香織に懇々《こんこん》と説教をされて、小一時間。大倭が寝てしまったため、叩き起こしてお開きになった。

＊。・。＊・。・。＊

華宵亭の従業員は、徒歩五分の場所にある完全個室制の寮から通っている。

例外なのは雫と大倭と、仲居長の小夜子だけだ。

小夜子は、身体が弱く昔から寝込むことが多かったため、ゆっくりできるよう女将《おかみ》に離れを与えられたらしい。庭の裏手にある元蔵を改装したもので、今彼女はそこでひとり暮らしをしていた。

雫と大倭は、従業員用に用意された離れの一室にそれぞれ住んでいる。他に住まう者がいないため、六畳二間の使用を許されていた。

だが厳格な女将《おかみ》の部屋が近いため、騒ぐことはおろかくつろぐことも難しい。それもあってほとんどの仲居は寮を選ぶが、雫にとってはそれがデメリットには思えなかった。静かで広い部屋に三食つきで通勤時間なし。従業員用の温泉に気兼ねなく入り放題。パラダイスである。

「子供じゃないんだから、家まで送らなくていいですってば！」

「駄目！　女の子を夜道にひとりでは帰せません」

時刻は二十二時を過ぎている。雫は大倭とともに香織を寮まで送り届けようと、彼女を説得しつつ、三人で従業員専用の裏口を出た。

「あれ……若旦那じゃね？」

突然の大倭の声に、雫は彼が顎《あご》で促《うなが》す方を見る。淡いオレンジ色の街灯に照らされ、それっぽい後ろ姿が見えた。雫たちが裏口に現れる少し前に、外に出ていったようだ。

「学生服以外の洋服姿、初めて見たかも。……こんな時間に外に出るなんて、散歩かしら？」

「もしや、誰かと逢引《あいび》きとか？」

不穏さを孕《はら》んだ香織の言葉に、雫は引き攣《つ》る。

「ねぇ、つけてみませんか。ただの散歩ならそれでよし。もしかすると些細《ささい》な発見が、登山攻略のヒントになるかもしれません」

登山攻略と聞いて雫は鼻息荒く賛同し、香織とともに尾行を開始する。渋々大倭もついてきて、ちょっとした探偵団の気分だ。

瑞貴は、裏手の一角にある雅楽川家のガレージを開けて入った。

やがてエンジン音が聞こえてくる。

（若旦那が、免許を取っていたことすら知らなかった……）

軽くショックを受けている雫に、香織が早口で言った。

「追いかけましょう！　副番頭、車のキーありますか？　社用車、近くにありましたよね」

「あ、ああ。鍵は持ち歩いているけど、俺……酒を飲んでいるし」

「私が運転します。こう見えて私、運転は得意なんです。任せて下さい」

ふたりは目を輝かせる香織に腕を掴まれて、小さな箱形車の後部座席に放り込まれた。

目の前を走り抜けたシルバーのスポーツカーを追いかけ、白い軽自動車が爆走する。

瑞貴の車は高速に乗った。引き離されるかと思いきや、香織は一定距離をあけて食らいついている。そのことに大倭が驚きの声を上げ、雫は恐怖の声を上げた。そして香織は高笑いをする。

「『ころがしの赤薔薇《あかばら》』が、高級外車などに負けるものですか！」

（その物騒な二つ名はなに……？　怖くて聞くことができないけど、どうかどうか！

あの世ではなく無事に目的地へ着きますように……）

雫の切なる祈りが通じたのか、首都高の看板が出ると、瑞貴の車は緩やかに減速した。

「……都心……に向かっていますね」

訝《いぶか》しげな香織の声が響く中、車外の景色にイルミネーションがぽつぽつと光り出している。出口を下りると夜景は明るさを増した。ぎらついたネオンの光に眩暈《めまい》がしそうだ。

「こんな時間なのにホテルや住宅街に向かわず、繁華街に向かっているということは……夜遊びでもする気でしょうか。そういえば雫さん、東京に住んでいたんでしたっけ。心当たりは？」

「わ、わたし、東京で若旦那と会っていないんだけれど。一度も」

雫が涙声になると、大倭はなにも言わずぽんぽんと雫の肩を叩いて励ました。

瑞貴は『sirène』と看板が掲げられた建物の前で車を停める。降車すると黒服の男が現れ、瑞貴は車のキーを渡して建物の中に入っていく。

「ここは……噂《うわさ》に聞く人気クラブ、セイレーンですね。あの入り口はＶＩＰ会員専用のはず。それを顔パスですか……」

知った顔で唸《うな》る香織に、大倭が怪訝《けげん》な目を向けた。

「ずいぶん詳しいな、お前」

「こっちの短大に通っていた頃、よく遊びましたから。クラブって、パーティードラッグの温床《おんしょう》になることもあるんです。ヤバいのに巻き込まれそうになって、今は足を洗っていますけど。しかし若旦那クラスなら、ここまで来なくても近場で女漁《あさ》りができそうなものを。まあいいわ、行きましょう。昔取った杵柄《きねづか》、駄目元で会員入り口にあたってみます」

車は裏手の駐車場に停めた。瑞貴が消えた入り口に行くと、黒服が立ち塞がる。

すると香織は、海外ブランドのロゴがついた長財布の中から黄金色に輝くカードを取り出した。それを見た途端、黒服たちは恭《うやうや》しく一礼し、三人をすんなりと中に通したのだった。

香織はカードをしまいながら、事もなげに説明する。

「このパスカードがあれば、東京にあるクラブなら大体、連れとともにＶＩＰ待遇で入場できるんです。捨てないでおいてよかった」

（なんでそんなものを持っているのかは謎だけど、わたしの知らない世界をよく知る香織ちゃんの方が、大先輩に思えてくる……）

年上の威厳がガラガラと崩れ落ちる音を聞きながら、雫は香織について中に入っていく。

途端に身体を突き上げてくる重低音。ホールには近未来的なダンス音楽が絶え間なく流れている。

大画面とＤＪブースがあるメインフロアでは、音楽に合わせて無数の光線が飛び交い、たくさんの男女が踊り狂っていた。

狂騒的な音に負けじと、香織は声高にふたりに話しかけた。

「この混雑ぶり、さすがはセイレーンです。見たところ、両脇のＢＡＲカウンターやラウンジにも、若旦那はいないみたいですね。彼ほどの美形がいれば、女たちが群《むら》がると思うので。二階のＶＩＰルームにいるのかもしれません。見えます？　硝子《ガラス》張りになっている、あそこです」

香織が指し示す場所はわかった。しかし雫は、そこで瑞貴の姿を確認するのが怖いとも思う。

謎めく彼のことを暴いてみたいのは事実。だが——この場はあまりにも瑞貴のイメージからかけ離れている。

彼はひだまりのように穏やかで清らかな男性なのだ。荒《すさ》んだ夜の喧噪《けんそう》が似合う男ではない。

もしあそこに瑞貴がいたら、今まで想い続けてきた彼の姿が泡のように消えてしまうのではないか。そんな不安が胸を過《よぎ》ったのだ。

「……ねぇ、帰らない？」

「ここまで来たのに、なにを言っているんですか」

「いや、でも……」

「……雫さん。どんな若旦那でも、雫さんと副番頭の幼馴染《おさななじみ》には変わりないんです。それにクラブ程度でなにをビビっているんですか。クラブは悪の巣窟《そうくつ》だと決まったわけじゃない。ここまで来て息抜きをするくらい、認めてあげましょうよ」

クラブ慣れをしている香織にとっては〝それくらい〟のことらしい。

（そうね、香織ちゃんの言うことも一理あるわ。クラブ好きだからなんだっていうの。

いる。

わたしが田舎者《いなかもの》すぎるんだわ。そうよ、若旦那には変わりないのよ……）

「なぁ。二階から見下ろしているの、あれ、若旦那だよな」

訝《いぶか》しげな大倭の声に誘われ、二階を凝視《ぎょうし》した雫は、その目を驚きに見開いた。

窓の前に立ってフロアを眺めているのは、瑞貴と瓜二つの秀麗な顔と髪形をした男だ。

黒いレザージャケットの下に白いカットソーを着て、首元にはチョーカーをつけている。

やがて彼は、脱いだジャケットを放って黒いソファに座り、長く伸びた黒パンツの脚を組む。そして慣れた手つきでタバコを取り出すと、紫煙《しえん》をくゆらせ始めたのだ。

その姿はまるで、殺伐《さつばつ》とした裏世界に君臨する帝王のよう。

「ち、違うよ、大倭。若旦那はあんなに不良じゃないって！　品行方正な優等生だもの」

一心に否定する雫の声は、動揺にひっくり返った。

「うーん。確かに、ダークを通り越してブラックすぎますね。若旦那かどうか確かめるには、近くまで行って会話してみるのがベストですが……ちょっと待ってて下さい。セイレーンのＶＩＰルームに顔パスで居座れるレベルともなれば、狙わない女はいないはずなので……」

香織は、同じように二階を見上げて騒いでいる女性たちのそばに行き、話しかけた。

そして、少し強張った表情をして、雫たちのもとに戻ってくる。

――ＶＩＰルームにいるのはセイレーンのオーナーの友人で、ミズキという名前だそうです」

これで別人だと言い張るのは、無理があった。

さらに香織は、当惑した表情で告げる。

「彼は不定期にセイレーンを訪れ、気まぐれに下に降りてきては、気に入った女の子をＶＩＰルームに引き入れるそうで。ミズキに望まれたくて、女たちはアピールしているとか」

雫が眉を顰《ひそ》めた時、突然歓声がどっと沸いた。

ミズキがＶＩＰルームに繋がる螺旋《らせん》階段から、ダンスフロアに〝降臨〟したのだ。

蒼い光が彼の顔を照らし、頽廃《たいはい》的な雰囲気を強めていく。

彼を称えるが如《ごと》く音楽が激しいビートを刻むと、ミズキは取り巻く女たちとともに踊り出した。

その動きは優雅でしなやかで、そして妖艶《ようえん》で……日舞を彷彿《ほうふつ》とさせるものだった。

（間違いない。あれは若旦那だ……。若旦那なんだ……）

初めて知った瑞貴の一面。受け入れなければと思うのに、今まで見ていたのは偽《いつわ》りの姿だったのだろうかと思うと、あまりの悲しみに現実を拒絶したくなってくる。

曲が終わると、瑞貴はふたりの女性の腕を掴み、螺旋《らせん》階段を上《のぼ》った。

選ばれた女たちのハイテンションな声と、選ばれなかった女たちの羨望《せんぼう》の声が入り交じる中、ＶＩＰルームの窓が深紅《しんく》の厚いカーテンで遮《さえぎ》られた。

「うわ、まさかの乱交パーティー⁉」

驚愕に満ちた香織の声に煽《あお》られ、雫の頭が拒絶反応を起こしたみたいにがんがんと痛み出す。

「……雫。あいつにもなにか事情があるんだ」

険しい顔つきのまま、大倭がカタカタと震えている雫の手を握ってそう呟いた。

なんの事情があるというのだろう。

瑞貴はこうして女遊びをしていた。それは許婚《いいなずけ》である雫に満足できないからだ。

至極、単純明快ではないか――

（……わたしは、女扱いもしてくれないのに）

紅いカーテンを睨みつけた雫の目から、涙がほろりとこぼれ落ちた。

＊。・＊・。＊

どんなに寝不足で、泣き腫《は》らした顔をしていても、小鳥が囀《さえず》る朝は来る。

仲居の朝は早い。五時には起床して洗面をすませ、ぼさぼさの髪を梳《す》いてひとつにまとめる。

着付けの時間は十分もあればいい。部屋から飛び出そうとした雫は、化粧をしていないことに気づき慌てて戻った。

愛されメイクが映えない顔とはいえ、今日は少しでも地顔を隠せる化粧が必須。

化粧中、鏡面に映る顔が歪《ゆが》んで、昨夜のブラックで頽廃《たいはい》的な瑞貴になっていく。

モデルのような服装をした彼。タバコを吸う彼。喧噪《けんそう》の中で踊っていた彼。

瑞貴はその場にいた綺麗な女性をふたりも持ち帰った。

どんなに泣いても喚《わめ》いても、それが……今まで見ようとしてこなかった現実——

「わたし本当に、若旦那のことを知らなかったんだな……」

知っていれば、彼の好みに近づけられたのだろうか。彼は自分を愛してくれただろうか。

その可能性は限りなくゼロに近い。布団の中で何度も出した結論に、雫は改めてずぅんと落ち込んだ。

「これからよ、これから。わたしの取り柄はしぶとく努力すること。どうすれば愛されるかを勉強して、頑張ればいい。とりあえず、昨日はお喋りしていて怒られたから、今日はそれを挽回《ばんかい》するように働いて働いて働きまくろう。レッツゴー、エベレスト山頂！」

拳を天井に突き上げ、雫は気持ちを切り替えて部屋から出ていった。

瑞貴はいつもと変わらず、微笑みを湛《たた》えながら色香を撒《ま》き散らし、優雅な佇《たたず》まいで精力的に動いていた。昨晩の姿は別人か、夢だったかのように思える。

「……ん？　雫、どうした？　僕の顔になにかついている？」

「い、いえ……」

いつも通りではないのは雫の方だった。瑞貴を凝視《ぎょうし》してしまうだけではなく、話しかけられても、秘密を勝手に覗いた気まずさで、目が泳いでしまうのだ。

「顔色も悪いな。きちんと寝ていないんじゃないか？」

そういう瑞貴だって寝ていないに違いない。それなのに肌は艶々《つやつや》で顔色は頗《すこぶ》るよかった。

それがなぜなのかを邪推すると、自然と涙目になってしまう。

「熱でもあるのかな、目も潤《うる》んでいる」

瑞貴が雫の額《ひたい》を触ろうとした瞬間、びくりとした雫はさっと身を引いてその手を躱《かわ》し、ぎこちなく笑って言った。

「熱はありません。ぐっすりと眠っていますし、ご心配なく。仕事がありますので、これで！」

こんなのは自分らしくないと思いつつも、瑞貴から逃げるしかできない。

（仕事！　仕事をするのが一番！）

そんな雫に苦言を呈《てい》したのは、香織だった。

「わかりやすすぎるんですよ、雫さんは。この量をひとりで裏庭に運ぶなんて無謀すぎます。あの孝子さんも絶句していたじゃないですか」

香織は、客室から持ち出した掛け布団をふたり分、両手に抱えている。

対して雫は五人分の敷き布団と、ふたり分の掛け布団と枕を積み重ねて歩いていた。

「今日はいいお天気だし、ふかふかなお布団にしたらお客様が喜ぶと思って」

「そりゃあ喜ぶでしょうけれど……。まあいいや、私は雫さんとは違って仕事馬鹿でも怪力でもありませんから、できることは限られていますけれどフォローします。ぶっ倒れないで下さいね。昨日以上に、すごく不細工な顔していますから」

香織なりに心配してくれているらしい。朝帰りしたのは彼女も一緒なのに、肌が瑞々《みずみず》しく顔色がいいのは若さのおかげなのか、化粧品やメイクのおかげなのか。

助っ人を買って出たわりには、香織の動きはぎこちない。しかし、短くしている爪を見て、雫はその真摯《しんし》な変化に嬉しくなる。……相変わらず香織の言葉は、辛辣《しんらつ》ではあるが。

「ねぇ、雫さん。若旦那の二重人格説はなし？」

「なし。そうであれば、大倭が気づいているはずだし」

離れていた七年の分、大倭の方が瑞貴と近しい間柄なのが悔しいところだ。

「でも、副番頭はあまり驚いてなかったじゃないですか。妙に考え込んでいたし」

「思い当たるところがあったにしても、二重人格ではないよ」

むしろそうであってほしかった。そうすれば彼の意思ではなかったのだと逃げ道を作れる。

「そうですか。同一人物なら、いっそ清々《すがすが》しいですよね。あそこまで完璧に演じられるなんて。一体なぜひとの目を欺《あざむ》く生活をするようになったのか。完全無欠な王子様も、なにか悩みがあるんでしょうか」

悲しいのは、彼の異変を感じ取れなかったこと。そして、瑞貴から相談されるほど信頼されていなかったこと――

(許婚《いいなずけ》どころか幼馴染《おさななじみ》も失格……。だったらわたしに強みなんてないじゃない)

なにも知らなかった瑞貴について暴かれていく中で明らかになったのは、希薄すぎた彼との関係だった。だからこそ、深く理解したいと思う。瑞貴のすべてを。

「ま、若旦那の本性がどうであれ、雫さんは登山をやめないんでしょう?」

「やめない」

そう言い切った雫の言葉には、迷いがなかった。

＊。゜・＊・゜。＊

シュッシュッと竹箒の音をたて、雫は大庭園散策用細道を掃《は》く。

蒼天《そうてん》の下で自然に囲まれていると、清々《すがすが》しい気持ちになってくる。

五月は藤だけではなく、皐月躑躅《さつきつつじ》や石楠花《しゃくなげ》も桃色が色鮮やかで綺麗だ。

昔、瑞貴と躑躅《つつじ》の花の蜜を吸ったことを思い出し、雫は静かに微笑む。

彼と出会った岩風呂は、今は瑞貴専用露天として葦簾《よしず》の垣根で囲われており、外から見ることはできない。岩風呂へ至る砂利道《じゃりみち》は使われることがないせいで、寂《さび》れてしまった気がする。

それでも雫は思い出を磨くように、いつも砂利道《じゃりみち》を綺麗に清掃していた。

「雫、ここにいたのか！　捜したよ」

不意に背後から聞こえてきた艶《つや》のある声は、瑞貴のものだ。

雫はため息をつくと、控えめな挨拶《あいさつ》をする。瑞貴は、雫が作る距離を感じたらしく、秀麗な顔を強張らせ、真摯《しんし》な表情を向けてくる。

「雫。昨日の僕の失言、すまなかった。イライラしていて、きみにあたってしまったんだ。本当にごめん。もうそんな真似はしないから、僕から逃げないでほしい」

（昨日の発言……ああ、化粧のことか）

それを上回るセンセーショナルな出来事のために、瑞貴の口からぶり返されても、さほどダメージはなかった。

「逃げていませんから、お気になさらず」

「……だったらどうして、泣き腫《は》らした顔をしている？」

すっと踏み込んできた瑞貴が、雫の頬に触れる。いつもの触れ合いなのに、雫はびくっと身体を震わせてしまう。

特権だと思っていた触れ合い。しかし、別の女性を愛した手であると思うと切ない。

そのことがわからない瑞貴は、悲愴《ひそう》な顔つきをして、雫に尋ねる。

「どうすれば、きみに許してもらえる？　きみに……嫌われたくないんだ。……思っていることを口にしてほしい。無理に笑わなくていい。僕はきみの許婚《いいなずけ》だろう？」

（許婚《いいなずけ》、か……）

だったら、教えてくれるのだろうか。あんなところで遊んでいるわけを。

雫は自分が信じ続けてきた目の前の瑞貴を、どうしても偽《いつわ》りにしたくなかった。

理由があるのなら聞いてみたい。力になれることがあるのなら力になりたい。

……知りたいのだ。本当の彼を。

「若旦那、昨夜外出されましたよね。見たんです、車に乗って出ていかれるところを」

瑞貴の顔が強張った。だが彼はすぐに柔らかな笑みを湛《たた》え、答える。

「ちょっと気分転換にドライブしていた」

「どこに……行かれました？」

詰問のようになり声音も硬質になってしまう。その変化を耳にしているはずなのに、瑞貴の表情が変わることはない。いつもと同じ、優しい顔のまま。

「ふふ、僕に興味が湧いたの？　今までそんなこと気にもしなかったじゃないか。そうだ、今度、どこかへドライブに行こう。どこがいい？」

誤魔化されている——雫は直感的に思った。

「若旦那。昨夜、東京のクラブに行かれたのでは？　いつから通われていたんですか？」

ヒステリック気味に単刀直入に尋ねても、瑞貴の笑みは変わることがなかった。

(わたしには、なにも語ってくれないの？　心の内側を見せてくれないの？)

泣きそうな心地になりながら、それでも雫は食い下がる。

「わたし……見たんです！　若旦那がクラブで女の子を連れて部屋に上がるのを」

その言葉に、わずかに瑞貴の表情が崩れた。

「僕がきみを裏切る……いかがわしいことをしていると？　きみはそう考えているの？」

哀切な翳《かげ》りが、秀麗な顔を覆《おお》う。

『いいか、雫。僕が破談にさせない。これはあくまで延期だ。だから僕を信じて待っていてほしい』

……今まで彼を信じてきた。しかし、信じ続けて何年経った？

信じてほしいと言うのなら、信じさせてほしい。この目で見たことを偽《いつわ》りにできるのなら――

「信じたい。だけど……大倭も見ているんです」

途端、瑞貴の片眉が跳ね上がり、その顔が気色ばむ。

「若旦那が女遊びしたいのなら文句は言いません。お好きなだけなさって下さい。だけど若旦那の幼馴染《おさななじみ》であるわたしたちにくらい、あそこに通う理由を……若旦那の本当の姿を見せてもらえないでしょうか。わたしたちが知る若旦那は、ずっと偽《いつわ》りの姿だったんですか」

言い切ったところで、ようやく雫は……瑞貴のまとう空気が、剣呑《けんのん》に変化していることに気づく。

「〝わたし……たち〟」

瑞貴がぼそりと呟いた声は、ぞっとするほど低かった。

なにか、地雷でも踏んだのだろうか。彼がここまでの怒りを見せることは今までなかった。

「あ、あの……？」

「……大倭も、いたのか？　電車も動かない時間に」

その場の空気が、みるみるうちに冷え始める。

「そ、そうです。や、大倭も心配して、一緒に……」

息を吸い込んだ雫は、肺が痛くなって、はくはくと浅い呼吸を繰り返す。

「……ずいぶんと、仲がいいね。大倭と一緒に……夜遊びをしたんだ？　あの時間にあの店にいたってことは、当然朝帰りだろう？　それで僕には理由さえ言えば、好きなだけ女遊びをしてもいいって？　僕の許婚《いいなずけ》は寛大すぎるね、優しいね。嬉しすぎて……涙が出てきそうだ」

瑞貴は暗に、クラブにいたのは自分だと認めていた。

しかし冷淡に見えるその笑みは開き直っているというより、酷く傷ついているように見える。

（わたし……いけないことを言ったの？）

「――ねぇ、雫。きみがぼくに許婚《いいなずけ》ではなくただの幼馴染《おさななじみ》であることを強要するのなら、僕もただの幼馴染《おさななじみ》としてきみに警告しよう。これ以上、僕に踏み込むのはやめてくれないか」

（なにも知らない子供でいろ、と？）

「このままだと、僕はきみになにをするかわからない。……きみのためだ」

いやだ、この空気は。なにか、根本的に食い違っている。

けれど、その行き違いがなんなのかがわからない。

「若旦那、怒らせてしまったのならごめんなさい。でも本当に、若旦那の力になりたいんです。わたし……いえ、わたしたち、若旦那が好きだから」

雫が複数形で言い直した瞬間、激情が瑞貴の双眸《そうぼう》を横切り、秀麗な顔が悲痛に歪《ゆが》んだ。

(え……昔のように好きだって言ったら、迷惑なの？)

悲しみに焦る雫は、悲鳴交じりに叫ぶ。

「お願いです。わたしと大倭が……幼馴染《おさななじみ》だということを忘れないで下さい！」

(せめて、それくらいの絆《きずな》はあるのだと信じさせて！)

……ゆっくりと、瑞貴が息を吐き出した。

「幼馴染《おさななじみ》、幼馴染《おさななじみ》……今もまだ、そこから抜け出せないのか、僕は。大倭も……幼馴染《おさななじみ》なのか、今も本当に」

小声でよく聞き取れず、雫が聞き返そうとした時だった。

「……警告はしたよ、俺は」

(――俺？)

眉間に皺《しわ》を寄せ、目を閉じていた瑞貴は低い声で告げると、静かに目を開けた。長い前髪から覗く暗紫色の瞳――それはよく見知っているものなのに、別人としか思えない殺伐《さつばつ》とした光を湛《たた》えている。まるで野生の獣のような剣呑《けんのん》さだ。

雫が竹箒《たけぼうき》を落として後退《あとずさ》ると、瑞貴はゆったりと笑って距離を詰めてくる。

その顔は清廉《せいれん》なものではなく、妖艶《ようえん》な男のものだ。

「わ、若旦那……？」

雫の背中に、木の幹がぶつかった。

怯える雫に構うことなく、彼女の頬を触った瑞貴は、指で唇をなぞる。

ぞくっとする感触に思わずみじろいだ次の瞬間、瑞貴は雫を大木に押しつけるようにして、その唇を奪った。

甘い香りとともに、熱く柔らかいものが何度も角度を変えて雫の唇を甘く食《は》む。

なにをされているのか理解できずに固まる雫だったが、キスされていると自覚した途端、瑞貴を突き飛ばそうとした。しかし、彼はその手を掴んで動きを封じる。

やがてやるせなさそうな吐息を感じた直後、彼の舌が雫の唇を割り、口の中に質量のあるものが捻《ね》じ込まれた。それは生き物みたいに蠢《うごめ》いて雫の口腔《こうこう》を堪能《たんのう》し、本能的に逃げる彼女の舌を見つけると、ねっとりと絡んでくる。

ぞくぞくとした甘い痺《しび》れが身体を走り、雫は思わず声を漏《も》らした。

「ふ……ん、ぅ……」

（なにこれ、なにこれ……）

さわさわと木の葉がざわめく中、くちゅくちゅと淫靡《いんび》な音が響く。

舌が淫《みだ》らに絡まるほどに、蕩《とろ》けそうな気持ちよさに頭がぼんやりとしてくる。

唇が離れた瞬間、崩れ落ちそうになった身体は瑞貴に抱き留められた。彼の腕の中で雫は荒い息を整える。

「わかったか、雫。幼馴染《おさななじみ》であっても、俺だって……男だ」

瑞貴の双眸《そうぼう》は鋭く、今まで見たこともないぎらついた熱を帯びている。

強い口調といい、明らかにいつもの彼とは違っていて怖い。しかしそれ以上に、今自分は女として見られていると思うと、雫の女の部分が悦《よろこ》びに震えるのだ。

（ああ、もっと……もっと、男の部分を見せてほしい……）

「若、旦那……」

瑞貴の顔に手を伸ばし、切ない声音でせがむと、瑞貴はその目を苛立たしげに細めた。

「……そんな顔をして、誰に誘い方を習った？」

彼の声は怒気を含み、優しさの欠片《かけら》も感じられない。

「習ってなど……」

蔑《さげす》まれている――はっとした雫が腰を引くが、逆にぐいと引き寄せられ、抱きしめられる。

「甘い顔をしすぎていたな。あいつの色に染まるのは気に食わない」

聞き返そうとした雫は不意に耳を舐められ、身体を弓なりにして弱々しい声を漏《も》らした。

耳の穴に舌を差し込まれ、瑞貴の口淫《こういん》の音が直接鼓膜に響く。ぞくぞくが止まらない。

身を捩った瞬間、着物の袖からするりと彼の手が入り、素肌を這《は》った。雫が息を詰めた瞬間、着物用の下着が押し上げられ、瑞貴の手のひらが胸を包み込み、強く弱く揉み込んでくる。

「なに、これだけで感じるのか？　身体をびくびくさせて」

「違……っ」

彼の声だけでも気持ちがいいのだ。誰にも触れさせたことがない身体は、愛する男から与えられる初めての快楽に、熱く蕩《とろ》けてしまう。

「こんな顔で悦《よろこ》んで……そんなにいいんだ？」

指で胸の頂《いただき》を転がされ、ぴんと弾《はじ》かれる。雫は思わず甘ったるい声を出して、瑞貴にねだるように胸を押しつけ、背を反らした。

すると瑞貴は腰を屈《かが》めながら、着物の上から雫の胸にかぶりつき、舌をいやらしくくねらせる様《さま》を見せつける。それだけではなく、指の腹で胸の蕾《つぼみ》を捏《こ》ねたり、押し潰したりし始めた。

まるで瑞貴の口で、直接胸を愛撫《あいぶ》されているようだ。雫は倒錯感にぶるりと身震いし、じんじんと広がる快感に身悶《みもだ》えた。

「や、あ……ん、ぁ……」

脚の付け根がきゅうきゅうと切なく疼《うず》き、無意識に脚をもじもじさせる。瑞貴の冷ややかな目元が緩みふっと柔らかくなった瞬間、彼の手が雫の太股を撫で上げ、内股に滑り込んだ。そしてショーツのクロッチの上を往復した後、布を横に押しのけるようにして、直接触れてくる。

「ひゃあああ！」

くちゃりという粘着質な音がしたのと、雫がぶるりと身を跳ねさせたのは同時だった。

瑞貴の指は濡れた花弁を割り、蜜に潤《うる》んだ花園を優しく擦り上げる。

（なにこれ、なにこれ……ぞくぞくした気持ちよさが止まらない）

「聞こえる？　このとろとろで……たまらない蜜の音。誰が見ているかわからない中庭で、こんなになって俺を誘うなんて、いやらしい仲居だ」

肉食獣の如《ごと》きぎらついた雄の眼差《まなざ》しが、雫の感度を否応《いやおう》なしに高めていく。

瑞貴の言葉の意味も理解できず、ひたすら与えられる刺激に喘《あえ》ぐことしかできない。

「や、ああ……若旦那、ああ……」

声に甘い艶《つや》を滲《にじ》ませながら、瑞貴に濡れた目を向けると、彼は切なげな表情をしていた。

なにかに耐えているような苦しげな顔にも見える。

「若旦……那、苦しま……ないで」

弱々しく声をかけると、瑞貴は唇を噛みしめ、蜜で濡れた花園を強く掻き回した。

「あぁぁんっ、駄目……はぁっ」

次々に押し寄せてくる官能の波。それに浚《さら》われ翻弄《ほんろう》されて、息も絶え絶えな雫は己が消えそうな切迫感に戦《おのの》いた。肌が快感に粟立《あわだ》ち、全身に奔《はし》っていた甘い痺《しび》れが、ひとつのうねりになる。

初めての感覚をやり過ごすだけで手一杯なのに、さらに大きな波の襲来を察知して、雫は本能的にぶるぶると震えた。

「ふ……は、や……なにか……んぅ、くる……っ、や……」

あまりにも快楽がすぎて足元がぐらつき、身体が浮遊しそうな不安が強まってくる。得体の知れぬものに追い詰められていく心地に、雫は泣きながら恐怖を訴えた。

「怖い……若……旦那、若旦……那……っ」

雫の視界に、滾《たぎ》る熱を秘めた暗紫色の瞳が映る。

その目は優しく、切なげに細められていた。彼は懇願《こんがん》するみたいに言う。

「俺の名前、呼んでよ。昔みたいに」

「……みず……き……」

すると泣き出しそうな顔で瑞貴が微笑む。それは雫が知る、優しい表情だった。

「雫……大丈夫だからね。なにも怖くない。俺が一緒にいるから」

瑞貴の指の動きが激しくなった。ざわざわと迫り来る快感の波は、雫を壊してしまいそうな荒波へと姿を変える。目の前にチカチカと閃光が散り、限界は間近だった。

「や、ああ……みず、き……なにか、なにかが……っ」

怒涛《どとう》のように押し寄せてくる快楽の奔流《ほんりゅう》——

その到来に怯えて、雫は瑞貴に泣き縋《すが》る。

「助け……て。わたし……が、わた、し……で、なくなる……っ、みず、きに……嫌われ、る……」

ぽろぽろと涙を流して哀願する雫に、瑞貴は優しく唇を重ねた。

「大丈夫だ。俺はどんな雫も嫌わない。だから……このままイッてごらん」

瑞貴は、淫靡《いんび》な水音をさらにたてて雫を絶頂に押し上げていく。

「や、んっ、みず、き……わたし、あああ……」

「……雫、イケよ。俺の腕の中で……俺を感じて、雫！」

「あっ、は、ぁんっ、あっ、ぁあ……弾《はじ》け、る……。み、ずき、わたし……イッちゃ……」

瑞貴は苦しげに顔を歪《ゆが》めて、雫の唇を奪った。

その瞬間、果てを迎えた雫の声は彼に吸い込まれ、身体がびくびくと痙攣《けいれん》する。

乱れた呼吸が整いかけた頃、睡眠をろくにとっていなかった雫は微睡《まどろ》んでしまった。

「みず、き……」

幸せそうな顔をして意識を手放す雫は、知らない。

彼女を抱きしめる瑞貴が、恋に焦《こ》がれる男の顔で雫の顔中にキスの雨を降らせ、一心に頬ずりをし、やるせない吐息をついていたことを。そして——

「——俺だけのものだ。きみは、誰にもやらない」

独占欲を剥《む》き出しにした台詞《せりふ》を、荒々しく口にしたことを。

第二章　若旦那様、愛しているのは誰ですか

雫が目を覚ますと、自室に敷かれた布団の中にいた。

枕元には、水が入ったコップを載せた丸いお盆が置かれている。

頭がぼんやりとして状況が理解できずにいた雫は、口の中が仄《ほの》かに甘いことに気づいた。

記憶を辿って舌を動かしているうちに、絡め合った熱い舌の感触を思い出す。

深い口づけ。そして——

（——っ！　わたし、わたし……）

夢、ではない。瑞貴に触れられた部分が、じんじんと火照《ほて》っている。

初めて経験した快楽の甘美さ。

あんなに気持ちよかったのは、相手が瑞貴だからなのだろう。

胸一杯に瑞貴の匂いを嗅《か》ぎながら、彼に触れられて達した……あの至福。

あの瞬間、確かに自分は女として瑞貴に触れられていたのだと思うと、彼に触られた場所がきゅんきゅんと疼《うず》き、身体が蕩《とろ》けてくる。

（ああ、わたし……こんなにいやらしい女だったんだ。また若旦那に触ってもらいたいなんて）

少しは……瑞貴との関係が変わるかもしれない。

彼に会いたい気持ちと、恥ずかしくて会いたくない気持ちに葛藤しながら、瑞貴の名《な》残《ごり》を追うように唇を触っていると――

「……待って。どうして着物ではなくて……私服？　しかも下着も替わってるし」

そのことに気づいた。まさか瑞貴が果てた自分をここに運んだ上、着替えさせたのだろうか。

上だけではなく、はしたなく濡らしていた下まで。

（ひ……。なにこの羞恥《しゅうち》プレイ……）

甘い余韻《よいん》は強制終了。色々ありすぎて思考回路はショート寸前だ。

雫は、桐箪笥《きりだんす》から予備の着物を取り出して着替える。

「仕事……一心不乱に仕事をしよう。うん、そうしよう」

雫は精力的に掃除をこなした後、花を生けてある花瓶の水を替えた。

華道は女将が最も得意とするところで、華宵亭のすべての花は彼女が生けている。

「この枝物は灯台躑躅《どうだんつつじ》。この白い小花は小手毬《こでまり》。この下向きベル形のピンクの花は鉄線《てっせん》。この直線の葉をした紫の花は菖蒲《しょうぶ》。……曲線と直線の組み合わせが絶妙ね。草花の名前は少しずつわかるようになったけど、どの花を合わせればいいかは、そう簡単には閃《ひらめ》かないわ……」

花瓶をあらゆる角度から眺めて、ぶつぶつと独りごちた。

至るところに次期女将《おかみ》として学ぶことがある。それを見逃すまいと雫は目を光らせた。

そんな時、廊下の隅で話し声が聞こえてきた。

そちらに視線を向けると、女将《おかみ》と仲居長の小夜子がいる。

江戸紫色の着物姿で黒髪をまとめ上げた女将《おかみ》は、少々きつい印象を与えるが凛然《りんぜん》とした女性である。大倭の母親である小夜子は、女将《おかみ》とは対照的に儚《はかな》さを感じさせる白皙《はくせき》の美女。雫と同じ仲居の着物を着ていて、仲居長を示す紅い帯紐をしている。

（へぇ……。ふたりが話しているなんて珍しい……）

大倭曰《いわ》く、小夜子は暴力をふるう恋人から逃げていたところを、たまたま会った女将《おかみ》に助けられ華宵亭で保護してもらったそうだ。小夜子は逃げる際に事故に遭い、病院へ行かずにいたものだから片脚を引きずることになった上、元来身体が弱い。彼女の境遇に同情した女将《おかみ》は療養を兼ねて離れに住まわせ、小夜子を無理ない範囲で教育し、仲居長に推したのだとか。

『俺の父親は多分……、俺が生まれる前に事故死した女将《おかみ》の実弟、前番頭だと思ってる』

大倭は学生時代、そう言っていたことがある。女将《おかみ》は彼が甥《おい》だから、瑞貴と同じ私立校に入れるよう取り計らい、情けをかけてくれたのだと。大倭も小夜子と同じく女将《おかみ》の温情に深く感謝しており、華宵亭のために尽力している。

大倭の真情を聞いていなければ、雫も女将《おかみ》と小夜子が今では疎遠だという仲居たちの噂《うわさ》を信じていただろう。それだけふたりの間には、親密な空気がないのだ。

そのふたりが、人目を忍ぶように話している。実は仲がいいのではないだろうかと、興味津々《きょうみしんしん》な視線を向けたところ、女将《おかみ》と目が合ってしまった。

「あら、雫さん。着物に着替えたの？　身体は大丈夫？」

「は、はい」

（おかしいわ。なんで女将《おかみ》がわたしの着替えを知っていて、身体の心配をするんだろう）

「そう、それはよかったわ。では」

女将《おかみ》は数秒で会話を終わらせていなくなった。代わって小夜子が声をかけてくる。

「雫ちゃん、目の下にクマができているわよ。無理しているんじゃないの？　雫ちゃんは頑張りすぎるから倒れないか心配だって、大倭もよく言っているわ。私も同感よ」

「大丈夫です。大倭がいつも助けてくれますし。仲居長こそ、ご無理なく。仲居長が倒れたら、大倭もわたしもショックで寝込みますから」

「ふふ、最近はデスクワークが多いとはいえ肝に銘じます。お互い、大倭を泣かせないようにしましょうね。あの子、苦労性なところがあるから。じゃあ、またね」

会釈《えしゃく》をした雫は、女将《おかみ》が小夜子だったらなと思う。立場上仕方がないのだろうが、女将《おかみ》から『華宵亭のため』『若旦那のため』『次期女将《おかみ》として』という言葉はよく聞くけれど、小夜子のような気さくな言葉をかけられたことがない。義娘として可愛がられていないのだとひしひし感じてしまう。

去りゆく小夜子は、成人した子を持つ母親だとは思えないほど、若々しい。

幸薄そうなオーラが彼女の美貌を引き立てる要素になっていて、仲居たちからは年をとらないのではないかと噂《うわさ》されている。また、華宵亭にずっといるのは、小夜子の正体が不老の人魚だからとも言われていた。それで陸生活では脚を引きずり、離れにてひとり温泉に入る時だけ人魚の姿に戻っているのではと。そんな空想を否定できない妖しい魅力が、小夜子にはあった。

「彼女が人魚姫で、大倭は王子様との間にできた子供だったら嬉しいな」

大倭は小夜子から愛情を注がれている。彼の存在が、小夜子が海の泡となって消えることを止めているのなら、とても嬉しいと思う。

（だったら、若旦那を引き留めているものはなに？）

……それはきっと自分ではないのだろう。

「あ〜もう、くよくよしたら駄目！　仕事に全力投球しなきゃ！」

ぺしぺしと頬を叩いていたら、前方から番頭が歩いてきた。

彼は香織の素顔とそっくりな、初老の男性である。

前番頭は女将《おかみ》の実弟だったが、現番頭は血縁者ではない。瑞貴の父親がどこからか引き抜いてきたらしく、香織同様に弁が立つ。そのおかげで限られた客しか受け入れず地域振興に貢献していない華宵亭も他の旅館と交流を持ち、有益な情報を共有することができているのだ。

（やり手の番頭だけど、女将《おかみ》さんとは違った意味で苦手だなあ……。この値踏みしてくる目がどうも……）

「体調はどうだい？」

番頭は、頭を下げた雫に気安く声をかけてくる。

とても元気だと答えたものの、女将《おかみ》といい小夜子といい、なぜ下《した》っ端《ぱ》仲居の体調を心配するのだろう。

（今までこんなことはなかったのに。まさか、若旦那とのあれこれが知れ渡っていると か……）

雫は赤くなったり青くなったりと忙《せわ》しく顔色を変えたが、番頭はそれ以上追及せず、話を変えた。

「従業員用の部屋はどれだけあるんだい？　間取り図を見ると十部屋くらいはあるんだろう？」

「あ、はい。わたしと副番頭が二間使用しているので、全部で十二になります」

「そうか……。そこを潰せば、もっと客をとれるよな」

「は、はぁ……」

六月には華宵亭の創立を祝う〝華宵祭〟が行われる予定だ。今年は誕生から百二十周年を迎える年にあたる。

華宵祭では華宵亭自慢の自然を五感で楽しんでもらえるよう、瑞貴が中心となって企画を立てていた。

夜、ライトアップされた大庭園の舞台で、ベテラン仲居と女将《おかみ》が奏《かな》でる雅楽に合わせ、瑞貴が一時間という長丁場の日舞を披露《ひろう》するのが見所になるらしい。板前たちの腕によりをかけた特別料理を味わってもらいながら、風雅な舞いで目でも楽しんでもらうのだ。

華宵祭は三日間行われる。今年は地域振興会の試《こころ》みで初めて開催される〝花祭り〟が重なり、熱海の地自体も花を楽しむ客で賑わうだろう。

大規模な集客が見込まれる花祭りを利用して、一般客に向けて華宵亭を大々的に宣伝したい番頭と、今まで通り特定客を大切にしたい女将《おかみ》と瑞貴の意見は対立していると聞く。

（一般客に開放するから、従業員は部屋から出ていけってこと？）

雫が眉を顰《ひそ》めた時、遠くから香織の声がした。雑巾《ぞうきん》を振り回しながらこちらに近づいてくる。

「雫さぁぁぁぁん、もうお仕事して大丈夫なんですかぁ？」

（この甘ったるい話し方は、営業用。しかもまた体調を気遣われているってなにごと？）

香織の声を耳にすると、番頭は親子の語らいをするでもなく、さっさといなくなってしまった。

「……うちの父、雫さんを口説《くど》いていたんですか？」

駆け寄ってくるなり、香織は不愉快そうな顔で問う。

「そんなわけないいじゃない。香織は従業員用の部屋のことを聞かれて……」

「それならよかったです。あの顔で女好きなので、誰にも相手にされない腹いせにとうとう雫さんにも手を出したかと思い、焦りました。いくらなんでもそれはないですよね」

香織の毒舌は今日も好調だ。

「それより、仕事に復帰して大丈夫ですか、お熱下がったんですか？」

「熱……？」

「記憶ありません？　若旦那……ぐったりとした雫さんをお姫様だっこして、庭から現れたんですよ。まるで王子様のように。すっ飛んできた副番頭が、自分が代わるからと申し出たのに、若旦那はいつにない冷たい態度で副番頭を突っぱねて、雫さんの部屋に運んだんです」

直前まで瑞貴になにをされていたのかを知らなければ、純粋に喜ぶ案件だ。

（若旦那にしても、大倭にばれたくないよね。わたしもいやだし）

「それで雫さんの部屋に、騒ぎを聞きつけた女将《おかみ》と仲居長もやってきて。副番頭が小林《こばやし》先生を呼んでくると騒ぐ中、若旦那はそれを制し、雫さんには昔からこの薬がよく効くからと、袖から取り出したものを口に含んで噛み砕き……口移しです！　雫さん、公開ちゅうされたんですよ、若旦那に！　マッパで登山に挑む雫さんに、サンダルでも降ってきたかのような奇跡が起こったんですよ！」

〝小林先生〟というのは、華宵亭かかりつけの小林病院の院長、小林清一《せいいち》のことである。七十代でいまだ独身。女とみればすぐ口説《くど》こうとする困った男だが、医師としては優秀だ。

ボロボロの状態で女将《おかみ》に助けられた小夜子を回復させたのも、瑞貴を身ごもり妊娠中毒症になりかけた女将《おかみ》を救い、無事に出産させたのも小林だ。さらに三年後、過労に倒れた女将《おかみ》と、妊娠中にもかかわらず精力的に働きすぎて持病を悪化させた小夜子が、それでもふたりとも働こうとしたのを怒鳴りつけ、小林病院にて長期療養させたのも彼だと聞く。華宵亭で怖れられる女将《おかみ》に、ずけずけと意見ができる豪胆な男でもある。

小林の存在があって大倭もまた元気に生まれたため、『大倭の父親はワシだ』などと公言された大倭は、心底小林をいやがっているものの、華宵亭で急病人が出ればすぐに彼を呼ぶ。

（あの先生なら、なんで倒れたか絶対見抜くから、若旦那の機転で助かった……）

雫は冷や汗を掻きながら、ぎこちなく笑った。

瑞貴の愛撫《あいぶ》に気を遣《や》っただけなのに、なんという騒ぎになったのだろうか。熱を出したことにしておこう。真実は口が裂けても言えない。これは瑞貴の沽券《こけん》にも関わる。

（口の中が甘かったのは、金平糖《こんぺいとう》を呑まされたんだろうな……）

口移しなど、目立つことはしないでくれていればよかったのに。

「それと、残念ながら着替えさせたのは女将《おかみ》です。なんでも下着も着物も汗でぐっしょり濡れていたようですよ。熱が下がってよかったですね。さすがは頑丈な雫さん」

（女将《おかみ》さんが、息子の愛撫《あいぶ》で濡れに濡れたわたしの後始末を……）

申しわけなくて居たたまれない。万が一真実が露見したらと思うと、気が遠くなってくる。

それでも聞いてしまった以上、知らなかったことにはできない。

「……わたし、女将《おかみ》さんに御礼言ってくる」

「いってらっしゃーい」

この時間、女将《おかみ》は茶室にて茶道具の手入れをしているはずだ。

女将《おかみ》と瑞貴の部屋からほど近い一角。襖《ふすま》の前に正座した雫は声をかけた。

「……失礼します、雫です。お話があるのですが、少々お時間をいただけますでしょうか」

すると閉められた襖《ふすま》の向こう側から、中に入るようにと返ってくる。

座ったまま襖《ふすま》を開け、顔を上げると、茶室には女将《おかみ》だけではなく、茶碗を持った瑞貴もいた。

（若旦那に、お茶を点《た》てていたのか……）

「あ、すみません。また改めて……」

瑞貴の母親である女将《おかみ》の前で彼と顔を合わせるのは、なんとも気まずい。

「今終えたところだから、いいわ。なにかしら」

近寄りがたい粛然《しゅくぜん》とした空気をまとう女将《おかみ》の冷徹にも思える眼差《まなざ》しは、和《やわ》らぐことがない。極度の萎縮《いしゅく》と緊張に気持ち悪くなりながら、雫はその場で両手をついて深々と頭を下げる。

「女将《おかみ》さん、若旦那。このたびは多大なるご迷惑をおかけしてしまい、申しわけありませんでした」

「あら、そんなこと。いいのよ、元気になったのならそれで。でも雫さん、一度病院に行ったらどう？　尋常ではない汗の掻き方だったわよ」

冷ややかな面持ちで口にされる言葉のダメージは大きい。

「そ、その……同じことはもうないでしょうが、予兆を感じたら病院に駆け込みます」

そう返すのが精一杯の雫に、瑞貴が優しい言葉をかける。

「身体がおかしいようなら、すぐ僕に言ってね。また特効薬をあげるから」

「は、はい……」

先ほど淫《みだ》らなことをした男と同一人物とは思えない、心配そうな慈愛深き瑞貴の顔。母親がいるから、いつものように振る舞っているのだろうか。それとも、なかったことにしたいのだろうか。

「それでは……」

下がろうとすると瑞貴が立ち上がる。

「では女将《おかみ》。僕も一緒に下がらせてもらいます」

（うう……。一緒でなくともいいのに……）

ふたり揃って廊下を歩く。雫は瑞貴を意識してしまい、心臓がバクバクと落ち着かない。

（考えるな、考えるな……）

「……雫」

「ひゃい⁉」

おかしな返事をして過剰反応する雫に、瑞貴は目元を緩めて笑う。

「右手と右足、同時に出ているよ？」

意識していることがばれてしまっている。恥ずかしくて頬が熱くなった。

周りに誰かいれば、手伝うふりをして振り切れるのに、こういう時に限って誰もいない。

「……ねぇ、雫。本当に体調は大丈夫なの？」

瑞貴が腰を屈《かが》めて、雫と目線を合わせる。

『誰が見ているかわからない中庭で、こんなになって俺を誘うなんて、いやらしい仲居だ』

不意に彼の言葉が思い出されて、さらに雫の顔が熱くなった。

「……また熱でも出ちゃったかな？」

瑞貴は微笑んで雫の額《ひたい》に触れる。その手で自分の秘めたる場所に触れたのだと思うと、額《ひたい》だけではなく、秘処までもが熱を持ってくる。

（意識しないようにしているのに、どろどろに溶けちゃいそう……）

瑞貴の動きが止まったため、どうしたのかとこっそりと窺《うかが》う。彼の目線は横切った影に向けられていた。少し脚を引きずる歩き方は、小夜子である。

（若旦那、どうしたんだろう……。後遺症のこと、知っているはずよね？）

なにかを訴えるような眼差《まなざ》し。けれどすぐに雫に視線を戻した瑞貴は、なにもなかったみたいに柔らかく笑った。

「うん。大丈夫そうだ。よかった、元気になって。本当に心配だったよ」

「すみません……でした」

「……夜遊びなんてしないで、これからはちゃんと寝た方がいい」

（なんだろう。この違和感……）

「そうじゃないと、また倒れてしまうぞ。いつも僕がそばについていられればいいけれど」

僕という呼称といい、ようやく雫は違和感の正体に気づいた。

（ああ、あの時間は……なかったことにされているんだ）

あの淫《みだ》らなひとときは、あの場限り。彼の警告を無視し、怒らせてしまったことへの〝制裁〟の意味しかなく、引きずるものではないのだ。

そして瑞貴にとって自分は、最後まで抱きたいと思ってもらえるほどの魅力がなく、クラブに来る女たちの方が、よほど食指が動くのだろう。

（ああ、くそ……泣くな。泣くな、わたし。わかっていたじゃない）

女として見られていないことは、昔からいやというほど、わかっていたではないか――

雫は悲しみをぐっと堪《こら》え、無理矢理に笑った。

「……心配をおかけしてすみませんでした、若旦那。もう本当になんともないので」

声は震えていないだろうか。いつも通り笑えただろうか。

（なかったことにするしかない。……若旦那のそばにいたいのなら）

「雫。あのさ……」

暗紫色の瞳が、わずかに揺れる。

（せめて後悔しないでほしい。あの場だけだとしても、わたしに女として触れてくれたことを）

「お仕事、頑張りましょうね。玄関にお水を撒《ま》いてきます」

（わたしにできることは、いつも通り……元気に笑っていること）

雫はとびきりの笑顔を見せると、パタパタと駆けていった。

＊。・＊・。＊

雫を追いかけようとした瑞貴は、不意に現れた大倭の姿に目を眇《すが》める。

彼はいつも無愛想な顔を向けてくるが、今の表情は怒りにも似た不機嫌さに満ちていた。

「なあ、あんた……雫になにをしたわけ？」

「お前には関係ない」

「わかっているだろう？　あいつがいつも言いたいことを呑み込んで、あんたの前では無理に笑っていることくらい。物わかりのよすぎる、都合のいい女にしているんじゃねぇよ」

大倭は本当に、痛いところを突いてくる。昔から、真っ直ぐに。

「なにも知らない部外者が、口出しするな」

通り過ぎようとした瑞貴の腕を、大倭が掴む。

「正直俺は、クラブであんたを見ても、大して驚かなかった。あんたの重圧は、少しはわかっているつもりだし、雫の前ですら聖人面し続けているのだから、息抜きをする場所があってもいい。俺にあたることで多少でも楽になれるのなら、それでもいいと思ってたよ」

瑞貴は、静かに深いため息をついた。

「あんたは昔から、無意味な真似はしない。クラブで部屋に女を連れ込んだのだって、ヤリまくるためじゃねぇんだろう？　あの部屋にはあんた以外の人間もいた。理由があって、わざわざあの女たちを選んで、部屋に連れてったんじゃねぇの？」

返答を拒否するように黙りこくる瑞貴を見て、大倭は苛立たしげに頭をがしがしと掻く。

「答えたくねぇんなら、それでもいいけどよ。でもあれを見た雫は、かなり傷ついていたぞ。それでも健気《けなげ》にあんたを受け入れようとしていた。その雫になにをしたんだ」

硬質になる大倭の声。瑞貴は冷ややかな顔で答えた。

「僕が許婚《いいなずけ》になにをしようが、お前には関係ないと思うけど」

途端、大倭はカッとしたように声を荒らげる。

「許婚《いいなずけ》だと言うのなら、あんたは雫の許婚《いいなずけ》として相応《ふさわ》しく振る舞っているのか⁉　雫がなにも言わずにいるのをいいことに、何年使用人として縛りつけているんだよ、瑞貴！」

大倭が瑞貴の胸ぐらを掴むが、瑞貴はその手を払いながら身を捻《ひね》り、拘束《こうそく》からなんなく逃れた。暴漢などに突然襲われた時に即座に対処できるよう、護身術を身につけているのだ。

「大倭、もう一度言う。僕と雫とのことは、お前には関係ない。詮索《せんさく》するな」

暗紫色の目が剣呑《けんのん》な光を帯び、ゆっくりと細められる。

「俺は、幼馴染《おさななじみ》として……」

「幼馴染《おさななじみ》？　虎視眈々《こしたんたん》と雫を狙っていて？」

「な……」

大倭が、唇を震わせて動揺した。それを見た瑞貴は、嘲《あざけ》りにも似た笑みを浮かべる。

「――お前は、小学生の時に雫にふられているだろう？　俺と雫との関係を知りながら横恋慕《よこれんぼ》をしておいて、未練がましく雫につきまとうなよ」

「……友達としてくらい、そばにいたっていいだろう」

視線を逸らす大倭の声音は弱々しい。

「あんたは、あいつの許婚《いいなずけ》で……たくさんの繋がりを持っている。あんたが羨《うらや》ましくてたまらねぇよ。俺はもう、友達としての繋がりしかねぇんだ。だから……」

「……そこから、あわよくば雫を横取りしようと？　雫の理解者のふりをして、僕がいるのにふたりきりで酒を飲むだけでは飽き足らず、夜、あんないかがわしい場所に雫を連れ出して朝帰りか。そうやってじわじわと雫に侵蝕している理由が、友達だから？　笑わせるな」

「瑞貴！」

「羨《うらや》ましい？　お前のその感情は自分を正当化するための言いわけだ。本当に羨《うらや》ましければ、その場から動けない。邪魔者を排除できず、許容もできない。……僕のようにね」

瑞貴は大倭を見据えた。感情を殺した冷ややかな顔で。

「お前が心底羨《うらや》ましいよ。偽ることのない自分で、華宵亭にも雫のそばにもいられるお前が」

大倭が思わず息を吞むほど、その声は悲哀に満ち、言葉には重みがあった。

「でも僕は……たとえ海の泡となって消えようとも、雫は放さない。お前にはやらない」

そう捨て台詞《ぜりふ》を吐くと、瑞貴は大倭に背を向けて去っていく。

そのまま岩風呂に向かった瑞貴は、苛立たしげに着物を脱ぎ、洗い場のシャワーを全開にして冷水を頭から浴びる。着痩せする精悍《せいかん》な肉体に、勢いよく飛沫《しぶき》が弾《はじ》けた。

『雫がなにも言わずにいるのをいいことに、何年使用人として縛りつけているんだよ、瑞貴！』

大倭の声を思い出して、瑞貴は叫ぶ。

「わかっている。そんなこと、あいつに言われなくても僕自身が一番わかっている！」

壁をガンと拳で叩く。その眼差《まなざ》しはぎらついていた。

『なぜ言われた通りのことができないの。悪いのは頭なの、それともこの脚か』

『お母さま、ごめんなさい。もう一度、もう一度……』

瑞貴は華宵亭の跡取りとして、女将《おかみ》から厳しく躾《しつ》けられてきた。言われたことをすぐに実践できないと、その部屋にある道具で脹《ふく》ら脛《はぎ》を叩かれるのが常。

華宵亭に閉じ込められ、外の世界を知らず、温泉で脚を癒《い》やしながら息を潜《ひそ》めて生きる毎日が虚《むな》しくて、消えてなくなりたいと思っていた。しかし消えても、きっと誰も気づかず、悲しむことはない――その現実が悲しくて、女々《めめ》しく泣いていた時、桜の花びらをつけた雫が現れた。

『一緒にいてあげる。あなたも人魚姫みたいに、消えてなくなるのはいやだもの。泡になる前にまたシズクが助けてあげるから、生きていて！』

どれだけ嬉しかったことか。モノクロの世界に、突如飛び込んできた色鮮やかな彼女。

眩《まぶ》しく、そして愛《いと》おしくてたまらず、宝物になった。あの時から、瑞貴の恋は始まったのだ。

大切な自分だけの可愛いお姫様である雫とまた会いたいという希望が、瑞貴に力を与えた。

『雫は僕のこと、好き？』

話すだけでは物足りず、そう問うことで彼女からキスをしてもらうと、心が充足感に包まれた。

やがて雫もまた瑞貴を意識していることに気づき、身体が喜びに熱くなった。この熱に浮かされたまま、恋人のようなキスをたくさんして、雫とひとつに溶け合いたい。しかし、男の瑞貴を少しでもちらつかせると、彼女は怯えて逃げようとする。だから瑞貴は、滾《たぎ》る欲を必死に押し殺し、雫が安心する〝兄〟のように優しく接してきたのだ。早く雫と結ばれたいと願いながら。

彼女と結婚するためには、色々クリアしなければいけないものがあった。

まずは……女将《おかみ》から、一人前の若旦那として認められること。

瑞貴の父親は、雅楽川の直系でありながら色事や遊興ばかりを好んだ。華宵亭が傾かぬよう、女将《おかみ》がどれだけ苦労していたのか、瑞貴は密かに祖母から聞いていた。それで余計に、華宵亭と雫を守るためには、女将《おかみ》と華宵亭が求める後継者にならなければと、強く思ったのだ。

だから雫と会う時間を削って懸命に精進《しょうじん》してきたものの、女将《おかみ》にとってはいつまでも半人前。結果が伴わない現実をもどかしく思っていた頃、華宵亭の従業員の間である噂《うわさ》が広がった。女将《おかみ》が瑞貴に厳しいのは、瑞貴が貰い子だからではないかというものだ。瑞貴が女将《おかみ》にも父親にも似ていないのがその証拠だと。不安になった瑞貴が小林院長に確かめると、妄言だと笑いとばされた。それでもいまだに、冷厳な女将《おかみ》から息子として愛されている実感がない。

ただ小夜子を助けた件からも、女将《おかみ》は赤の他人にも情けをかける、慈愛深い女性だということはわかっている。だからこそ虐待だと恨むことなく、自分が未熟なのだと一層頑張ってきたのだ。

そんな中、今は亡き父が言い出した。

『呉服屋の娘以外にも、華宵亭の役に立つことができる娘はいるはずだ』

代々の大旦那と女将《おかみ》が守ってきた伝統を壊し、華宵亭の利益拡大を考える父。大女将《おおおかみ》が亡くなり権力を握った途端、縁談自体を白紙に戻すと言い出し、着物の卸先《おろしさき》も変更しようとした。

激高型の父を宥《なだ》めながら、なんとか雫との結婚を延期という形で保留にさせ、父から雫に不当な圧がかからぬよう、女将《おかみ》修業との名目で雫を華宵亭から遠ざけた。

父に雫の居場所を知られぬよう、できる限りの手は打った。父の息がかかった今の番頭や孝子らの監視の目を逃れるために雫への連絡は極力絶ち、直接手渡したかった二十歳の誕生日プレゼントすら、大倭の手を借りて郵送し、どうにか贈ったのだ。当然、想いは募る一方だった。

雫との縁談は生きているのに、父は自《みずか》ら選んだ女との見合いを強行する。それを壊すたび、面目を潰された父は怒り、ある日瑞貴に暴言を吐き、息子の心を抉《えぐ》った。

そんな父は、その数日後に愛人宅で腹上死した。特に悲しみも湧かないまま、ひっそりと葬儀を行い、ようやく雫を手元に呼び寄せられたのに、今度は女将《おかみ》が釘を刺す。

『大旦那亡き今、華宵亭を受け継ぐ者として、これまで以上に厳しく自戒しなさい。瑞貴にはまだ、若旦那としても不安が残る。私が一人前だと認めるまで、結婚は延期よ。修業の足枷《あしかせ》になる恋愛を、大旦那代理を務める女将《おかみ》として禁止します』

……いまだ女将《おかみ》から、一人前の若旦那と認められないこの不甲斐《ふがい》なさ。そのために恋愛を禁じられたことは自業自得だと受け止めつつも、雫と同じ屋根の下で暮らしているのに募る想いを告げられないのは、思いのほかこたえた。気づけば彼女を目で追いかけてしまう。夜だって稽古《けいこ》に励んで煩悩を鎮《しず》めているはずなのに、雫の部屋を訪れる言いわけを考えている自分にうんざりする。

愛想を尽かされたくなくて、瑞貴は雫にとって清廉《せいれん》な男であり続けようとした。優しく微笑みながらも、その実……日に日に艶《つや》めく彼女の色香に惑い、幾度その無垢《むく》な身体を穢して、自分の痕跡を深く刻み込みたいと思ってきたか。この愛は、穏やかなものではなかった。

こんな荒々しい男の許婚《いいなずけ》として縛りつけられてきた雫を哀れに思うが、放したくないのだ。そしていつだって、雫に忘れてもらいたくない。彼女と自分は、必ず夫婦になる関係なのだと。

言葉に出さずとも、雫が特別な存在だということは、今まで態度で示してきたつもりだ。

「若旦那、か……」

しかしいつの頃からか、雫は瑞貴のことを名前で呼ばなくなった。

あんなに触れ合っていたのに、気づけば距離をおいて、使用人の如《ごと》き振る舞いしか見せず、言いたいことを言わなくなった。

そして……瑞貴に代わって、雫がそばにおくのは大倭だ。

三人で対等に遊んだこともあったのに、次第に三人が紡ぐ三角形は歪《いびつ》になった。

大倭と素でやりとりして楽しそうにする雫は、なにかがあればいつも大倭を先に呼ぶ。

彼女が心を許すのは、いつだって自分だけであってほしいのに、今では自分といる方が他人行儀に感じる。距離感が、昔と違う。

『女が変わる時は男絡みだと相場が決まっているもんだ。男だろ、片桐の坊主か？』

可憐さを倍増させたあの化粧も、大倭のためだと思うと、どうしても許せなかった。

決して、彼女を傷つけ、泣かせたかったわけではないのだ。

雫にとって、自分の存在はなんなのだろう？　昔ほどの愛情は、今はもうないのだろうか。

いつも雫の頬に触れながら、瑞貴は彼女の首筋に……自分の瞳の色をした誕生石のペンダントを探している。けれど今まで、一度たりともしているのを見たことはない。

『大切なものなので、大事にしまってあるんです。落としたら困りますし』

本当はつけたくないのではないか――そんな猜疑心《さいぎしん》が渦巻いてしまう。

『若旦那が女遊びしたいのなら文句は言いません。お好きなだけなさって下さい』

雫はいいのだろうか。自分が違う女に触れて、愛を交わしても。それほどまでに、彼女にとって自分は男の魅力がない、ただの幼馴染《おさななじみ》でしかないのか。

許婚《いいなずけ》がいるのに、彼女に恋する男と朝帰りをした。そのことに雫は罪悪感すら覚えていない。

大倭とどこに泊まった？　大倭とどんな夜を過ごした？　大倭となにを語った？

雫が大倭に男として惹《ひ》かれているのではないかと思うたびに、嫉妬《しっと》で胸が焼け焦《こ》げそうだ。

『あんたは、あいつの許婚《いいなずけ》で……たくさんの繋がりを持っている』

大倭に取って代わられそうな不安と恐れが、常に胸の中で渦巻いている。

幼馴染とは、過去を共有する繋がりでしかない。

欲しいのは、未来へ続く強い繋がりだ。だが現在、彼女の横にいるのは自分ではない。

〝わたしたち〟――あの場にいない大倭と、気持ちはひとつなのだと言われた気がした。

思えば、何度も繰り返された……やけに親密なあの言葉が、引き金だったように思う。

「雫……」

衝動的に奪った唇は、蕩《とろ》けそうに甘かった。絡めた舌の柔らかな感触と、漏《も》れ聞こえる啼《な》き声に我を忘れ、彼女を暴こうとする自分を止められなくなった。

……瑞貴は静かに目を閉じ、雫を思い出す。

黒い瞳が情欲の熱を帯び、艶《なま》めかしい表情を向けられた瞬間――再び男として意識してもらえたことに歓喜し、貫《つらぬ》きたいと猛《たけ》る欲を必死に押し殺した。

雫が可愛くて、愛《いと》おしくてたまらなかった。溢れ出る想いに泣きたくなった。

束の間の幸せに酔った代償が、この開いた距離だというのなら――

「僕は、無に帰《き》してしまったのか。水の泡にしてしまったのか……」

不意に、幼い日の雫の声が聞こえてくる。

自分が泡になって消えないように、ずっとそばにいると約束した、雫の声が。

『指切りげんま～ん　嘘ついたら針千本の～ます　指切った！』

瑞貴は、己の小指を片手で握りしめる。

（ああ、恋しくて……消えてしまいそうだ……）
虚《むな》しい。同じ屋根の下にいるというのに、心が満たされない。
どうして好きだと告げられない？　どうして大倭から奪えない？
どうして男として愛する女に触れられない？
どうして……まだ結婚できない？
どうして、どうして、どうして。
『私が一人前だと認めるまで、結婚は延期よ』
「――あああああああ！」
瑞貴は仰《の》け反《ぞ》るようにして吼《ほ》える。
「……女将《おかみ》が俺を認めないのは、きっと――」
荒い息をついた瑞貴の目には、ある覚悟が漲《みなぎ》っていた。

＊。・。・＊・。・。＊

ここ数日、目くじらを立てて雫をいびっていた孝子が、やけにおとなしい。
日課となっている仕事量を減らし、無理をするなと気遣いをみせる。
香織曰《いわ》く、雫が倒れたのも、まだ元気がないのも孝子のせいではないかと、一部で噂《うわさ》されたためらしい。

『ひとの噂《うわさ》はすぐに流すくせに、噂《うわさ》されることには弱いんですね』

そう笑った香織は、メンタルがさらに強くなったように思う。

皆が心配するほど、自分は元気がなく見えるのだろうか。その自覚はないけれど。

瑞貴もまた、やけに気遣って声をかけてくる。自分は大丈夫だからフォローはいらないと、いつも以上に元気に振る舞ってみせるのだが、そのたびに彼の眼差《まなざ》しは悲哀の色を濃くして、秀麗な顔に翳《かげ》りが落ちる。会話もあまり続かず、ふっと言葉が消えてしまうと、彼は小さなため息をついていなくなってしまうのだ。

どうすればいいのかわからない。こちらだっていつも通りに振る舞うだけで精一杯なのに。

その日も皆に気遣われながら、なんとか一日の仕事を終え、雫は従業員用の温泉へ向かった。

華宵亭の風呂は、瑞貴と出会った岩風呂を含め十二個。そのうち宿泊客は男女別の内風呂と四種の露天風呂を利用できる。予約制になっているため、他客と鉢合わせすることはない。

従業員用の風呂はふたつ。大きな内風呂と露天風呂が、週ごとに男女入れ替えとなる。残る四つは女将《おかみ》と若旦那の他、大旦那と番頭用にひとつずつ振り分けられていたらしい。しかし、現在は女将《おかみ》と瑞貴がふたつずつ利用している。

あの岩風呂は瑞貴のための風呂だったようで、昔はよく一緒に入り遊んでいたものだが、裸になる恥ずかしさを知った頃から、ふたりでの入浴を敬遠するようになった。

従業員用の今週の女湯は内風呂だ。あの素晴らしい景観の露天もいいけれど、檜《ひのき》でできた内風呂も風情《ふぜい》があって好きだ。

女性用の更衣室では小夜子がちょうど帯をしめていた。

濡れ髪が実に色っぽい。いつもの透けるような白肌は、仄《ほの》かに上気して瑞々《みずみず》しく、化粧をしていない顔はどこか幼さを感じさせる。これで二十代半ばの息子を持つ母親には見えない。

「奇遇ですね、この時間に仲居長とお風呂で会うなんて。……ずいぶんとご機嫌な気がするんですが、なにかありました？　それともこれからなにかあるとか？」

これだけ美しい女性だ。浮いた話があってもおかしくない。小夜子は大倭の運転で、華宵亭の外で買い出しをすることも多いため、もしかして外でいい出会いがあったのかもしれない。

（大倭が最近、機嫌悪い理由って、それ？）

「なにかあればいいわねー。王子様との密会とか？」

うふふと小夜子は含み笑いをした。

「もう。誤魔化さないで下さいよ。恋バナがあったら教えて下さいね。王子様を他のお姫様に取られないようしっかり捕まえて、泡になって消えちゃ駄目ですからね？」

「おばさん人魚、了解です」

「仲居長はまだまだ現役のピチピチ人魚姫です！」

「ピチピチ！　それは死語だし、言いすぎよ～」

そしてふたりは、声を立てて笑い合った。

（ああ本当に、仲居長って昔から話しやすいわ）

「ねぇ、雫ちゃん。大倭……若旦那となにかあったのかしら」

籠に荷物を入れていた雫は、急に憂《うれ》い顔になった小夜子を見つめた。

「……わからないんですよ。わたしも、大倭に尋ねているんですが」

ここのところ、特に大倭の方が不機嫌でなにか思い詰めているのは察していた。いつもは瑞貴に悪態をつきながらも、若旦那へ従う姿勢を見せていたのに、私情を露《あらわ》にするのは珍しいこと。大倭に聞いてみても、なにがあったのか話そうともしない。瑞貴に聞こうとしても、大倭の名を出すだけでなぜか顔を強張らせるため、話ができない。

（お母さんの恋愛にナーバスになっているのと、若旦那との些細《ささい》な衝突でイライラしているだけなら、時間が解決してくれそうだけれど）

「雫ちゃんもわからないか……。なにかあったのかしら。あの子、私になにも言わないから」

「冷静になる時間が必要なのかも。わたしは見守ることにします。大倭ならきちんと自分の気持ちを整理して、正しい道に落ち着くと思うので。相手が若旦那なら尚更。昔から顔を合わせると喧嘩《けんか》腰ですけれど、なんだかんだ理解し合っているふたりですし」

するとと小夜子は嬉しそうに微笑んだ。

「大倭と同じく、若旦那のことも理解しているのね」

「理解……しているつもりでしたけど、実は全然で。こんな駄目なわたし……許婚《いいなずけ》失格です。だからきっと、結婚もまだなのかも」

思わず肩を落とすと、小夜子が力強く励ましてくれる。

「堂々としてなさいな、雫ちゃん。若旦那は婚約を破棄しようとしていないのだから。彼はあなたと結婚する意思を見せているの、そこは信じてあげなきゃ」

「……はい」

(優しいなあ……。涙がちょちょぎれる)

「羨《うらや》ましいわ。特別な肩書きがあるというのは」

「え?」

すると小夜子ははっとして、慌てて笑う。

「私、未婚の母だったから。憧れるのよ、ちゃんとした結婚に。叶わぬ夢だけれどね。……

あっと、引き止めてしまってごめんなさい。じゃあ私、戻るわ。ごゆっくり」

「お疲れ様です。おやすみなさい」

小夜子は笑みを湛《たた》えたまま、脚を引きずりながら出ていく。

もし今彼女が誰かと恋をしているのなら、人魚姫のように不運な恋で終えないでほしい。今度こそ、その相手と幸せになってほしいと、心から願わずにはいられなかった。


「はぁ……。いいお湯」

源泉掛け流しの温泉という贅沢《ぜいたく》さ。無色透明の熱めのお湯が、身体の芯まで温めていく。

「人魚の涙でできた温泉か……」

華宵亭のすべての風呂には人魚の石像が設置されており、その下から源泉が流れている。

「人魚さんは、こんなにたくさん泣いちゃったのね……。よしよし」

雫が笑って人魚の頭を撫でると、ざらりとした違和感を覚えた。傷でもあるのかと、石像の後頭部を見たところ、なにかが表面に刻まれている。

「『亥ヲトコ』……？　なにこれ。誰かの落書き？」

昔は、大勢の従業員が華宵亭に寝泊まりしていたと聞くから、そのうちの誰かが刻んだのかもしれない。

「もしかして……他の人魚の像にもなにか刻まれているのかしら」

興味が湧いて無人であることを確かめ、露天に向かった。木の葉の匂いがする心地よい夜風に包まれながら、照明の淡い光を浴びた人魚の後頭部を見てみる。

「……やっぱりある！　『申ソトミ』？　……亥男に、ソトミちゃんがなにかを申したの？　ここにも刻まれていたということは、すべての像にあるのかも。今度、お掃除の時にでも確かめてみようっと！　ふふ、お掃除の楽しみができたわ」

風呂から上がっても火照《ほて》りが消えない。クールダウンをするのに、自販機のアイスや冷たい飲み物を買うのも手だが、今夜は大庭園を散歩したい気分だ。

「よーし、今日は雨も降っていないし、久しぶりに夜の庭を歩くかな」

大庭園の裏手は客室からは見えず、従業員だけの秘密空間みたいなものだった。ライトアップされていないため、冴《さ》え冴《ざ》えとした天然の月明かりが植物の輪郭を浮き彫りにする。それは不気味さよりも、心地よさを与えた。

「ああやっぱりわたし、雑然とした都会よりも自然に囲まれた華宵亭が好きだなあ」

その声を歓迎するみたいに木の葉がさわさわと音をたて、柔らかな夜風が頬を撫でた。

夜露に湿った落ち葉を踏みしめ歩いていたところ、どこからか話し声が聞こえてくる。

妙に気になり声を追って歩くと、小夜子が住まう離れが見えてきた。

小夜子が外に出ている。彼女が話している相手は、夜闇に溶ける濃藍の着物姿。

（若旦那？）

なぜこんな夜更けに、瑞貴が訪問するのだろう。なにか緊急の用でもあったのだろうか。

そう、雫が訝《いぶか》った時だった。小夜子の哀切な声が響き渡ったのは。

「瑞、貴……」

（呼び捨て……？）

小夜子は瑞貴に向けて手を伸ばし、彼の頬を撫でた。

すると瑞貴は――小夜子を抱きしめたのだ。

瑞貴の背中に回る白い手が、蛇のように淫猥《いんわい》に動いて彼に巻きつく。

……愛しい男を離したくないと言わんばかりに。

（どう、して……）

雫の脳裏に、浴室で会った小夜子が蘇《よみがえ》る。

いつになく早い時間に風呂に入り、上機嫌だった彼女。

『なにかあればいいわねー。王子様との密会とか？』

（まさかあれは……若旦那と会うために？）

小夜子はいつだって優しかった。雫が瑞貴の許婚《いいなずけ》だと知り、陰ながら応援してくれていた。

その彼女が今、雫の愛する男と愛を交わしている――

拒絶反応にズキズキ痛む頭を抱えながら、雫は思い出してしまう。

数日前、女将《おかみ》に着替えの礼を述べた帰り、小夜子を見た瑞貴の目が切なげだったことを。

(あれば……恋する眼差《まなざ》しだったんだ……)

年の差がある。しかも大倭の母親で、瑞貴には許婚《いいなずけ》がいる。

『羨《うらや》ましいわ。特別な肩書きがあるというのは』

雫は愕然《がくぜん》として、地面に両膝をついた。

瑞貴が自分に見向きもしなかったのは、小夜子が好きだったからだ。

(結婚話が進まなかったのは、わたしと結婚したくなかったから？　なにか事情があって婚約破棄ができず、仕方がなく先延ばしを繰り返していたの？)

延期ばかりで業《ごう》を煮やした雫側が、婚約を白紙に戻すことを期待していたのだろうか。

そして、小夜子との禁断の恋に苦しみ荒れていたから、クラブで発散し、彼女の身代わりとなる女たちを抱いて欲求不満を解消していた――

(わたしは……そんなことも知らず、彼と幸せになる夢を見てきたんだ……)

ああ、本当に――瑞貴についてなにひとつわかっていなかった。

『嬉しいよ。雫が、僕のお嫁さんになるなんて！』

あの時の彼は、確かに自分を望んでくれた。しかし所詮《しょせん》は祖母同士が強制的に決めた縁談だ。

（わたしだけ、だったんだ。ずっと……結婚を楽しみにしていたのは。……消えちゃったんだ、あの時の若旦那の気持ちは。膨らんで弾《はじ》けて……泡のように消えちゃった……）

雫の目の前で、瑞貴は小夜子とともに、彼女の部屋に入っていく。

愛し合う男女がすることはひとつしかない。

激しい拒否感が、雫の中を狂おしく駆け巡る。

「いや、だ……。若旦那……行かないで。ねぇ、行かないで……」

しかしその声は届かず、玄関の戸は無情にも閉められた。

「うう、う、ぐ……っ」

食いしばった唇の隙間から、堪《こら》えきれない嗚咽《おえつ》が漏《も》れ、涙がぼろぼろとこぼれ落ちる。

……長いこと待ってみても、瑞貴は屋敷から出てこなかった。

「若旦那……」

いずれ瑞貴と結ばれるために、どんな困難でも頑張って耐えようと思っていた。たとえ瑞貴から女として見られていなくても、ずっと彼のそばにいるために。

未来に託していた一縷《いちる》の希望が、音をたてて砕け散った気がした。

『指切りげんま～ん　嘘ついたら針千本の～ます　指切った！』

……瑞貴が好きだった。彼しか見ていなかった。

だから――わかる。もう、無理だと。

他の女性を想う彼のそばにいてはいけない。

瑞貴が好きだからこそ、彼の恋路を阻《はば》む枷《かせ》になりたくなかった。

瑞貴の幸せのために。彼の心からの笑顔を守るために。

『泡になる前にシズクがまた助けてあげるから、生きていて！』

（若旦那……）

決断しよう。彼ができなかった婚約破棄を。

（今まで束縛してしまって、ごめんなさい。あなたを解放……するから）

せめて、彼の元許婚《いいなずけ》が自分でよかったと思ってもらえたら、この恋心も救われる。

……今なら、王子のために消えることを選んだ人魚姫の気持ちが、よくわかる気がした。

＊。゜・＊・。゜＊

夜更けに非常識だと叱咤《しった》されるのを覚悟して、雫は女将《おかみ》のもとを訪れた。

硬い雫の声音からなにかを察したのか、起きていた女将《おかみ》は小言を言わずに部屋に通す。

歴代の女将《おかみ》が使用してきた部屋は、飾らない現女将《おかみ》の趣味を反映してか、とても質素に思えた。

昔は自分もこの部屋に住まうのかと興味津々《きょうみしんしん》だったが、今は悲しみが募るだけ。

「婚約を破棄したい⁉」

いつも凜然《りんぜん》とした女将《おかみ》らしからぬ驚きよう。

左肩に垂らされている緩い三つ編みの黒髪が、大きく揺れた。

「どうして……」

掠《かす》れきったその声は、激しい動揺を雫に伝えてくる。

鉄仮面のように思えた女将《おかみ》でも、感情はあるのだなと、雫は妙におかしくなった。

「常々、思っていました。わたしでは、若旦那の伴侶も、華宵亭の女将《おかみ》も力不足です。できるのはせいぜい力仕事のみ。能力も根性もなく、ご期待に添えず申しわけありません」

思っていた以上に、すらすらと言えた。それは日頃から、心に渦巻いていたものであったからなのかもしれない。

「婚約を破棄して、あなたはどうするつもりなの？」

「……まだなにも決めていません。仲居としての経験が無駄にならないところで、ひとり生きていければと思っております」

「しかし……」

渋る女将《おかみ》を見て、雫はなにをそこまで躊躇《ためら》うことがあるのかと訝《いぶか》る。

華宵亭のためを思えば、役立たずの許婚《いいなずけ》が消えることは万々歳《ばんばんざい》ではないか。むしろ、雫の決断が遅すぎたことに、嫌味を言われる覚悟もしていたというのに。

「どうか、若旦那に相応《ふさわ》しい女性を。華宵亭と若旦那を心から愛する、有能な女性を次期女将《おかみ》にお据え下さい。なにより、若旦那がお気持ちを向けられる女性を……」

「だったら、雫さんがあの子のそばに……」

「わたしではないんです。女将《おかみ》さん……。これはかりは努力しても無理でした。どうか察して下さい。わたし……若旦那を苦しめたくないんです。幸せになってほしいから」

雫は戦慄《わなな》く唇を噛みしめ、小さく笑った。そんな雫に女将《おかみ》は強張った顔を向け、静かに問う。

「このこと、瑞貴には言ったの？」

「……いいえ。明朝、若旦那には置き手紙を残して、出ていこうと思っています」

「な……」

「長年許婚《いいなずけ》としてお世話になりながら、不義理に消えるわたしを若旦那はお怒りになるでしょう。だからこそ信頼で成り立つ華宵亭の嫁には相応《ふさわ》しくないと、どうぞ若旦那をお諭《さと》し下さい」

「雫さん。この縁談は……今は亡き大女将《おおおかみ》の願いでもある。結婚まで時間がかかっても、たとえなにか障害があっても、あの子が婚約を取り消したりはしないわ」

しかし雫を安心させようとした女将《おかみ》の言葉こそが、瑞貴の懊悩《おうのう》の原因になった気がした。

「ならば尚更のこと。若旦那からは、婚約を破棄したいと言えないでしょう。なので、わたしからご辞退申し上げます」

「……どうしても、あの子との婚約を破棄したいの？」

「はい。わたしが前に進むためにも。どうしても破棄させていただきたく」

女将《おかみ》は目を瞑《つぶ》り、しばし沈黙した。

そして——

「……わかりました。長年にわたるあなたの努力と、瑞貴へ注いでくれた愛情に免じて。あなたの望む通り、瑞貴との婚約を破棄させてもらいます。あなたのご実家にもそれを伝えますね」

「最後までお手数をおかけしてしまい、申しわけありませんが、どうぞよろしくお願いします」

雫は涙を堪《こら》えて微笑むと、美しいお辞儀を見せる。

「……でもね、雫さん。戻りたかったら、すぐに言いなさい」

それは初めて雫に向けられた、女将《おかみ》の情だった。

「ありがとう……ございます。優しいお言葉を胸に、別の場所で生きていきます」

……その夜、雫は再び仲居の着物を着て、室内の掃除をし続けた。

深夜勤担当の仲居に代わってもらい、早朝勤の仲居が来るまで最後の仕事に勤しむ。

大好きだった華宵亭。もう二度と足を踏み入れることはないと思えば切ないが、ありったけの感謝を示したかった。

そして雫は、休憩時間に瑞貴への手紙をしたためた。

手が震え、便箋《びんせん》に涙が落ちて滲《にじ》み、何度も書き直してできあがったのは——

『若旦那　今までお世話になりました。どうか愛する方とお幸せに　朝霧雫』

十八年の時を思えばあまりにも簡易な文ではあったが、それが雫の精一杯だった。

（若旦那……。直接あなたに言えない、臆病なわたしをお許し下さい）

雫は震える唇を噛みしめ、涙がこぼれないように天井を見上げた。そしてそっと呟く。

「あなたを……心から愛していました。結婚、したかったです」

＊。・。・＊・。・。＊

早朝勤の仲居が来るのは朝の五時少し前。無事に交替を終えた雫は、部屋の隅にしまっていたスーツケースを取り出して、荷物を詰め込んだ。

そして五時をやや過ぎた頃、スタンドカラーの白いブラウスとネイビーのフレアスカートに着替えて裏口から出ると、大倭が日課の水撒《ま》きをしている。

「あれ、お前深夜勤だったたっけ？　って……なんだよ、その服と荷物は！」

驚きの表情を浮かべた大倭に、雫は笑顔で言った。

「華宵亭を出ていくことにした。今までありがとう。これからも若旦那を支えて、華宵亭を盛り立ててね」

大倭は目を何度か瞬《しばたた》かせ、きょとんとした顔をする。そして――

「お前、なに突然。は⁉ ちょっと待てよ、なんだよ、それ」

かなり混乱しているらしい。そんな姿はレアだと思い、くすりと笑った雫は封書を渡した。

「これ、香織ちゃんに渡しておいてくれる？ あの子、来るのがいつもぎりぎりだから、直接お別れを言えないと思って、手紙にしたの」

「だから待てって。なんでお前、そんなに暴走しているわけ？ 落ち着けよ」

落ち着けと騒ぐ大倭が、一番動揺している。

「十分落ち着いてるよ。それに、心のどこかでこんな風に出ていくことを予感していたみたい。未練や悔しさよりも、爽《さわ》やかな気分なの。お天気もいいし、いい旅立ち日和《びより》」

「お前の許婚《いいなずけ》はどうするんだよ。あいつを捨てたら、どうにかなっちまうぞ」

「捨てるんじゃないよ。若旦那には、部屋の前に手紙を置いてきた。悪いけどフォローを頼むわ。手紙ですませたことに怒るかもしれないけれど、そのうち落ち着くところに落ち着くと思うから。……婚約破棄させてもらったんだ。夜、女将《おかみ》さんに頼んで」

「なんだって⁉」

大倭の声が裏返った。

「若旦那、好きなひとがいるみたい。もう限界だなって。邪魔者扱いされたくもないしね」

さすがに瑞貴の想い人が大倭の母親だとは言えなかった。でも、そのうち大倭にもわかるだろう。小夜子と瑞貴が結婚したら、大倭と瑞貴の関係は、幼馴染《おさななじみ》ではなく義理の父子になる。

（絶対ふたりとも、その関係は嫌がりそうだけれど）

「意味わかんねぇ。なんでお前が出ていくんだ」

「お邪魔虫になりたくないのよ」

「なんでお前が邪魔になるんだよ？」

「若旦那には好きなひとがいるんだってば」

「だからなんで！」

察しがいい男なのに、なんだか話が噛み合わない。

「……あ、もしかしてわかっていたの？　若旦那の好きなひと。まさか、それでイライラして若旦那にあたっていたとか？」

すると大倭は、心底いやそうに顔を歪《ゆが》めた。

「イライラしていて悪かったな。せっかく鎮《しず》めたのに、お前が煽《あお》るなよ」

「だけど……まあいいや。そういうことで、とにかく許婚《いいなずけ》はやめました。もう恋は疲れたし、どこかでまた仲居として頑張って、再出発しようと思う」

「……待て。今、あいつ呼んでくるから。もっと腹割って話し合え」

走り出そうとする大倭の腕を、雫は慌てて両手で掴む。

「やめて。ここを笑顔で出たいのよ。それに今、若旦那は部屋にいるかわからないし、いたとしてもきっとお疲れだわ。だからこの時間に静かに出ていきたいの。もうそろそろ行くね」

大倭から手を離し、スーツケースを手にする。笑顔で去ろうとした雫の腕を、今度は大倭が荒々しく鷲掴《わしづか》みにした。

「……行くな」

「放してよ。もう決めたことだから」

「それは勝手すぎるぞ！　……俺も捨てるわけか？」

「大倭とはまたどっかで会えるから。落ち着いたら連絡もするし。ね？」

「――お前の結婚式の時に？　見知らぬ男の横で笑っているお前を祝えって？　ふざけんな」

「わたしもう恋なんて……ちょ、大倭……痛いって」

「なあ、小学校の卒業式の時。女たちから制服の第二ボタンを狙われて、俺が学校を逃げ回っていたこと、覚えているか？」

「ああ、そんなこともあったね。あんた、ぼろぼろになっていたよね」

中学生になれば制服が変わる。そのため小学生最後の日には、女子児童の間で意中の男子児童の第二ボタンを巡り、激しい争奪戦が繰り広げられた。先に卒業した瑞貴と同じく、クラスの中心的存在で人気があった大倭も、その洗礼を受けたのだ。

多数対ひとりの追いかけっこが面白くて、雫は笑い転げて囃《はや》し立てた後、死に物狂いで走る大倭を見捨てて、卒業したことを瑞貴に告げに華宵亭へ向かったのだった。

夕方、ぼろぼろの制服姿で大倭が華宵亭に戻ってきた。髪は乱れ、顔にはひっかき傷があり、ボタンは裏表すべて毟《むし》り取られている。疲れ切っているのに妙に真剣な顔をした彼は、雫の前に拳を突き出し、ゆっくりと手を開いてみせた。手のひらにあるのは、小さなボタン――

『……第二ボタン、死守した。お前にやる』

雫は首を傾げた。女子児童たちが第二ボタンを欲しがるのは、その男子への恋心があるからだ。だったら男子児童が、欲しがってもいない女子児童にボタンを差し出すのはどんな意味があるのだろう。……雫は、色恋沙汰には疎《うと》かったのだ。

大体、欲しがる女子児童がたくさんいるのに、自分がもらっていいものかと悩んでいると、休憩に入った瑞貴がやってきた。

瑞貴はボタンを一瞥《いちべつ》して怖い顔をしたが、雫が怯えるとすぐ笑顔に戻り、こう言った。

『大倭は特別な友達ということで、雫にボタンをあげようとしていたんだね』

『特別な友達……そうか、大倭。わたしたちは親友だものね。だったら親友の証《あかし》か！』

『それがわかれば、雫がもらう必要はない。これは大倭のボタンなんだから、ちゃんと返そうね』

忌々《いまいま》しげに歪《ゆが》む大倭の顔。それを冷ややかに見ながら、瑞貴は続けた。

『女の子が男の子の第二ボタンを欲しがるのは、どういう意味がわかってる？』

『好きな気持ちを受け取って、という意味でしょう？』

『そう。雫は僕の第二ボタンが欲しい？』

欲しいと騒ぐと、瑞貴は「ちゃんととってあるよ」と微笑み、雫を自室に招いたのだ。

……ふるふると震えながら、ボタンを握りしめて立ち尽くす、大倭を残して。

「あの時はあいつに邪魔されてしまったし、お前にはストレートに言わなきゃいけねぇことを学んだ。……雫、俺は……お前に惚れてる」

「は？」

（今、なんと？）

「友達として以上に、女として……お前が好きなんだよ。好きだからボタンを渡したかった。その気持ちは、あの時からなにひとつ変わらない」

苦しげな表情で大倭は言った。

「お前はあいつに夢中だし、いずれ結婚しちまうからって、何度も諦めようとした。お前が東京に行っている間、他の女と付き合ったこともあったけど、他の女じゃ無理だ。お前がいい」

大倭に恋人がいたということも、恋心を向けられていたということも初耳だ。

（知らなかったとはいえ、わたしずいぶん、大倭に若旦那への気持ちを口にしていたけど）

彼はいつも応援してくれた。頑張れと励ましてくれた。

彼は本音を隠して、ずっと笑ってそばにいてくれたのだ。

そう。瑞貴に接する雫のように――

「お前があいつを切るというのなら、俺……我慢しなくたっていいだろう？　俺なら……お前を泣かさない。俺なら、お前の隣にずっといる」

熱を滾《たぎ》らせた漆黒《しっこく》の瞳。いつもそばにいた幼馴染《おさななじみ》が、見知らぬ男に見える。

「雫。俺を好きになれ。俺の女になれよ」

哀切な光が、切れ長の目にゆらゆらと揺れている。

「――お前が好きだ」

……胸が痛い。

「ありがとう。大倭の気持ちは嬉しい。でも――」

自分は瑞貴が好きなのだ。

好きで好きでたまらなくて、異性として振り向いてもらいたかった。

こうした情熱を瑞貴から向けてもらいたかったと思うのは、大倭に対して失礼だけれど、どんなに情熱的に告白されても、頭を過《よぎ》るのは瑞貴のこと。

「拒《こば》むなよ。俺の気持ちも、受け入れてくれよ！」

大倭の気持ちに、瑞貴を想い続けた自分の気持ちが重なり、心が震える。

共鳴しているのだ。彼が口にする言葉のすべてが、身に覚えのあるリアルな感情だからこそ。

「雫……好きなんだ」

泣き出しそうな大倭の顔。

「好きなんだよ、お前が。頼む。男としての俺を、お前の心の中に入れてくれ。俺を切り捨てず、俺のことを……男として好きになろうって思ってみてくれよ」

「大倭……」

「あいつを忘れられなくてもいいよ。想い続けていてもいい。俺をあいつの代わりにしていいから。だから俺のそばにいろ。俺から離れようとしないでくれ」

全力での大倭の告白に、雫の心は水面《みなも》の如《ごと》くゆらゆらと揺れた。

大倭を好きになれば、瑞貴を想って痛むこの心は癒《い》やされるのだろうか。

大倭が相手なら、涙を流すこともなく笑っていられるだろうか。

大倭だったら――

「雫……。俺のところに来い。幸せにするから」

（……無理だ）

自分が辛いからと、大切な友達を瑞貴の身代わりにはできない。

大倭は大倭であり、愛する瑞貴にはなれない。

「ごめん、大倭。わたしは若旦那以外のひとに恋はできない。わたしも大倭も幸せになれないわ」

王子以外に恋ができないから、消えるのだ。愛するひとに選ばれなかった人魚姫は。

「ぐちゃぐちゃ考えるな。俺がすべての苦しみから守る。だから、俺のところに……」

大倭の腕の中に、荒々しく引き寄せられる。

嗅《か》ぎ慣れたサンダルウッドの香りが、やけに魅惑的に感じた。

それでも……陶酔《とうすい》するほど恋しく思うのは、菓子のような甘い麝香《じゃこう》だけ。

大倭といても思い知るばかりだ。どれだけ自分が、瑞貴を好きなのか。

雫が大倭を突き飛ばそうとした瞬間、彼が泣きそうな顔で笑った。

その直後――雫の腕が掴まれ、ぐいと後ろに引っ張られる。

「大倭のもとになど、行かせない……っ」

それは、この時間ここにいるはずがない……瑞貴だった。

小夜子と抱き合っていた時と同じ濃藍色の着物を着たままだ。激しい怒りを隠そうともせず、ぎらついた眼差《まなざ》しでスーツケースを一瞥《いちべつ》すると、威嚇《いかく》めいた声を出す。

「雫、戻るんだ」

「あの、若旦那。わたしは……」

「戻るんだ！」

剥《む》き出しの激情をぶつけられ、雫は恐怖にびくっと震え、身を竦ませた。

そんな中、大倭が嘲《あざけ》るみたいに笑い出す。

「はは。まったく余裕ねぇな、あんたの顔。それが素なのかよ」

それは瑞貴の怒りを煽《あお》り、秀麗な顔がさらに歪《ゆが》められた。

「ま、そうだよな、雫は自《みずか》らの意思で許婚《いいなずけ》をやめ、あんたから離れようと俺のもとに来た。愛想を尽かされ、捨てられた哀れな男としては、力ずくで拘束《こうそく》するくらいしかねぇものな」

大倭らしくもない挑発だ。しかもその物言いでは、雫が大倭を選んだようにも聞こえる。

「違う、違う！　大倭、勝手に話を歪《ゆが》めないで。わたしは……くっ！」

雫の腕を掴んだままの瑞貴の手に力が入り、骨が悲鳴を上げた。

大倭に向けられている暗紫色の瞳はギンと殺気に満ち、触れれば切り裂かれそうなほど剣呑《けんのん》な空気をまとっている。

「自業自得だろうさ。あんたは雫の心変わりを止められなかった。それもすべて……許婚《いいなずけ》という肩書きで雫を縛って満足して、雫の心に寄り添おうとしなかった結果だ。だから俺如《ごと》きに盗《と》られるんだ！」

大倭は、雫が受け入れたと思い込んでいるのだろうか。

（ううん、違う。大倭は、もしかすると……）

『今、あいつ呼んでくるから。もっと腹割って話し合え』

（わたしの背を押すために、わざと泥を被ってくれているんだわ！）

瑞貴の身代わりでもいいと愛を乞いながら、土壇場で雫のために憎まれ役を買って出た大倭。自分は大倭の気持ちに応《こた》えられなかったのに、彼はいつだって雫の一番の味方でいようとしてくれている。自分を殺して、雫の心を大切にしてくれているのだ。

（ありがとう。わたしの大好きな親友！）

雫の鼻の奥がツンとした。

大倭が言っている気がする。瑞貴から逃げずに本音できちんと話をつけろと。一時の感情で幼馴染《おさななじみ》として共有した過去もすべて、簡単に捨て去るなと。残された者の気持ちを考えろと。

「この間男が……」

瑞貴の声はどこまでも冷ややかなのに、烈火の如《ごと》き温度を感じさせる。

いつもの瑞貴であれば、大倭らしくない挑発に、裏があることくらい見抜いただろう。

(若旦那をここまで激高させてしまったのは、わたしのせいだ……)

雫が唇を噛みしめた時、瑞貴がゆったりと嗜虐的《しぎゃくてき》に笑った。

「俺から雫を……奪い取れると?」

酷薄なその笑みに雫は震え上がり、さすがの大倭も顔を引き攣《つ》らせる。

(これ、やばい展開になるかも。どうする? どうすれば若旦那を鎮《しず》められる?)

そんな時、実にタイミングよく、騒ぎを聞きつけて番頭が駆けつけた。

「若旦那、どうなさったんですか⁉」

続けて、孝子を含めた数人の仲居もやってくる。瑞貴の舌打ちが聞こえた瞬間、彼の殺気が薄らいだ。雫が安堵したのも束の間、瑞貴は雫を軽々と肩に担ぎ上げ、従業員たちに言い渡す。

「大倭を押さえつけ、俺の部屋には誰ひとりとして近づけさせるな」

日頃の瑞貴からは想像もつかぬ高圧的な言葉だ。従業員は彼の変貌に驚いている。番頭が恐る恐る瑞貴に尋ねた。

「あ、あの……若、旦那……? 副番頭がなにか……?」

「……聞こえなかったのか? 二度も言わせるな」

刃《やいば》のように研ぎ澄まされた目が向けられ、従業員たちは蒼白となって震え上がる。そして大倭に謝りながら、彼を羽《は》交《が》い締《じ》めにして動きを制した。

「おい、止めるならあっちだろうが。雫が拉致《らち》られているの、見えるだろう⁉　俺もついていかなきゃ、ストッパーがいなくなるだろうが！　あいつ、勘違いしたままなんだぞ⁉」

大倭にとっても想定外の事態になったらしい。

「雫、おい、雫――！」

大倭は遠ざかる雫に声をかけ、困り顔で拳を上げてみせた。

（ひとりで頑張れってこと？　この若旦那の怒りＭＡＸな状況で、なにができると……）

それでも、腹を括《くく》ってきちんと話をしようと思い直す。やはりここで逃げるのは卑怯だった。

瑞貴の怒りを粛然《しゅくぜん》と受け止め、少しでも彼の幸を願う心を伝えたい。

……今度こそ穏やかに、華宵亭から出ていくために。

第三章　若旦那様、本当の心をお聞かせ下さい

モダンな黒い木目調の襖《ふすま》が、激しい音をたてて閉められる。

雫が運ばれた瑞貴の部屋は、雫が立場を弁《わきま》えるようになってからは、女将《おかみ》の部屋同様、公私ともにおいそれと近づくことができない聖域だった。

畳に下ろされた雫は、そのまま覆《おお》い被さってくる瑞貴に組み敷かれ、荒々しく唇を貪《むさぼ》られた。

「若……旦……ふ、んんっ」

雫の口腔《こうこう》で瑞貴の舌が暴れる。恐ろしさに逃げる雫の舌を追い詰め、支配しようとしていた。

それは甘さの欠片《かけら》もなく、力を誇示《こじ》して、雫を屈服させるだけのものだ。

獰猛《どうもう》なキスで呼吸を奪われ、気が遠くなった時、首筋に歯を立てられて現実に引き戻される。整いすぎているがゆえに凄みのある秀麗な顔が、雫を見下ろしていた。

怒りを帯びた、ぎらついた双眸《そうぼう》。それとは対照的に、唇は弧を描く。

食べられる――ぞくりとした雫は本能的に逃げようとするが、腰が抜けたのか脚に力が入らず、仰向けになった芋虫みたいに這《は》いずることしかできない。

「――母さんから聞いたよ。婚約破棄、したいんだって？」

言葉遣いはいくらか緩和されたが、瑞貴の激情までは鎮静化したわけではないようだ。

雫の顔の両横にゆっくりと瑞貴の手がつかれ、彼が作る檻《おり》に閉じ込められる。

……逃げ場はない。

「手紙も読んだよ。いやになっちゃうね、僕に……浮気の濡れ衣を着せ、あんな紙切れ一枚で消えようとするなんて。きみがそんな子だったなんて、失望したよ」

失望。その言葉に心がきりきりと痛む。

「わ、わたし知っているんです。若旦那が……」

「ああ、僕も知っているよ、雫。大倭にわざわざ言われなくてもね」

雫を遮《さえぎ》り、くつくつと喉元で笑う瑞貴は、雫の頭を優しく撫でる。冷えきった手だ。いつもなされていた触れ合いなのに、今は全身が総毛立つ。

「大倭が好きだから、僕との婚約を破棄したんだろう？　僕の不貞を理由にしたのは、大倭の差し金なのか？　それともきみの考え？」

依然口元には笑みが浮かんでいるが、瑞貴が発する言葉は理解しがたいものだった。

この口ぶりではあの場で大倭が憎まれ役にならずとも、既に勘違いをしていたらしい。

慌てて弁解をしようとしたけれど、またもや瑞貴に遮《さえぎ》られる。

「あいつのどこがいい？　顔？　身体？　教えてよ。僕、その部分を切り取ってくるから」

「な……」

「性格だっていうのなら……どうしようか。身体の中、全部取っちゃえばいいのかな。そうしたらきみは、大倭に興味をなくすだろう？」

冗談とも思えない仄暗《ほのぐら》いものを感じた雫は、悲鳴じみた声を上げた。

「若旦那、なにを言っているんですか⁉　大倭ですよ、幼馴染《おさななじみ》の！」

「わかっているよ。だから情けをかけて殺さなかったじゃないか。それとも、これからの苦しみを思えば、ひと思いに殺した方が楽なのかな。雫、どちらがいいだろう」

残忍に笑う目の前のこの男は、一体誰なのだろう。

優しく穏やかな若旦那でもなく、クラブで荒れていたミズキでもない。

「若旦那、お願いですから……やめて下さい。大倭なんですよ？　若旦那は大倭に、わたしには見せない顔を向けてきたじゃないですか。わたしよりずっと、同じ時を共有してきたんですよ？」

雫の訴えに、暗紫色の瞳がかすかに揺れた。

「それでも……大倭は、僕から雫を奪った」

「わたしは奪われていません！　確かに大倭はいつもと様子が違いましたが、わたしは拒《こば》んで」

すると瑞貴はカッとしたように叫ぶ。

「奪われていただろう！　本気でいやだったら、大倭を殴るくらいしたはずだ！」

刺々《とげとげ》しい言葉が、胸に突き刺さる。

(どこから見られていたのかわからないけれど、大倭に激しく抵抗しなかったのは……)

共鳴したからだ。大倭の想いが、瑞貴への自分の想いとよく似ていたから。

確かに、失恋の苦しみから解放されたくて、一瞬でも大倭に揺らいだことは認める。彼の気持ちは素直に嬉しいと思った。……それでも、瑞貴以外に恋はできないと思い知ったのだ。

「僕がきみの手を引かなければ、大倭に抱きしめられ、キスしていたんじゃないか？　もしかして、もう既に結婚の約束でもしていた？」

負の感情をぶつけられ、悲しみのあまり弁解もできない雫は、ただ唇を戦慄《わなな》かせた。

（若旦那。どうして……あなたがそんなことを言うんですか？　仲居長を抱いたあなたが）

好きな女性がいても雫との婚約にこだわる理由は、大女将《おおおかみ》の願いが呪いとなって彼を縛っているせいかもしれない。その重圧に彼はもがき、幼馴染《おさななじみ》という関係まで壊そうとしている。

「なにか言えよ。それとも、図星でなにも言えない？　あるいは僕には言いわけをする価値さえない？　きみが頼るのは、いつもいつもいつも！　大倭ばかりだものな！」

瑞貴の悪意ある言葉に、雫の心は切り裂かれていく。

彼は穏やかな笑みの陰で、そんなことを思っていたのか。

「……僕との婚約は解消させやしないよ。きみが大倭を想っていようが関係ない。どんな手を使ってでも、逃すものか」

ぎらついた暗紫色の目が細められた瞬間、雫のブラウスが下着ごと押し上げられた。慌てて隠そうとする手が押しのけられ、露《あらわ》になった両胸を鷲掴《わしづか》みにされる。

白い柔肌《やわはだ》に食い込んだ瑞貴の指。雫は痛みに顔を顰《しか》めた。直接触られるのは初めてではないのに、淫猥《いんわい》に形を変えた胸を食い入るように見つめられていることが、羞恥《しゅうち》を煽《あお》る。

「いつからこんなに……男を誘う身体になったんだ」

瑞貴は怒りと悲しみが綯《な》い交ぜになった声で呟くと、震える胸の蕾《つぼみ》に吸いついた。

「ひゃ、ぁっ！」

彼の唇で引っ張り上げられた蕾《つぼみ》が、舌で転がされて揺らされる。

それは雫の官能を高めるためというより、彼の激情をぶつけているみたいに荒々しい。

本能的に身を竦ませていた雫だったが、たとえどんな行為であろうとも、愛《いと》おしい男に女として求められていると思うだけで、身体がじんわりと熱を持ってしまう。

（ああ、駄目。そんなところばかりいやらしく攻められたら、わたし……）

「……ん、ふ……ぁ……」

雫の唇から漏《も》れた声は、甘さが滲《にじ》んだものだった。それを耳にした瑞貴が冷たく笑う。

「こんなにされているのに感じるんだ？　……大倭でも思い出した？」

「違っ、わたしは大倭のことをそんな風には思っていません。それにこの行為だって誰とも……」

「だったら、愛想を尽かした男に感じているのか。心通わせる大倭にならもっと気持ちよく乱れることができただろうにね、可哀想に」

「違います。気持ち……よくなるのは、大好きな……若旦那だから……っ」

そこに愛があるのだと訴えても、瑞貴の頑《かたく》なな心は解《ほぐ》れなかった。

「雫は悪い子だね。そうやって僕を誑《たぶら》かすのか。なにも知らない無垢《むく》のふりをして」

「信じて下さい。わたしは若旦那が好きなんです……！」

するとまた瑞貴は笑う。暗紫色の瞳を、暗澹《あんたん》たる色に染めながら。

「……知っているよ？　だって幼馴染《おさななじみ》だからね。だけどその〝好き〟は……腹立たしい」

笑みが消えて凍《い》てついた顔と低い声音に、思わずぞくっとする。

雫の怯えに気づいた瑞貴が、ゆったりと笑って雫の目を手で塞ぎ、耳打ちした。

「俺の本性はわかっていたはずだろう？　せっかくあれで見逃してやったのに」

一人称が変わった。スカートが捲《まく》られ、太股を指先でなぞられる。

「ずっと、目を閉じていればよかったものを。もう遠慮しない。無理矢理でも……俺のものにするよ」

ショーツが一気に引き下ろされ、雫は本能的に震えて悲鳴を上げた。

「……大丈夫。すぐに終わらせるから」

視界を塞がれたまま、両脚を大きく開かされる。まだ解《ほぐ》してもいない秘処に、質量ある……熱いなにかを押し当てられた。それが怖くて仕方がなく、雫は引き攣《つ》った声で訴える。

「わ、若旦那、やめて！」

両手を伸ばして瑞貴の身体を押し返そうとしたが、暗闇の中で空《くう》を切った手は、頭上に交差させる形で押さえつけられる。そして熱を伝える大きなものが、秘処に入ってくるのがわかった。

「いや、若旦那、やめて！　いや！」

焦った雫は短い悲鳴を上げ、泣いて抵抗した。

それがなにか、今なにをされようとしているのかわからないほど子供ではない。

瑞貴に女として抱かれたかった。しかし、こんな怒りに満ちた情交はいやだ。自分が彼を怒らせていることはわかるけれど、今までの優しく穏やかな思い出を壊したいわけではないのだ。

『指切りげんま〜ん　嘘ついたら針千本の〜ます　指切った！』

脳裏に蘇《よみがえ》る、遠き日の約束。

それを違えて離れようとした報いなのだろうか。

(だけど、若旦那には好きな女性がいるのに！)

「やだ、若旦那、やだ！　やめて、お願いだからやめて！」

雫が泣きじゃくると、瑞貴は雫の涙で濡れた手を拳の形にする。そして、ダンと大きな音をたてて彼女の横の畳に叩きつけ、行為を断念した。

涙で滲《にじ》んだ視界の中で、俯《うつむ》いた瑞貴の顔がゆっくりと上がり、雫に向けられた。

深い翳《かげ》りに覆《おお》われた顔。悲痛に細められた眼差《まなざ》し。

暴力的な行為をしようとしていた瑞貴なのに、あまりにも苦しげで、雫の胸が締めつけられる。

「……そんなにいやか、俺に抱かれるのは」

瑞貴は唇を戦慄《わなな》かせながら、弱々しい声音で懇願《こんがん》した。

「雫の処女を俺にくれよ。他の男にではなく、少しは俺に……きみの特別をくれよ……!」

どくん、と雫の心臓が跳ねた。

こんなに彼のことを特別に想っていたのに、それは彼に伝わっていなかったのか。

(ねぇ、若旦那。どうして今頃、そんな執着《しゅうちゃく》めいたことを言うんですか?)

雫は悲しみに満ちた声で、過去形で尋ねてみる。

「特別を求めるのは、許婚《いいなずけ》……だったから?」

すると瑞貴は口を引き結び、自嘲するような薄ら笑いを浮かべて答えた。

「そう。許婚《いいなずけ》の義務。一度抱かれれば、雫のおばあさんも大女将《おおおかみ》も満足してくれるだろう?」

その返答は、雫の心をさらに傷つけた。しかし。

「——とでも言えば、きみは納得するのか？」

瑞貴が言い出したことなのに、彼もまたひどく傷ついた顔をしている。

「処女をくれたら……終わりにしてあげる。雫を解放してやるよ、大倭も一緒に」

今にも消え入りそうな弱々しい声で——

「だったら……いいだろう？」

胸が痛くて泣き出しそうなのは雫の方だ。それなのに、瑞貴はそれ以上に痛ましい顔で雫の頬に触れる。

「雫の大切な……たったひとつのもの、俺にくれてもいいだろう？」

……冷たく長い指先をかすかに震わせながら。

（ずるいよ。仲居長がいるのに……。わたしは……こんなにも若旦那が好きなのに）

その時、瑞貴が雫の首にかけられていた鎖に気づいた。鎖を指にひっかけ引っ張ると、いつもはつけていなかった雫形のペンダントが現れる。それを見た瑞貴は、驚愕の表情を浮かべた。

「これも、若旦那にお返ししようと思いました。だけど……できなかった。これは若旦那がくれたもの。わたしの……永遠の宝物だから。これだけは手放すことはできなくて」

雫の目から涙がつぅとこぼれ落ちる。

「わたしは……昔から若旦那だけを想い続けてきました。ずっとずっと……指切りを思い出しながら、若旦那のお嫁さんになれる日を夢見て、わたしなりに頑張ってきたつもりです」

わずかに瑞貴の瞳が揺れた。

「でも、わたしの存在が若旦那の重荷となっていたことがわかり、耐えられなかった。わたしは……若旦那に幸せになってもらいたい。人魚姫のように、消えてほしくないんです。今も」

瑞貴の瞳に広がっていた闇の濃度が徐々に薄まっていく。

「だから、大女将《おおおかみ》の遺志に囚われた若旦那が、したくてもできない婚約破棄を……わたしから女将《おかみ》さんにお願いしました。それが、わたしにできる唯一のことだから」

瑞貴が口を開く前に、雫もまた瑞貴の頬に触れる。

「愛してます、若旦那。あなたに抱かれたいと思っていました。あなたが求めてくれるのなら、喜んでこの身を捧げたい。だけど……大女将《おおおかみ》への義理を果たす前に、本当に愛する女性の気持ちを考えてあげて下さい」

無理矢理に笑う雫の声が、涙で震えた。

「仲居長が……悲しみます」

「……え？」

瑞貴が怪訝《けげん》な声を上げた時だ。

ドスドスという音が近づいてきて、襖《ふすま》が開いた。そして――

「――雫さんになにをしているの。はしたない格好をなんとかしなさい、この……馬鹿息子が！」

その声とともに、水がざばあと降ってきたのだ。

……般若《はんにゃ》の形相をした女将《おかみ》が手にするバケツから。

＊。・＊・。＊

雫は瑞貴とともに、彼の部屋にあるバスタオルにくるまれ、女将《おかみ》の前に正座している。

視界の端にあるのは、ショーツ。その存在は女将《おかみ》にとってはどうでもいいらしいが、雫にとってはどうしても気になる。またもや、濡れたショーツであれば尚更に。

（はかせてもらえないかな。でも……濡れていたら風邪ひいちゃうか。だったら手元に引き寄せるくらい……。頑張ればもうちょっとで……）

雫の手を止めたのは、女将《おかみ》の声だった。

「昨夜、雫さんが帰った後、仲居長が私のところにやってきたの。それで私は、雫さんが、仲居長と瑞貴が恋仲だと誤解していたことに気づきました」

（誤解……？　抱擁《ほうよう》して呼び捨てにする仲なのに？）

しかし疑問を解決する間もなく、女将《おかみ》が続ける。

「瑞貴が私から婚約破棄のことを聞き、あなたのところに駆けつけたのが朝になったのは、瑞貴がずっと岩風呂にいて話をするのが遅くなったからです。心が昂《たかぶ》った瑞貴は岩風呂で長く過ごす……いわばあそこは瑞貴の別宅。……昔から瑞貴は、私に関するいやなことがあると、あの岩風呂で現実逃避をして、心を押し殺すのが常でした」

「なぜ、そのことを……」

濡れ髪のため、いつも以上の色香を漂《ただよ》わせる彼は、青ざめた顔で唇を戦慄《わなな》かせている。

「なぜですって？　母が子供の行動を知っていたらいけないの？」

瑞貴はなにか言いたげな眼差《まなざ》しをしたが、押し黙った。

「話を戻します。瑞貴と仲居長が昨晩会っていたのは、私にも関係することなのです」

（どういうこと？）

「——私は瑞貴が可愛い。しかし華宵亭を守る女将《おかみ》という立場上、世の母たちのように、それを表に出すわけにはいかない。瑞貴は息子とはいえ、華宵亭の未来を担《にな》う運命に生まれついた、今はいち従業員。浮気を繰り返し、華宵亭の伝統を壊そうとした……亡き主人と同じ轍《てつ》は踏ませまいと厳しく育ててきました。私は……瑞貴を追い詰めていたことに気づかなかった」

「違う！　それは僕が未熟だったから……」

瑞貴の声を女将《おかみ》はぴしゃりと制する。

「いいえ。瑞貴は期待に応《こた》えていた。だからこそ私は、さらに上を目指せるはずだと、瑞貴の心を抑えつけていたのです。瑞貴が雫さんを求めているのを知りながら、私が女将《おかみ》であるうちに未来の不安要素をひとつでもなくそうとするあまり、結婚を延ばしました。結婚するのは決定事項なのだから急ぐことはないと。しかしそれは瑞貴の本意ではなく、さらに瑞貴の猜疑心《さいぎしん》を煽《あお》ってしまった」

女将《おかみ》は凛然《りんぜん》と背を正したまま、言った。

「……雫さん。私は――瑞貴を産んでいません」

「え？」

「瑞貴は、仲居長の……小夜子さんの子供です」

ひゅうと、雫の喉がおかしな音をたてた。

瑞貴は女将《おかみ》から顔を背《そむ》け、膝の上の手を拳にして震えている。

それは怒りというより、悲しんでいる姿のように見えた。

そして雫ははっとする。小夜子が瑞貴を呼び捨てにし、ふたりが抱き合っていたのは――

「若旦那が仲居長のもとを訪れたのは……」

「ええ、瑞貴は確かめたのです。実の親が彼女だということを。そうですね？」

やがて、瑞貴の掠《かす》れた声が響いた。

「そう……です。なぜこんなことになったのか、話を聞いていました。仲居長の家で」

感情を押し殺すみたいに語る彼の様子からは、嘘や偽《いつわ》りは感じない。

（愛し合っていたわけじゃなかったんだ。でも待って。小夜子さんが母親だとすれば……）

安堵から一転、雫は新事実に眉を顰《ひそ》める。

「だったら……大倭と兄弟なんですか、若旦那は」

女将《おかみ》は静かに首を横に振り、瑞貴は苦悶《くもん》の表情を浮かべた。

女将《おかみ》は、抑揚がない声で淡々と言う。

「――大倭こそが、私が産んだ子供です」

それを耳にした瞬間、雫はすとんと腑《ふ》に落ちた。

儚《はかな》げで優しい小夜子は、まとう妖しげな色香も含め、瑞貴とよく似ている。

一方、いつも凛《りん》として手厳しい女将《おかみ》は、一本気な大倭とよく似ている。

（近くにいすぎて、わたし……気づかなかった）

女将《おかみ》は静かに話し始めた。

「……女将《おかみ》として嫁《とつ》いできた私は、子宝に恵まれなかった。跡継ぎを急かす周囲の重圧がのしかかる中、ようやく子を身ごもりましたが、女将《おかみ》の仕事がきつかったせいか流産してしまった。それに気づいて秘密裏に小林院長へ連絡してくれたのが小夜子さんでした。私はひどく取り乱した。子供を殺してしまったこと、再び妊娠できるかわからない不安と、跡継ぎを残すこともできぬ役立たずだと罵倒《ばとう》されることを怖れて。そんな私に小夜子さんが提案してくれたのです」

『私は女将《おかみ》に大変感謝しております。DVに怯えていた私を救って下さっただけではなく、お腹の子供共々、安全で穏やかに生きられる場所をいただけたのですから』

「ここに来た時、既に彼女のお腹には、子供がいました。しかし彼女は子供に罪はないと、堕胎せず、ここでひっそりと産むことを望んだのです。出会いは偶然ではあったもの の、私たちは同じ妊婦として、出産までの不安を互いに励まし合った仲でした」

『女将《おかみ》。幸運にも私の妊娠は目立たず、妊婦であることを誰にも言っておりません。……私の子供をもらって下さいませんか。せめてご恩をお返ししたいのです』

「小夜子さんの出産予定日と私の出産予定日は大体同じだった。私は……辛い現実をなんとかしたくて、彼女の提案に縋《すが》り、小林院長の協力を仰ぎました。日頃は腹に詰め物をして妊婦を装《よそお》い、小夜子さんの腹が目立つようになると、彼女に離れで安静にしてもらい……出産期には彼女も私も、同時入院という形をとりました。そして小夜子さんが産んだのが、瑞貴です」

場は静寂に包まれていた。女将《おかみ》の淡々とした声だけが響いている。

「産後、小夜子さんは体調を崩しやすくなった。体質が変わったからだと院長や彼女は言うけれど、それは違うと私は思った。……私に瑞貴を奪われた悲しみゆえのことだと。いかに自分に言い聞かせようとも、その乳は我が子に飲ませたいと痛いほど張っていたことでしょう。しかし私は残酷にも、彼女に瑞貴を返すことをしなかった。それどころか、触らせもしなかった。怖かったのです。瑞貴を……私に懐いてくれた可愛い我が子を奪われることが」

女将《おかみ》の目から涙が一筋、こぼれ落ちた。

「それから二年後、私は奇跡的に自然妊娠をしました。だから私は瑞貴の代わりに、お腹の子を小夜子さんに渡そうと、彼女を説得しました。私の子供は、華宵亭の跡取りである瑞貴だけ。この子は私の腹を貸しただけで小夜子さんの子供だと。せめて母の悦《よろこ》びを感じて子育てをしてほしいと。そしてまた院長に協力してもらい、小夜子さんに妊娠しているふりをしてもらった」

雫は噂《うわさ》を思い出す。小林院長が過労に倒れた女将《おかみ》と、妊娠しているのに働きすぎて持病が悪化した小夜子を病院に強制的に入院させたことがあったはずだ。その時に、大倭が生まれたのだろう。

着物では膨れた腹は目立ちにくい。出産期にいつもふたりが入院していることも、働きづめの女将《おかみ》と身体が弱い小夜子だから、怪しまれずにすんだのだろう。

なにより院長の存在なくして、法的な手続きを含め、周囲の目を誤魔化すことはできなかったはずだ。二人が協力したからこそできた、子供の……いや母親の〝入れ替え〟――

「私たちは、腹を痛めて産んだ子供のそばにいることができた。しかし、この事実は墓場まで持っていくことを約束し、血よりも濃い愛情で結ばれている我が子を慈《いつく》しむことを誓い合いました。私にとっては瑞貴だけが、彼女にとっては大倭だけが、我が子です」

しかし雫は昨夜の小夜子を思い出す。彼女はそんな誓いがあっても、瑞貴を息子として扱った。血が繋がる子供は特別なのだ――そう、瑞貴は感じたはずだ。女将《おかみ》に対して。

「瑞貴に厳しくしたのも、私の息子だからです。瑞貴が私に似ていないため、私の子供ではないから厳しくしているのでは……という噂《うわさ》が出たことも知っています。ですが私は鼻にもかけなかった。誰がなんと言おうとも、瑞貴は私の息子だと断言できるから。しかし瑞貴は違った。小林院長に出生を尋ねたことを知り、私は愕然《がくぜん》とした。だからより一層、誰もが認める華宵亭の跡取りにしたかったのです。そうすればきっと瑞貴の不安も拭《ぬぐ》えるものと」

女将《おかみ》は愛情だと言うけれど、厳しくされた瑞貴は、こう考えたのではないだろうか。

本来ならその資格がないゆえに、厳しくされているのだと。

雫が瑞貴と初めて会った時、彼は今にも消えてしまいそうな儚《はかな》い様子で泣いていた。脚に負った傷が、女将《おかみ》の躾《しつけ》によるものだったと今になればわかるものの、痛々しい傷を温泉で癒《い》やす彼は、なにを思っていたのか。

女将《おかみ》は、あの岩風呂で泣いていた彼を知っていたのだろうか。知っていながら、瑞貴を抱きしめなかったのだろうか。

窺《うかが》い見る瑞貴の顔は、悲痛に翳《かげ》っている。

母の愛があるのだと涙を流した女将《おかみ》の声が、心に届いているようには見えない。

彼の闇は、そんなものでは晴れないのだ。

いつも穏やかだった瑞貴の姿が、どろどろとした気持ちを隠すための仮面だったのだとすれば、彼が願うものはそんな口先だけのものではないはず。

(若旦那のために、わたしができること。それは――)

雫は両手を畳につくと頭を下げて、女将《おかみ》に言った。

「女将《おかみ》さん。失礼を承知で申し上げます。〝愛しているからこそ厳しくした〟……それは、女将《おかみ》さんが満足したいだけの、一方的な押しつけではないのでしょうか」

顔を上げた雫は、冷たい面持ちになっている。

「親子の愛は無償です。〝愛してやっている〟と〝若旦那が跡取りに相応《ふさわ》しくなる〟はイコールでもなければ、因果関係もない。女将《おかみ》さんの望みは、若旦那の意思がなければなされないものなのです。若旦那の意思を、女将《おかみ》さんが自《みずか》ら確認したり、尊重したりしたことはありますか？」

のでは？」

「そうしなかったのは……女将《おかみ》さんにもまた、本当の母親ではないという……若旦那に対する負い目があったからではないでしょうか。その距離感が、若旦那を傷つけていた
女将《おかみ》は……渋い表情を見せるだけだった。

(言わなければ。若旦那のために)

次は、瑞貴の方を向いて言う。

「そして若旦那。あなたが仲居長に実の母親かどうかを確認した理由はなんなのですか？　厳しすぎる女将《おかみ》さんが嫌いだから、仲居長に優しさをお求めに？」

「違う……」

「実のお母さんと幸せな時間を過ごしたのに、なぜ岩風呂に入る必要が？」

(女将《おかみ》さんの前で言って。若旦那……あなたは我慢しすぎている)

「血が繋がらないのに、躾《しつけ》と称して虐待の如《ごと》き仕打ちをした女将《おかみ》さんへの恨みを再確認し、怒りを鎮《しず》めていたのですか？」

「違う！」

瑞貴の激情が爆《は》ぜた。苦しげな表情をして、言葉を絞り出す。

「……小林院長に否定されて一度は心を宥《なだ》めたのだけれど、父さんに言われたんだ。僕は父さんと母さんの本当の息子ではない。だから、どこの馬の骨とも知れない子供を育

ててやった恩を返すべきだと」

「そんな！　あのひとが気づいていて、そんなことを言っていたなんて！」

女将《おかみ》は驚きの声を上げた。雫もまた、驚愕の表情を瑞貴に向ける。

「その上、父さんが用意した見合いを潰したから、怒った父さんに、僕を廃嫡《はいちゃく》して大倭を養子にすると怒鳴られ、そこで気づいた。大倭こそが母さんに、そして僕は仲居長に似ていることに。でも僕と大倭は三歳違い。母親同士の合意がなければありえない……そう思っていた時、父さんが死に、母さんが重度の貧血で倒れた。輸血がすぐに必要な状況で、僕は自分の血を使ってくれと申し出たけれど、小林院長は僕の血は医学的見地から輸血には不適切だったと別の血で輸血処置をした。その時カルテには、Ｂ型だと聞いていた母さんの血液型がＡ型だと書かれていた。父さんはＡ型だ。だったら僕がＡＢ型であるはずがない。そこで大倭に聞いてみた。大倭はＡ型、仲居長はＡＢ型だ。その頃から僕は、自分の血液型をＡ型だと公言するようにして、出生のことには蓋をしようと思った」

『誕生日は正解ですが、血液型はＡ！』

香織が瑞貴から直接聞いたという、彼の血液型。自分が聞き間違いをしたのかと思ったが、やはり本人からは昔、ＡＢ型だと聞いていたのだ。

「今まで母さんが僕を認めないのは僕が未熟なせいだと思ってきた。だけど……母さんは、父さんの血も母さんの血も引かない僕のことを永遠に認めたくないのかもしれない。雫との結婚を認めないのも、僕が……仲居長という使用人の血を引き、さらに仲居長に乱暴したという荒くれ者の血を引いているからではないか。僕の存在が疎《うと》ましいからだと……」

その時、ふわりと風が吹いた。そして雫の目に、女将《おかみ》が瑞貴を抱きしめる姿が飛び込んだ。

「あなたを苦しませてきて、ごめんなさい。瑞貴は疎《うと》ましい存在なんかではない。あなたの存在が、華宵亭でひとりぼっちだった私を救っていたの！」

それは女将《おかみ》としてではない――ひとりの母親としての剥《む》き出しの感情だった。

「小夜子さんの申し出に乗ったあの日から、瑞貴の誕生が待ち遠しかった。早く我が子をこの手で抱きたくて仕方がなかった。あなたをお腹に感じられる小夜子さんが羨《うらや》ましくて仕方がなかった。あなたは私の宝なの。血なんか関係ない。私の自慢の息子なのよ！」

いつも理路整然としている女将《おかみ》らしからぬ直情に、雫の心も震える。

「理想の母親であろうとして、あなたの気持ちを無視していたのね。なにも知らずにいて、ごめんなさい。もっともっと、私は……息子の気持ちに寄り添うべきだった……。そうすれば瑞貴が、小夜子さんのもとに行くことはなかったのに……っ」

悲哀に満ちた言葉には、小夜子にとられたという口惜しさも滲《にじ》んでいた。

抱きつく母親の身体を、瑞貴の手が躊躇《ためら》いがちに包み込む。

「……僕の方こそ、仲居長に勝手に会ってごめん。彼女にも言われたよ。自分の息子は大倭だけだと。だけど僕が食い下がった。女将《おかみ》からすべてを聞き、仲居長のもとへ行けと言われたと。だから彼女は観念し、僕の名を呼び抱きしめた。一度だけという約束で。その時、わかった。僕がずっと求めていたのは、彼女の温もりじゃなかった。母さんの……温もりだったと……」

雫はタオルを目に押し当てて、声を殺して泣いた。

（これでいい。これでやっと……若旦那が心から笑顔になれる）

自分の役目は終わった──

雫が静かにショーツに手を伸ばして、こっそりと部屋から出ていこうとした時だ。女将《おかみ》が袖で涙を拭《ぬぐ》って立ち上がり、雫に笑みを向けた。

「あなたのおかげね、雫さん。あなたが私と瑞貴をけしかけ、憎まれ役を買って出てくれたから」

……また、ショーツを掴み損ねた。

「そんな大層なことをした覚えはありません。最後に素敵な場面を見せていただけたので、安心してここを出ていくことができます」

正直、女将《おかみ》の実子である大倭の真似をしただけだ。

「ふふ。黙することが美徳にならないと教えてくれたのは、あなたよ。次はあなたの番。きちんと瑞貴と話し合いなさい。瑞貴も私も……最後にする気はないから、覚悟して」

（か、覚悟って……）

「瑞貴を……私の大切な息子を、どうぞ末永くよろしくお願いします」

女将《おかみ》は深々と頭を下げると、慌てる雫に意地悪げに言った。

「雫さん。婚約破棄は……　〝満足したいだけの、一方的な押しつけ〟よ？　婚約自体を破棄したいのなら、それは〝瑞貴の意思がなければなされないもの〟。〝瑞貴の意思を、あなた自《みずか》ら確認したり、尊重したりする〟ことが必要よ」

（ううう……。しっかり根に持っていらっしゃる……！）

感情を表に出した女将《おかみ》の顔は、瑞貴の素顔によく似ている。実はこの親子は似ているのだろう。たとえ血が繋がらなくても。

「大女将《おおおかみ》がよく言っていたわ。中々帰ってこないあなたを捜しにあなたのお祖母様と岩風呂へ行った時、あなたと瑞貴は仲良く抱き合って眠っていた。おふたりは、いつもひとりでいる瑞貴の友達になれたらと、あなたを岩風呂へ行かせたらしいけれど、寄り添う姿があまりにも幸せそうで可愛かったから、もうこれはふたりを結婚させるしかないと思ったと。しかし本人の意思確認をする前に、内々で進めていたふたりの話を盗み聞きしてしまった瑞貴が、あなたが別の男性と結婚するのかもしれないと勘違いし、泣きながら懇願《こんがん》したそうよ」

『お願いです。雫を僕に下さい。僕がお嫁さんにしたいんです』

雫は瑞貴を見るが、彼は仄《ほの》かに染まった顔を慌てて横に向けた。

「大女将《おおおかみ》に言われております。破談にするにはあなたと瑞貴双方の意思が必要だと。だから私も、亡き主人がいかに反対しようと、私なりに陰からあなたたちの縁談を守ってきたつもり。雫さんが心から瑞貴との破談を望むのなら、瑞貴の意思を変えなさい。変えられるものならね。この子は私に似て、真面目すぎて融通《ゆうずう》が利かず、器用そうに見えて不器用で、その上頑固だから」

酷い言い様ではあったが、そこにはわかりやすい母の情が滲《にじ》んでいる。

「今日はふたりとも全日休になさい。ここには立ち入らせないようにします。それと副番頭ともちゃんと仲直りするのよ。小夜子さんを倒れさせるようなことがあったら私が許しません。……あとこれ、気が散るようだから洗濯に出しておくわね。それではごゆっくり」

女将《おかみ》はショーツを拾うと、それを持って出ていってしまった。

（いやあああああ！　わたしのパンツ！）

女将《おかみ》の後ろ姿に手を伸ばす雫の身体が、ふわりと浮いた。瑞貴が雫を抱き上げ、向かい合わせにして自分の膝の上に乗せたのだ。そしてきゅっと抱きしめてくる。昔のよう

に──

「雫、ごめん」

ふわりと甘い香りを漂《ただよ》わせ、瑞貴が神妙な顔で雫の顔を覗き込み、謝罪をする。

「まずは……仲居長とのこと。きみに勘違いをさせてしまい、悲しませてすまなかった」

長い睫《まつげ》が、小刻みに震えていた。

「ずっと言えなかったんだ。僕が女将《おかみ》の実の息子ではないということを。きみとの婚約は、華宵亭と『あさぎり』の結びつきでもある。僕が華宵亭の跡取りでなければ、きみは……本当の跡継ぎである大倭の許婚《いいなずけ》になってしまう不安があったから」

「そんな……」

「妬《や》いていたんだ。僕は、大倭に」

瑞貴は苦しげに自嘲する。隠されてきた彼の心情が、ゆっくりと吐露されていく。

「僕は若旦那の修業をしないといけないのに、大倭は後から割り込んできて、あっさり雫との時間を奪った。僕だって、可能なら同級生としてきみと同じ時間を送りたかった。だけど学年が違うし、僕の特別な存在だと知られたら、きみがいらぬトラブルに巻き込まれる。だから我慢した。きみの隣に当然のようにいる大倭を遠目に見て、歯がゆく口惜しく感じながら。僕ができることは、公《おおやけ》ではきみを特別扱いしないことぐらいしかなかった。華宵亭でも」

瑞貴が積極的に雫へ会いに来ず、華宵亭でも許婚《いいなずけ》と紹介しなかった理由は、彼なりに雫を慮《おもんぱか》ってのことだったらしい。

確かに学生時代も瑞貴の人気ぶりは尋常ではなかったし、彼の影響力は凄まじかった。さらに瑞貴は、大倭のように群《むら》がる女子をうるさいと一喝するタイプではなく、場の調和を大切にする。

それに彼からの接近はなかった学生時代ですら、ファン倶楽部《クラブ》の妨害は熾烈《しれつ》だった。もしも瑞貴が公然と雫を特別扱いしていたら、あんな程度の嫌がらせではすまなかったかもしれない。

「きみが華宵亭に会いに来てくれることは僕の救いだった。きみの心がまだ僕にあると感じられたから。だけど、なんとか時間を作って駆けつけた時、きみの隣には……やはり大倭がいた。放置していた自分が悪いと思いながらも、大倭に打ち解けた笑顔を見せているきみを見て僕は怖くなった。いつか大倭に雫を奪われると。大倭の気持ちは、第二ボタンの一件でわかっていたから」

（大倭の心をわかっていなかったのは、わたしだけなのか……。近くにいたのにな）

「僕と雫の思い出が、大倭に上書きされていくのがどうしようもなくいやだった。そのうち雫は僕と指切りをしたことも、僕を意識してくれたことも忘れて、大倭を男として見るかもしれない。そう考えたら、嫉妬《しっと》で我を忘れそうだった。こんな僕を嫌ったきみに婚約を解消されないよう、できるだけ……きみに好かれる優しく清らかな男でいようと思った」

彼に仮面を被せたのは、自分だったのだ――

「結婚も早くしたかった。でも、邪魔する父から守ろうときみを遠ざけたのも苦渋の選択だ。僕なりに戦っていたけれど、気づけば七年も遠距離。気がおかしくなりそうだった……」

瑞貴は翳《かげ》が落ちた顔で切なげに笑うと、雫のペンダントを指にひっかける。

「僕の想いを込めた……これをつけるきみを見たいと、実はこっそり会いに行ったこともある」

「え……」

「仲居修業にペンダントは邪魔だ。わかってはいたけれど、これをつけてもらえない理由こそが、僕のことを名前で呼ばずに、距離を置き始めた動機に思えてしまい、声がかけられなかった」

瑞貴は、雫形のペンダントトップに唇を押し当てる。

その仕草が切なくて、雫の胸がきゅっと締めつけられた。

「僕は父のように、妻に苦労をかける男にはなりたくなかった。華宵亭と雫の笑顔をしっかり守るためには、一日でも早く一人前になる必要がある。そしてきっと、女将《おかみ》が認める華宵亭の跡取りになれば、離れた雫の心も僕に戻ると思った。父が死んできみを呼び寄せた僕は、母から合格点が出るまで、きみとの恋愛を禁じられたんだ。修業の枷《かせ》になると」

「え……」

(だったら……それも知らずにわたしは、若旦那の心を求めていたの?)

「母に従ったのは、すぐに解禁できると思ったからだ。女将《おかみ》がいるとはいえ、トラブルなく亡き父の代理を務めてこられたから、前より評価してもらえると思っていた。だけど……」

瑞貴は自嘲気味に笑った。

「きみが華宵亭に来て一年経っても、まだ僕は一人前の若旦那だと認められない。愛も告げられない。心の底から欲しいきみがすぐ近くにいるのに、男として触れられない。きみが……僕に戻るどころか、大倭との距離が近づいている様《さま》を、ただ指を咥えて見ていることしかできない。すべてにおいて中途半端《はんぱ》すぎる自分がいやでいやで、反吐《へど》が出そうだった」

「若旦那……」

「だから、怖かった。きみがいつ……こんな僕との婚約を嫌がり、大倭を選ぶか。いつ大倭に取って代わられるのか。毎日が本当に怖かったんだ……」

瑞貴の伏せた目から、涙がこぼれ落ちる。それを見た雫は思わず、彼を抱きしめた。

なんでもできる彼は、遠い存在だった。しかしそれも、彼に相応《ふさわ》しくなろうと気張りすぎ、遠慮すると同時に卑屈になっていた自分の思い込みがそう見せていたかもしれない。

信じていればよかったのだ。昔と同じく、手を伸ばせばこうして……瑞貴の身にも心にも触れられる距離にいることを。自分も怖れず、彼の胸に飛び込めばよかったのだ。

「そのうち僕は、きみと大倭が親密にしているところを見ると、いつもの顔が作れなくなった。内に抱えた獰猛《どうもう》さを抑えられなくなる。そんな僕を知る学生時代からの友達が、どうしても自分を制御できない夜は、彼がオーナーをしているクラブ『セイレーン』で息抜きをすればいいと提案してくれたんだ」

雫は思い出す。あの日あったことといえば――

「あの日、僕は……大倭のために可愛く化粧をしたきみにあたり、泣かせてしまった。その結果きみが大倭を頼り、大倭とまたふたりで酒を飲む。それが僕には……やりきれなくて」

「わたしがあの化粧をしたのは、若旦那に見せたかったからです。大倭じゃない！」

雫が悲鳴のような声を上げると、瑞貴は驚いた顔を向けた。

「でも板長は……」

「あれ、悔しかったです。あの化粧をしても若旦那の横に立つレベルではないと言われているみたいで。それと誤解されているようなので弁解すると……あの夜、居酒屋で飲んだのはふたりではなく、わたしにメイクをしてくれた香織ちゃんを含めた三人です」

「香織ちゃんって、あの番頭の娘の？」

「はい。素は毒舌の面白い子ですよ。彼女のおかげで、わたしは幼馴染《おさななじみ》の関係に胡座《あぐら》をかいて若旦那のことをよく知らなかったと思い知り、愕然《がくぜん》としたんです。そんなところに、若旦那がいつもとは違う雰囲気で外出したから、香織ちゃんを運転手にして追跡調査をすることになりました」

「車……いや、それより……彼女もいたの⁉」

「は、はい。香織ちゃんはお酒を飲んでいなかったし、運転にも夜遊びにも慣れていたので、すんなりセイレーンに入れました。わたしと大倭だけだったら、外で立ち往生《おうじょう》がいいところです」

　瑞貴は顔を手で覆《おお》い、大きなため息をつく。

「ふたりだけじゃなかったのか……」

「三人です。ただ……正直ショックでした。若旦那が女の子をナンパして部屋に消えたのは」

気落ちして項垂れると、瑞貴が苦笑して雫の頭を撫でた。

「無料で気分転換させてもらっている代わりに条件があってね。セイレーンがドラッグに汚染されないよう、妙なテンションの女たちをこっそりVIPルームに連れていって確かめないといけなかった。だから僕は異様な興奮状態にある女たちを見つけては、友人に引き渡していたんだ。……VIPルームでされていたのは乱交ではないよ。ドラッグの売人が誰かを突き止めるための尋問《じんもん》だ」

　そういえば、香織が言っていた。

『クラブって、パーティードラッグの温床《おんしょう》になることもあるんです』

「他の女を抱けば問題が解決するわけでもないし、大体雫以外の女に欲情したこともない。きみを裏切るような真似は、一切していないよ」

「……っ、わたし……とんだ勘違いをしていました！」

　雫は顔色を変えた。瑞貴を疑っていたことに泣きたくなる。

「それは僕の台詞《せりふ》だ。大倭とどこで過ごしたのかとか色々と邪推してしまった。さらに僕の女遊びを許容するみたいに言われ、カッとなってきみに手を出した。脅《おど》しでやめるつもりが、その……僕の腕の中で蕩《とろ》けるきみが、あまりに可愛くて歯止めがきかなくなって……」

「……っ」

「結婚を先延ばしにしている間に、僕のような不埒《ふらち》な男たちに、雫を強奪されたらどうしようと不安になった。だから僕が実子ではない証拠を掴み、母さんの痛いところを突くことで、恋愛禁止令を解禁させるつもりだったんだ。キーパーソンは仲居長。ただいつも彼女は、僕とふたりきりで話すことを避ける。どうすれば彼女と話す時間が作れるのか、悶々《もんもん》としていて」

(まさか……若旦那が切ない目で仲居長を見ていた理由は、それ⁉)

「仲居に頼み、大倭が仲居長に相談したいことがあるから、夜に訪問すると伝えてもらった」

(お風呂で仲居長がご機嫌だったのは、息子から頼られたから？)

少しずつ誤解が解けるに従い、雫は瑞貴を疑っていたことを一層申しわけなく思う。

「呼び鈴を押したのが僕だと気づくと、仲居長は表情を強張らせた。わかったんだろう。そこまでして僕が訪問した理由を。歓迎されないのはわかってはいたけれど、拒絶されるのも辛いものがある。だから僕は一度だけと懇願《こんがん》して、彼女に息子として扱ってもらった。自己満足のためだ。それを雫が見ていることにも気づかずにね」

瑞貴はため息をひとつつくと、話を続けた。

「多分僕は、この苦しみをわかってもらいたかったのだと思う。実親ならば慰《なぐさ》めてくれると、その甘さを見抜かれていたんだろうな。仲居長が家の中でまずしたことは、説教だった」

「説教……。あの優しい仲居長が」

「そう。彼女は大倭と僕の仲が険悪になったのは、出生やきみに関する問題があるせいだと推測していたようだ。そして言われたよ。女将《おかみ》が結婚を許さないのは、僕に欠けている部分が華宵亭や雫に悪い影響を及ぼす将来が見えているからだ。女将《おかみ》のせいにする暇があるなら、少しでも早くそれを克服しろと。女将《おかみ》に意見があるのなら、正々堂々と正面からぶつかって、母子喧嘩《けんか》をしてみろ。その度胸もないのに、被害者意識ばかりを募らせるな。大体待たせている雫の気持ちを考え、フォローしたことがあるのか……などなど。大倭から指摘される以上に、痛いところばかり突かれてさすがに落ち込んでしまって……岩風呂で長湯しながら反省を……」

「それが長湯の理由ですか。でも本当に、あの仲居長がそんなことを言ったんですか？」

「そうだ。正直面食らったよ。彼女は僕の境遇に同情するどころか、容赦なく駄目出しをした。だてにあの女将《おかみ》に推されて仲居長をしていないね。僕は、優しい母には恵まれない運命らしい」

その顔は嬉しそうだったが、すぐに曇《くも》る。

「それなのに……きみが婚約破棄をしたがっていると聞いて、我を忘れた。きみのことになると、カッとしてしまう。実の父親の血なのかはわからないけれど、そこなんだろう、僕の悪いところは。女将《おかみ》のようにどんな時でも泰然自若《たいぜんじじゃく》とした態度を貫《つらぬ》けない。そしてその結果、大倭への嫉妬《しっと》のあまり、きみを犯そうとした。どう償《つぐな》っていいのかわからない」

反省しきっているその顔は、見ているだけで痛ましくなるものだった。

「いいんですよ、若旦那……。わたしを求めて下さったことは、嬉しかったから」

それに、瑞貴と女将《おかみ》のわだかまりが少しでも解けたのなら、幸せを感じるくらいだ。

「わたしが……本当の若旦那を知ろうともせず、若旦那の足を引っ張らないようにと振る舞ったことで、かえって若旦那を不安にさせていたんですね。わたしこそ謝らないといけません」

「謝るのは僕の方で……」

「違います、わたしの方で……」

そしてふたりはこつんと額《ひたい》を合わせると、くすりと笑った。

「雫。僕の前では、物わかりのいい子にならないでいい。むしろ本音でぶつかってほしい、昔のように。僕だって、きみを海の泡にしたくないのだから」

瑞貴は、自分の小指を雫のそれに絡める。

「それを言うのなら、若旦那もです。聖人の仮面を被らなくても結構です。もうわたし……知っちゃいましたから。若旦那が実は不良だってこと」

「幻滅した、よな？　それだけじゃなく、色々と……」

「いいえ。それが若旦那の一面であるのなら、見せてもらえて嬉しく思います。見せてもらえない方が辛かったから。取り繕《つくろ》った若旦那ではなく、ありのままの若旦那を見せてほしい。どんなに意地悪されても、それが若旦那であればいい。若旦那がまるごと好きだから」

「雫……っ」

「でもタバコはほどほどに。ニコチンの泡で消えてしまったら、わたし……さらにショックです」

ふたりは声をたてて笑い、視線を合わせる。

「――愛してる、雫」

笑みを引っ込めた真剣な顔で、やるせなさそうに瑞貴は言った。

「恋愛を禁止されていようが、きみに伝わっていると過信せず、きちんと伝えればよかった。堂々と母さんに示せばよかった。恋愛は若旦那修業の妨《さまた》げではなく、力になることを」

震えるその声から彼の想いを感じ取り、雫の胸はきゅっと締めつけられる。

「ふたりの母親に叱られてばかりで、あまりにも頼りないこんな僕だけど……ひとりの男として、きみが好きだ。昔からずっと。雫だけを求めてきた」

焦《こ》がれていた言葉が、雫の胸にじわじわと熱を広げていく。

「わたしも……です。こんなにも好きでたまらなくて苦しい気持ちを……若旦那に伝えればよかった。もっと愛されている自信を持てばよかった。わたし……本当に駄目な子ですね」

ほろりとこぼれた涙を拭《ぬぐ》うように、頬に瑞貴の唇が押し当てられる。

「……僕たち、似たもの夫婦になれると思わないか？」

「もう夫婦ですか？」

笑って尋ねると、瑞貴が長い睫《まつげ》をかすかに震わせ、緊張した声音で言う。

「その前に、恋人になりたい。……結婚が大前提の。仕切り直しをさせてもらえる？」

……いいのだろうか、愛する瑞貴と幸せな未来を夢見ても。

『今、あいつ呼んでくるから。もっと腹割って話し合え』

瑞貴の本音を聞けたのは、大倭のおかげだ――

（ありがとう、大倭……）

『瑞貴も私も……最後にする気はないから、覚悟して』

（そして女将《おかみ》さんも、言いたくなかっただろう秘密を口にしてまでわたしの背中を押して下さり、ありがとうございます）

ふたりへの深い感謝を込めて、雫は笑顔で答えた。

「――はい。喜んで」

互いの瞳に吸い込まれるように、ふたつの唇が近づいていく。そして――

「はっくしょん！　はっく……はっくしょぉおん！」

唇が触れ合う寸前で、瑞貴から顔を横に背《そむ》けることができたのが、不幸中の幸い。

「……ごめん、寒かったよね……。はは……ショーツもはいてないものね」

途端に雫は目を見開き、悲鳴じみた声を上げた。

「そうだ、パンツ！　だったら……今、直《じか》でがっつり若旦那の膝の上……!?」

慌てて瑞貴の膝から下りる。彼は肩を震わせて笑っていた。その姿ですら優雅だ。

(はしたない上にムードをぶち壊す、わたしの馬鹿！)

涙目で落ち込んで項垂《うなだ》れると、耳元に甘く囁《ささや》かれた。

「隣で……一緒の布団で温まらないか、俺と」

一人称が変わるのは、彼が男を見せる時だ。その声は、ぞくりとするほど艶《つや》やかな低音になる。

「でも……今度は止まらないよ。きみを最後まで抱きたい」

妖しげな色香を漂《ただよ》わせる暗紫の瞳。それがゆらゆらと情欲の炎を揺らして、雫を魅了する。

「もしいやだったら、風呂に入っておいで。その間に、自制心で抑えるから」

雫は瑞貴の袖を掴むと、真っ赤な顔で軽く睨みつけて答えた。

「……その言い方はずるいです。わたしが若旦那と離れたくないこと、わかっているくせに」

その返答にふっと笑い、瑞貴は雫の手を引いた。

＊。・＊・。＊

隣の八畳間の寝室には、瑞貴の匂いに似た甘い香が立ちこめていた。

床《とこ》の間には飾り棚があり、その上には白い芍薬《しゃくやく》と紫藤を生けた花瓶が飾られている。

畳の中央には布団が敷きっぱなしであり、使われた形跡はない。

瑞貴は飾り棚からなにかを取り出した後、濃藍色の着物を脱いだ。

男らしく盛り上がった筋肉、無駄なく引き締まった身体――

瑞貴は、どこまで美しいのだろう。人魚と見間違った昔は、もっと幼い子供の身体つきだったのに。雫はどこを見たらいいかわからず、目を泳がせた。

瑞貴はそんな雫にふっと笑いかけ、布団の上に引き寄せる。そして向かい合うように膝の上へ座らせ、冷たくなった服を脱がせて一糸まとわぬ姿にさせると、ぎゅっと抱きしめた。

(うわあ。肌の感触が気持ちいい……)

うっとりとした吐息が漏《も》れたのは、どちらからなのか。

顎《あご》を掬《すく》い上げられ、しっとりとした唇が何度も重ねられた。

「ん……ふ、ぅ……あ……」

ちゅくりちゅくりと一定のリズムで刻まれる水音に、ふたりが漏《も》らす甘い声が交ざる。

瑞貴の匂いと熱に包まれてなされる口づけは、非常に情熱的だった。

ねっとりと舌を絡め合わせ、ぞくぞくしたものを感じながら、溶け合いそうな感覚にたまらなく幸せな気分になる。瑞貴に誘われるまま、互いの舌を吸い合うと、唾液が甘露にも思えてくるから不思議だ。

（ああ、キスって……こんなにも蕩《とろ》けるものなのね……）

瑞貴はどうなのだろう。薄目を開けて見る彼の顔はとても悩ましげで、男の艶《つや》に満ちていた。見ているだけで身体の芯がじわりと溶けてくる。

不意に瑞貴の目が開き、こっそり見ていたのがばれた。彼は濡れた目を優しく細めると、舌の動きに緩急をつける。口腔《こうこう》をまさぐる舌が雫の快感を煽《あお》り、思わず喘《あえ》ぎ声を大きくしてしまう。すると瑞貴はふっと笑い、ちゅぱりと音をたてて唇を離した。

「ふふ、気持ちよさそうな顔をして。可愛い」

耳に囁《ささや》かれたその声は、ひどく熱を持っている。ふるりと身を震わせた雫の胸を、瑞貴の手のひらがゆっくりと揉みほぐした。

「ふ、あ……、あぁ……ん」

背を反らして曝《さら》した細い喉元に、瑞貴の舌が滑る。ちゅくちゅくと音をたてて肌に吸いついては、紅い華を咲かせていく。

「朝は、乱暴にしてごめん。本当は……こうやって優しく、雫を愛したかった」

胸を包んで強く弱く動く手のひらは、雫の官能をじわじわと引き出した。

彼を待ち焦《こ》がれる胸の中心がじんじんする。ようやく彼の舌が蕾《つぼみ》に触れた瞬間、全身に燻《くすぶ》っていたもどかしくも甘い痺《しび》れが、脚の付け根に集中し、秘処をとろりと潤《うるお》していく。

(ああ、若旦那が、赤ちゃんみたい……)

一心不乱に胸へ吸いつく瑞貴が愛《いと》おしく、母性本能が擽《くすぐ》られた。しかし瑞貴は赤子のように大人しくはなく、手と口の両方で淫《みだ》らに蕾《つぼみ》を攻め立ててくる。

「やっ、あっ、んんっ」

彼の指の甘さを知る秘処が呼応し、この部分も触られたいときゅんきゅんと疼《うず》いてたまらない。飢餓《きが》感《かん》にも似たこの感覚をなんとかしたくて、雫が無意識に腰を振ると、秘処に硬いものがあたった。

(あぁ……なにこれ。気持ちいい……)

思わずそれに、秘処を擦りつけてしまう。

瑞貴はやるせない吐息をひとつつき、胸への愛撫《あいぶ》をやめて雫の身体を抱きしめた。

「本当に、きみって子は……」

瑞貴は雫を膝立ちにさせて少し腰を落とさせ、己の腰をゆっくりと突き上げた。

「は、ぁあ……んっ！」

秘処が、熱く質量あるものでぐりっと抉《えぐ》られる。その気持ちよさにぶるりと震えて声を出すと、彼はさらに腰を強く突き上げ、それを前後に動かした。

擦れ合う熱と硬さが気持ちよすぎて、喘《あえ》ぎ声が止まらない。

瑞貴を見ると、彼の情欲が滾《たぎ》る暗紫色の目は苦しげに細められ、わずかに開いた唇から悩ましげな喘《あえ》ぎが漏《も》れ聞こえた。彼も感じているのだ。

気怠《けだる》そうな彼の色香にくらくらして、脳すら蕩《とろ》けそうになる甘い快楽の最中、雫は自分に触れているこれはなんなのかぼんやりと考えた。

手かと思っていたが、瑞貴の腕は二本とも、雫を抱きしめている。

頭を垂らして覗き込んだ雫の目に飛び込んだもの――それは上品な瑞貴の肉体の一部とは思えぬほど、太く筋張ったものだった。本能的にそれがなにか悟った雫は――

「逃げないで」

腰を引こうとする雫の身体を抱きしめた瑞貴は、雫の手を掴んで己の熱杭を掴ませた。

その瞬間、彼はぶるっと震えて小さく声を漏《も》らし、雫の手ごと、雄々しくそそり立つ肉茎を上下に扱《しご》いた。蜜をまぶしたようにぬるぬるしている。

「雫……これが俺なんだ。受け入れて……。……ぁ、ん……」

瑞貴が感じているその顔と声に、雫は生唾を呑む。なんて色っぽい顔をするのだろう。手のひらの中のものは、剥《む》き出しの瑞貴なのだと思うと、愛情が湧いてくる。

おずおずと自分から手を動かすと、瑞貴が嬉しそうな声を漏《も》らした。

（うわ……すごい色気……。気持ちいいんだ、わたしと同じに）

雫が怖がらなくなったのを察して、瑞貴は仄《ほの》かに上気した顔で雫に口づけ、その舌を搦めとる。

そして雫の手を己自身から外させると、彼女の両手を自分の首に巻きつかせ、布団に押し倒す。

雫の脚は大きく左右に開かれ、そのままぐっと頭上に持ち上げられた。その状態で瑞貴は、ふたりの粘液にまみれた部分を強く擦り合わせる。

「ふ、あ⁉ ん、あぁ……っ、んんっ」

ぐちゅんぐちゅんと粘着質な音が響く。

視界を往復する猛々《たけだけ》しい剛直。硬い先端から根元まですべての感触が、敏感な秘処にリアルな熱を伝え、雫の肌が粟立《あわだ》った。

粘液が攪拌《かくはん》される音と、縺《もつ》れ合う舌の音にたまらなくなる。

（ああ、わたし……若旦那と、上も下もいやらしいキスをしてるんだ）

男を主張するこの熱いものが愛《いと》おしくて仕方がない。擦られるたびに甘い痺《しび》れが身体に奔《はし》り、腹の奥がきゅっと収縮する。熱くとろとろしたものが止めどなく垂れると、滑りがよくなったのか動きが速くなる。

「雫、……たまらないっ」

唇を外した瑞貴は掠《かす》れた声を響かせ、本当に身体を繋げているかのように激しく腰を振った。

「ぁんっ、あっ、ぅんっ、気持ち、いいっ」

「雫、俺を感じて。雫が欲しくて、こんなになった……浅ましい俺を愛して」

蜜口の浅いところに入りかけた先端は、焦《じ》らすみたいに出ていき、花園を抉《えぐ》る。もどかしい動きが、快感の渦に囚われた雫を追い詰めていく。

「ああ、若旦那。わたし、わたし……」

身体の内側で大きくうねり始めたものが、雫を呑み込もうと勢いを増す。

「ああ、雫。イキそうなんだね。俺を見て……俺を見ながらイッて……」

切羽詰《せっぱつ》まった瑞貴の秀麗な顔。雫は、はくはくと浅い息をしながら身体を強張らせる。熱を帯びて潤《うる》んだ暗紫色の瞳が、自分の胸元のペンダント同様に揺れて見えた。

「ああ、クる……ぁ……」

奔流《ほんりゅう》となった快感が、雫の身体を一気に駆け抜けた。

瑞貴を見つめてビクビクと身体を震わせて弾《はじ》け飛ぶと、彼は感嘆の吐息を漏《も》らす。

「俺のでイッたんだね。あぁ……可愛い……」

愛《いと》おしげに、そして嬉しそうに微笑んだ瑞貴は、切なげに目を細める。

「俺……限界なんだ。雫、俺に慣れたなら、今度は中で……愛して」

雫ははにかみつつ頷いた。瑞貴は、飾り棚から取り出していた小さな黒い巾着《きんちゃく》を手にする。

「これは避妊具。セイレーンのオーナーが、これをつけて雫と愛し合う日を夢見ろってくれたんだ。嫌味な奴だと思ったけど、夢は捨てないでおくものだね」

挑発的な流し目で、巾着《きんちゃく》から出した銀の小袋を咥えて、封を切った。

果てたばかりなのに、雫の身体は扇情的な瑞貴の顔に、もう熱い疼《うず》きをもてあましている。

蕩《とろ》ける秘処を曝《さら》すが如《ごと》く、両脚が大きく開かれた。

「雫……。もらうよ」

先刻の擦り合いで甘い刺激を覚えた蜜口は、瑞貴の呼びかけにきゅうきゅうと収縮して悦《よろこ》び、侵入を待ち望んでいる。

「……はい。若旦那を……下さい」

雫が微笑むと、瑞貴は余裕をなくしたように喉を鳴らし、剛直を奥に押し込んできた。

「キツ……。痛かったら、俺の肩を噛んでいい。だから……少し我慢して」

質量あるものが、ぎちぎちと中を割り開いて入ってくる。

凄まじい圧迫感だ。異物に内臓を掻き回される不安に、思わず雫は瑞貴に抱きついた。

苦しくて痛い。できればすぐさま退散願いたいけれど、これが瑞貴とひとつになる儀式で、体内にいるのが愛《いと》おしいひとだと思えば……最後まで続けてほしい。

引き攣《つ》った呼吸を繰り返しながら、雫は顔を顰《しか》めて耐えた。

「く……っ、ごめ、ん。辛いね、だけど……やめ、たくない。あと……あと半分、だから」

うっすらと汗を掻き、苦しげに顔を歪《ゆが》める瑞貴の唇が、雫の耳に触れる。ぬめった舌が大きく水音を響かせて耳の穴に侵入してくると、身が竦むようなぞくりとした感触に意識を持っていかれた。身体の力が抜けた瞬間を見計らい、瑞貴が根元まで押し込んでくる。

「い……っ」

引き裂かれそうな痛みが身体に走り、目に火花が飛ぶ。

そんな雫を強く抱きしめる瑞貴が、彼女の耳元で荒く息をつき、感極まった声を出した。

「……繋がった。全部、入ったよ。よく我慢してくれたね。ああ……熱くて、溶けそうだ……」

（痛い。痛いけど……でも）

身体の奥に、瑞貴が息づいているのがわかった。

ひとつになれた感動がじわじわと広がり、彼への愛《いと》おしさが次から次へと溢れてくる。

（好き。彼が好きでたまらない）

そう思い、涙で滲《にじ》む目で瑞貴を見上げると、彼は今にも泣き出しそうな面差しで雫を見ていた。

「ごめんね、痛かったな。だけどきみの中に、俺がいるのを感じて」

笑みを作る瑞貴の双眸《そうぼう》には、涙が浮かんでいる。

「ようやく……俺たち、身も心もひとつになれた」

「……っ」

「辛い毎日を送っていた俺の前に、消えないでと泣きながら現れたきみ。あの時から恋して……きみにとって特別な男になりたかった……。ありがとう、きみの初めてを俺にくれて」

頬をこぼれ落ちたのは、汗だったのか。それとも涙だったのか。

「きみと出逢えて、こうして愛し合えて……幸せだ」

瑞貴はふわりと笑った。その美しい笑みに魅せられ、雫は涙を流す。

ずっと瑞貴の幸せを願っていた。だから身を引こうとした。

だが、今こうして瑞貴と溶け合い、彼が笑顔を向けてくれているのが嬉しくてたまらない。

自分でも瑞貴を幸せにできることがあったのだ。

込み上げてくる喜悦をどう表現していいかわからず、雫は自《みずか》ら唇を重ねた。彼がするように舌を絡めると、瑞貴からたっぷりとお返しをされて、たくさん喘《あえ》がされてしまう。

「ありがとう、雫。繋がってきみを感じられただけで今は十分だ。我慢させて悪かったね」

瑞貴が引き抜こうとしたため、雫は慌てて制した。

「もっといて。もっと……若旦那を感じたい」

「でも痛いだろう？」

「幸せすぎて、痛みが薄くなっているんです。その……動いてもらっても大丈夫です」

「……っ、痛かったら言うんだよ」

両手の指を絡め合わせて握り、ゆっくりと瑞貴の律動が始まった。

圧倒的な熱量を持つ剛直が、隘路《あいろ》を擦りながら抜かれていき、喪失感を感じる前に再び押し込まれる。それを何度か繰り返されると、不思議に身体の奥からじわじわと甘さが広がり、痛みを掻き消していく。

「痛く……ない？」

上擦《うわず》った声すらも色気の漂《ただよ》う瑞貴が、とろりとした顔で問うてくる。

「痛くない……。それどころか……んぅ！」

「痛いというよりも気持ちよさそうな顔だな。きみの中も……うねって、すごくいいよ」

瑞貴は半開きの唇から乱れた息をこぼして、悩ましげに微笑む。

「俺の形になりたいと、絡みついてきて……んっ、油断、すると……もっていかれそう、だ。あぁ……想像以上だな。こんなに気持ちいい、なんて。あっ、そんな、に……締めつけ、るな」

彼の感じている表情と言葉に、雫がゾクッと身を震わせた瞬間、瑞貴が悲鳴にも似た声を上げる。男らしい喉仏が上下し、鎖骨に溜まった汗が滴《したた》る様《さま》は、壮絶な色香に満ちていた。

（この色気、どこから出てくるの？　あぁ、彼の色気に窒息しそう……）

「あぁ、たまらない。……ん？　雫……ここ、弱い？　きゅっとなる」

腰を回すようにしてある一点を突かれる。すると、ぞわぞわとした快感が増し、悶えて身体を跳ねさせてしまう。瑞貴は挑発的な眼差《まなざ》しで舌舐めずりをして、そこを集中的に攻めてくる。

「やっ、あっ、駄目、ぁあっ」

漏《も》れる声には、甘さしかない。

力強い抽送《ちゅうそう》で、粘液が混ざり合う音が高まっていく。

「聞こえてる？　俺ときみのいやらしい音。すごいな、こんなに求め合って愛し合えて……。雫、とても色っぽい顔をしてるよ。たまらない……もっと、女の顔を見せて」

抽送《ちゅうそう》が激しくなる。蜜が溢れる隘路《あいろ》を擦り上げられ、その刺激に脚が震える。

内から絶え間なく押し寄せる快感の波があまりにも激しすぎて、どこかに流されてしまいそうだ。

「ぁん、あぁん、ぅんっ、若、旦那、ぁあ、若旦、那っ」

雫は泣きながら乱れ、瑞貴に取り縋《すが》る。

「んっ、しず、くっ、気持ち、いいね。ん……俺、やばい、かもっ」

「ああっ、脳まで……溶けちゃう。ああ、もっと。もっと若旦那を……感じさせて」

「は、本当に、雫は……いやらしい子だ。俺に、手加減もさせてくれない」

手を握り合ったまま頬をすり寄せ、瑞貴が大きく突き上げてくる。

「雫、好きだよ。好き、だ。あぁ、好きすぎて……おかしくなってしまい、そうだ。もっと、もっと……溶け合いたい。雫……っ」

耳元に聞こえる切羽詰《せっぱつ》まった声が愛《いと》おしい。

「わたし、も……。若旦那が、好き。好きなんです」

感じてほしい。身体の隅々まで染み渡っている、瑞貴への愛を。

「名前……呼んで。雫、きみが愛してる男の名前を……！」

「みず、き。わたし……瑞貴が好き。愛してる、の。あなただけ……」

瑞貴に唇を奪われ、それ以上は言えなかった。雫を穿《うが》つ熱杭が一段と大きくなり、律動も激しさを増す。

快楽の波が荒波となり、雫を大きく揺るがした。

（ああ、壊れる……っ）

押し寄せる怒涛《どとう》を感じて、雫の肌がぶわりと総毛立つ。

額《ひたい》をくっつけ合い、余裕を失った瑞貴の顔を見つめながら、か細く啼《な》く雫の身体がしなる。

瑞貴は雫の胸に顔を埋《うず》め、がつんがつんと奥深くを突いた。

「瑞貴、みず……っ」

一気に弾《はじ》けた中で名を呼ぶと、嬉しそうに笑った彼はぎゅっと眉根を寄せる。その直後、獣じみた呻《うめ》き声とともに、彼女の最奥に向けて薄い膜越しに熱い白濁を吐く。

男の艶《つや》を撒《ま》き散らして果てる瑞貴を見て、果てたばかりの雫の身体に、またもや強烈な快感の波が押し寄せてくる。雫は絶頂の声を上げて、身体を痙攣《けいれん》させた。

「……雫、今もしかして……俺がイッたのを見て、またイッちゃった？」

雫は恥ずかしくて、瑞貴の胸をぽかぽかと叩いて真っ赤な顔を背《そむ》けてしまう。

「そんなに……俺が好き？」

からかうような顔は情事の余韻《よいん》が漂《ただよ》い、妖艶《ようえん》だ。彼の色気は尽きることがない。

「……好き。瑞貴が思っている以上に好きだもの」

今まで想いを口にするのを我慢してきた分、素直にそう告げると、蕩《とろ》けそうなほど甘い笑みを浮かべた瑞貴は雫をきつく抱きしめて、耳元に囁《ささや》く。

「これからは思う存分、愛し合おうね。俺……恋愛もセックスも、きみしか知らない初心者だけど、雫にもっと悦《よろこ》んでもらえるよう精進《しょうじん》するから」

(彼も未経験だったの？　だったら……)

「……ふふ、そっか。わたしも……あなたの特別をふたつももらったんですね。嬉し……」

言葉が続けられなかったのは、瑞貴の唇に塞がれたからだ。

とろとろに溶けてしまいそうな至福のキス。唇を離して視線を絡め合うと、瑞貴に頬擦りをされ、恍惚《こうこつ》とした声で囁《ささや》かれた。

あぁ、俺……幸せだ、と。

第四章　若旦那様、こんなに幸せでいいのでしょうか

瑞貴と雫が結ばれてから数週間、瑞貴の美貌は一段と輝きを増した。

愛する女性に愛される悦《よろこ》びと、男としての自信が彼を活き活きとさせているのだ。

漂《ただよ》うフェロモンも活性化し、今までと同じ所作であるのに色香が優雅さを凌駕《りょうが》している。そのため、目が合うだけで真っ赤になって身体をもじらせる従業員も出てきた。

そんな瑞貴は、華宵亭をとりまとめようとする気迫も身につけ、日ごろは今まで通り柔らかな対応だけれど、仕事を疎《おろそ》かにする従業員には厳しい顔も見せるようになった。

さらには番頭任せだった華宵亭の経営へ介入し、敬遠しがちだった地域振興会の会合にも積極的に参加する。精力的な動きを見せる瑞貴は、溌剌《はつらつ》としていた。

激高した瑞貴の豹変《ひょうへん》ぶりを目撃した従業員……特に孝子は、かなり誇張して噂《うわさ》を広げていたが、雫たち当事者がうまく立ち回っている。それに、そもそも幼馴染《おさななじみ》の仲は険悪になっていない。そのため、あの場にいなかった従業員たちは、真偽のほどがわからぬ話よりも、各々《おのおの》が目にしている瑞貴の魅力的な変化の方に注目し、彼のゴシップはすぐに立ち消えたのだった。

若旦那はどこか変わった——その理由が、恋い焦《こ》がれてきた許婚《いいなずけ》と身も心もひとつになったからだとは、誰も想像だにしていないだろう。ましてや彼の情熱の迸《ほとばし》りを受け止めているのが、連日目の下にクマを作って仕事をする新人仲居と気づく者もいないはず。

瑞貴と初めて愛を交わした日の夕方、雫は大倭に頭を下げて言った。

『わたしを好きになってくれてありがとう。そして今までそれを知らず、大倭を傷つけていたことがいっぱいあったはずなのに、いつだってわたしの味方でいようとしてくれてありがとう。でもわたしは、やっぱり若旦那が好き。大倭のことは、幼馴染《おさななじみ》としても友達としても最高に好きだけれど、若旦那の代わりにはなれない。だから、ごめん。大倭の気持ちには応《こた》えられない』

絶縁されることを覚悟で伝えると、大倭はぽんと雫の頭に手を置いた。

『切ろうとしても切れねぇ関係が幼馴染《おさななじみ》だろうさ。わかっただろう？　ひとりでとんずらしようとしやがって。お前は暴走しすぎなんだ。おかげで俺もつられてしまったじゃないか』

再び笑いかけてくれたことに、どれだけ胸がいっぱいになっただろう。

『いいって。勝算がないことは昔からわかっていながら、お前が弱っているところにつけ込んだんだ。ただな、もしもあいつが来なかったら、俺はお前を無理矢理にでも奪ったと思う。でもあいつ、王子のように危機を救いに現れたもんな。ああ、瑞貴だなって思ったよ』

そして清々《すがすが》しい顔でこうも言った。

『……あいつ、どんな時も華宵亭の若旦那というスタイルを崩さなかったろう？　付き合いが長い俺たちにも、若旦那であろうとし続けて。ちょっとくらい力を抜けばいいのにさ。それがいつも痛々しかったというか、いつか壊れちまうんじゃないかとハラハラしていたんだ。特にお前が東京に行っている間、笑い方がおかしくなってさ。連日大旦那の怒鳴り声が聞こえていたし、あいつも大変だったんだろう。雫と喧嘩《けんか》してねぇなら早く呼び寄せろ、死ぬ気かよって何度も言ったんだが、聞き入れねぇ』

それは結婚が延期となり、瑞貴が自《みずか》らの出生に気づき始めた頃だ。揺れる彼を察して、大倭はひどく心配していたらしい。

『あいつ、お前を盗《と》られまいと、ようやく素を見せたろう？　それを見た時、我が子が初めて立ち上がったかのような妙な感動を覚えてさ。……別に、あんな面倒臭い子供はいらねぇけどよ。完璧主義の若旦那スタイルを崩して、あんなに必死な形相を見せたの、初めてだったから。怒りも悲しみもストレートにぶつけてきたのを見た時、雫をかけて戦おうと思うより、身内感覚になっちまったんだ。それに両想いのくせに両片想いにしちまっている不器用な奴らを、俺がなんとかしてやらねぇとっていう、謎の使命感が湧いてさ。お前に対する恋愛感情も、恋敵としての瑞貴への感情もなくなったわけじゃねぇけど、それを上回るだけの幼馴染《おさななじみ》の情があったってことだ』

幼馴染《おさななじみ》って厄介《やっかい》だよなと、大倭は笑った。

それを聞いて雫は、涙が出そうになるのを必死で堪《こら》えた。

自分自身ではなく、友達を優先した、最高の幼馴染《おさななじみ》——

懐《ふところ》が広く情け深い……こんないい男の想いに応《こた》えられないことは本当に申しわけなく

思うけれど、彼が自分と瑞貴の幼馴染《おさななじみ》でいてくれて本当によかった場なのだ。

本来なら、大倭は華宵亭の御曹司《おんぞうし》であり、使用人ではない。瑞貴こそが大倭に従う立場なのだ。。

……だが大倭は、そうした関係を望むまい。

そして瑞貴もまた、大倭に名を呼び捨てにすることを許可している時点で、立場を越えた関係性を彼に求めているのだ。

だからこそ、あえて真実を口にする必要はない。ただ惑《まど》わせるだけだ。大倭には出生の秘密を黙っていようと思う。

大切なのは血筋でも立場でもなく……これからどうしたいかという、意思だ。

『俺……初めてあいつに頭を下げられたんだ。それで今夜、奢《おご》らせることにしたよ。〝若旦那スペシャル〟も特別に用意させて。……どんなものかって？　教えねぇよ。ちなみに男同士の飲みで、お前は参加不可だから。いちゃいちゃするお前らを見たくねぇし。……ずるい？　お前はスペシャルな若旦那を食えるだろうが』

しんみり気分を台無しにする大倭に、キーキーと怒って……戻ってきた、いつもの日常。

季節は六月に入り、大庭園には紫陽花《あじさい》が咲き誇っている。

仲居の着物も、紫陽花《あじさい》を想起させる水色と桃色のグラデーションとなった。

「えっと、向日葵《ひまわり》の間の仲村《なかむら》様には浴衣《ゆかた》、牡丹《ぼたん》の間の上杉《うえすぎ》様には……」

雫がすべきことを反芻《はんすう》して廊下を歩いていると、前方に瑞貴が現れた。

半衿《はんえり》は藍色。淡青色の模様が入った白の着物姿は、清爽《せいそう》であった。

深夜勤がない夜は、いつも彼に抱かれているため、顔を見ただけで顔も身体も熱くなる。

熱を持った頬を自覚しながら会釈《えしゃく》して通り過ぎようとすると、手を引かれ、口づけられた。

口腔《こうこう》に舌で押し込まれるのは硬くて甘いもの。金平糖《こんぺいとう》だ。

『僕がきみに金平糖《こんぺいとう》をあげるのは、きみに溶けたいという僕の愛情表現だったんだよ』

以前聞いた瑞貴の言葉が蘇《よみがえ》る。それからというもの、一日何度も金平糖《こんぺいとう》を口に入れられる。このままだと彼の愛で太ってしまいそうだ。

「……今日の休憩、何時？」

唇を離して見つめてくる秀麗な顔は、金平糖《こんぺいとう》よりも甘い。

「二時……」

「今日はそこまで忙しくないよね。だったら、一時半に呼びに行かせるから、僕の部屋で一緒に昼ご飯を食べよう」

「……はい」

「雫、僕の顔を見て？　今は誰もいないから」

人目を気にするというよりも、彼を意識しすぎて真っ赤になった顔を見られるのが恥ずかしいのだが、魅惑的な瑞貴の声に逆らえず、おずおずと視線を上げる。

そこには、愛《いと》おしくてたまらないと言わんばかりの双眸《そうぼう》があった。

身も心もきゅんとしていると、瑞貴は顔を傾けて雫の唇を軽く啄《ついば》み、耳元で囁《ささや》く。

「……これ以上は、部屋でね。……ちゃんと確認するよ？」

含みを持たせた声に呼応するように、下腹部の奥が熱く蕩《とろ》けた。

＊。・＊・。＊

「ほら、見てごらん。雫のいやらしい姿」

瑞貴の部屋の鏡台前、雫は彼の膝の上で両脚を開かされていた。

乱れた着物の裾から白い太股が伸び、足袋《たび》を履《は》いた足先が羞恥《しゅうち》に震える。

「下着をつけずに、こんなに濡らして」

雫はショーツをつけていなかった。というのも理由がある。

数週間前、雫は女将《おかみ》に婚約破棄の撤回を申し出た時、こう願い出たのだ。

『わたしは嫁としてまだまだ至らず、接客も任せてもらえない新人仲居の身。月末に一度他の仲居たちと一緒に女将《おかみ》さんからお茶やお花を習っておりますが、そのセンスも腕もご存じの通り、平々凡々以下。おこがましいのは承知の上でのお願いなのですが、大旦那になられる若旦那を支えられる力が欲しいのです。どうかわたしに、女将《おかみ》の稽古《けいこ》をつけていただけませんでしょうか』

それは雫の初めての意思表示だった。

今まで言われるがまま私立校に通い、瑞貴に諭《さと》されて他の旅館でも修業をした。華宵亭の役に立てたらと専門学校に通ったが、その知識を活かしてどうこうしているわけではない。

瑞貴と愛を確認して、ともに歩みたいと思ってから、今までの自分があまりにも人任せだったことに気づいた。こんな状態では、血の繋がりを越えて華宵亭を担《にな》おうとしている瑞貴の力になれない。彼に必要なのは、公私ともに同じ未来を歩むことができる人材だ。

女将《おかみ》は完璧な仕事を求め、厳しい。あの瑞貴ですら苦労しているくらいなのだ。

自分が認められるとは考えられない。それでも、瑞貴の力になりたいと思った。

『ふふ。本当に似た者同士ね、あなたと瑞貴は。瑞貴も同じことを言っていたわ。公私ともにあなたを支える力が欲しいから、扱《しご》いてくれと。必ず期待以上の結果を出してみせると。ずいぶんと、嬉しい方向に変わってくれたわ。ようやくやる気になってくれた』

女将《おかみ》の唇が、弧を描いた。

『あの子は天性のものがありすぎるゆえに、自分を曝《さら》け出すほど必死になるということができない子でした。もしもこの先、不測の事態が起き、あの子が肩書きなしで対処することになったら、そんなあの子についてくる者はどれだけいるのか。それが心配だったから、我武者羅《がむしゃら》さを掻き立てるためにも、瑞貴の恋愛を禁じたのです。ようやく意識改革ができたみたいでひと安心ね』

そして、続けてこうも言われたのだ。

『私があなたにあえて女将《おかみ》修業をさせなかったのは、あなたの意思がなかったゆえです。仲居としての仕事ぶりは評価できても、次期女将《おかみ》としての覚悟がまだできていないあなたに、女将《おかみ》の仕事は教えられないと思っていました。ですがあなたもやる気を見せたのなら話は変わる。ちょっとついてきて』

女将《おかみ》は奥の間へ続く襖《ふすま》を開けた。

そこは三畳間くらいの小さな和室で、豪華な金糸の刺繍《ししゅう》が施《ほどこ》された黒い着物が両袖を広げて飾られていた。

『これは代々、女将《おかみ》が次期女将《おかみ》である若女将《わかおかみ》に託すもの。これから深夜勤ではない日の仕事終わりにここへ来なさい。女将《おかみ》として学ぶべきことを教えましょう。知識を蓄《たくわ》えることができたら瑞貴と相談し、若女将《わかおかみ》としてこれを着て、本格的に表に立ってもらいます』

あまりに話が進展しすぎて、戸惑う雫は尋ねた。もっと実践的な長い修業が必要なのではと。

『あなたは仲居として十分すぎるほど修業をしています。なんのために未来の女将《おかみ》に、下積み生活をさせていたと思うの。瑞貴の花嫁として、次期女将《おかみ》として……基礎はできている。足りないのは知識だけ。それをものにすれば、あなたなら若女将《わかおかみ》として振る舞えるはず』

女将《おかみ》修業と花嫁修業に違いなどなく、瑞貴とともに華宵亭を担《にな》う未来に必要不可欠なものは日頃の仲居修業にあったのだと、女将《おかみ》は答えた。

認められていないから特別なことを教えられていないのだと思っていたけれど、既に大切なことは教えてもらっていたのだ。それに気づかなかったのは、自分があまりにも受け身すぎて、日々の仕事の意味を真剣に考えずにいたからなのだろう。

女将《おかみ》になるには、雑用と思われがちな仲居の仕事を極める必要があった。女将《おかみ》は、ひとから言われるがままに動く人形であってはいけない。自《みずか》ら考え、仲居目線で動くことも大切だったのだ。

それから数週間。女将《おかみ》に知識をつけてもらいつつ、雫はますます仲居業に熱を入れた。凛然《りんぜん》とした女将《おかみ》に近づくべく、積極的に努力を重ねたのだ。

しかし昨日、ある客に言われた。

『仲居さん、とても元気で、いい〝男っぷり〟だね』

力仕事を中心にしているから仕方がないこととはいえ、がさつだと指摘されたようなものである。落ち込んでいたところ、瑞貴にアドバイスされたのだ。

『しとやかに振る舞いたいなら、ショーツを脱げばいい。僕の趣味で言っているんじゃないよ。昔のひとたちは着物の下には下着をつけていなかった。呉服屋の娘として聞いたことはあるだろう？　なにもおかしいことではないよ。女将《おかみ》修業だと思ってやってみればいい』

言いくるめられた感はあるが、試しにショーツを脱いで仕事をしてみたところ、ノーパンが気になって大胆な動きができない。結果、奏功《そうこう》した面もあったが――

「雫、女将《おかみ》修業だろう？　だったら、ちゃんと鏡を見て」

瑞貴によって脚の角度が変えられる。恥じらう雫の耳を舐めながら、瑞貴の指は黒い茂《しげ》みを掻き分けて花弁を割ると、蜜で潤《うる》んでいる薄紅色の花園を見せつけた。

グロテスクさに雫は引きかけたが、瑞貴はうっとりとした面持ちだ。

「熱い蜜でとろとろだ。すました顔で、こんな状態になって仕事をしていたの？」

そしてゆっくりと長い指が花園を往復する。彼は、ぶるりと身震いして喘《あえ》ぎを押し殺す雫の目の前に、蜜で濡れた指を近づけた。蜜は淫靡《いんび》な糸を引き、それはやがてとろりとした滴《しずく》となって落ちる。

「いやぁ……っ」

雫はあまりの羞恥《しゅうち》に泣き出しそうな顔をしたが、意地悪く笑った瑞貴は、蜜が滴《したた》る指てくる。


に自《みずか》らの舌を這《は》わせると、口に含んでみせた。

「ああ、金平糖《こんぺいとう》の味だ。僕の愛が溶けて蜜になったのかな。美味《おい》しい……」

挑発的な眼差《まなざ》しを向けられるとともにかけられた扇情的な言葉に、身体がぞくぞくしてくる。

「ねぇ、雫はなんでこんなに蜜を溢れさせているんだ？　露出プレイが好きなのか？」

耳に囁《ささや》かれる、吐息交じりの声。瑞貴の指が、蕩《とろ》けた花園を掻き混ぜる。そこはすぐに熱を持ち、じわじわとした痺《しび》れを広げていった。

「違……っ」

否定する声にも、甘さが滲《にじ》む。

「違う？　聞こえるだろう、このくちゅ、くちゅ、という音。これはなんなの？」

時々瑞貴は、こうして意地悪になる。わざと雫を困らせ、赤面させるのだ。前からその片鱗《へんりん》はあった。彼は愛情表現の一環として、そうしたことをする面があるのだろう。

「ちゃんと答えて」

そして、蠱惑的《こわくてき》な声音でなされる命令に、雫は逆らうことができない――

「雫の……えっちな、蜜、です」

雫は横を向いてか細く答える。

「なんでえっちになったの？　仕事をしている時から？」

「若旦那に……瑞貴に……少しでも触れられると、もう……駄目で……」

雫は羞恥《しゅうち》にふるふると震えた。

「どうして僕が雫に触れたら駄目なの？」

「……っ」

「雫？」

「瑞貴に愛される時のこと、思い出すから……っ」

今にも消え入りそうな声で答えると、瑞貴はふっと笑う。

「可愛いな、この仲居さん。あぁ、早く皆に自慢したいよ、僕のえっちなお嫁さんだって」

耳殻《じかく》に舌を這《は》わされ、ぞくりとした雫は身を竦ませる。ぴちゃぴちゃと唾液の音をたてて、耳殻《じかく》や耳朶《じだ》を舐められると、瑞貴に食べられている気分になってしまう。

瑞貴に身体を預けて喘《あえ》いでいると、蜜口を緩やかに触っていた中指が、くぷりと蜜壷の中に差し込まれる。ゆっくりと深い抜き差しをされ、歓喜の吐息が唇から漏《も》れた。

「そんなにこうしてほしかったの？　奥、きゅうきゅうして喜んでる。あぁ、僕の指、食いちぎられそう。……雫、鏡をちゃんと見て。女将《おかみ》はいかなる時も、顔を背《そむ》けない。その練習をするんだ」

鏡の中、はしたなく広げた脚の間に、瑞貴の中指が出たり入ったりしている。

その長い指をゆるゆると呑み込む雫は、蕩《とろ》けきったいやらしい女の顔で、彼に身を委《ゆだ》ねていた。そんな自分を見ている瑞貴の眼差《まなざ》しは、なんと愛《いと》おしげなのだろう。

抽送《ちゅうそう》される指は内壁を押し、親指が花園の前方にある秘粒を刺激する。快感に肌がざわついた。雫は思わず瑞貴の腕を掴むと、鏡の中の彼に向けて首を横に振る。

「駄目……声、出ちゃう。もう駄目」

「耐えるのも、修業だよ、雫」

やめる気がない瑞貴は、ごそごそとなにやら動きながら、蜜壷へ抜き差しする指を二本、三本と増やし、数週間前には未開だった部分に甘い刺激を与えていく。

瑞貴によって快楽を知った身体は、愛《いと》おしい彼からの刺激に悦《よろこ》び震えていた。暴力的なまでに身体を狂おしく駆け抜ける……あの絶頂感が、近づいている気がする。

我慢しようとすればするほどに、追い詰められる心地だ。さらに気持ちよさが強まり、どうにかなってしまいそうだった。

しかし――今は休憩時間。瑞貴の部屋は立ち入り禁止にしていない。

いつ、誰が入ってくるかわからないのだ。

そんな矢先に足音がして、ノックがなされた。雫は慌てて瑞貴から離れようとしたが、彼は雫を解放しない。それどころか、雫を愛撫《あいぶ》したままで平然と対応する。

『若旦那、よろしいでしょうか』

孝子の声だった。

(こんなところ見られたら、軽く三回は死ねる……)

「今、忙しくて手が離せないから、用事があるのならそこで言って」

(この手も放してくれれば……んぅ、駄目……感じちゃう……)

けれど、瑞貴の指は雫の官能を引き出すようにゆっくり蜜壷を擦り続ける。

(あぁ、ん……気持ち、いい。声……出ちゃう……)

雫は瑞貴の着物を口に含み、漏《も》れ出てしまう声を殺した。

『ホテルわだつみの女将《おかみ》が、若旦那とお話がしたいといらっしゃっています』

わだつみは、特定客しか受け入れない華宵亭とは違い、一般客を広く受け入れている。その女将《おかみ》は三十代で独身の美女。瑞貴に色目を使っていると、仲居のウケはよくない。

華宵亭に面した坂下にある和風ホテルで、華宵亭が自ホテルの別館であるかのように、瑞貴へ頻繁に会いに来るのだ。その上、瑞貴には媚《こ》びるが、仲居たちを下に見て横柄《おうへい》な態度をとる。

(あのひとと会わないでほしい……)

着物を食《は》みつつ、嫉妬《しっと》心を抱きながら瑞貴を窺《うかが》い見ると、彼は嬉しそうに微笑んだ。

「手が離せないと言っているだろう。用事があるのなら、きみが代わりに聞いて、彼女には帰ってもらってくれ。必要があれば後で電話をかける。僕は今、無駄話に付き合う余裕がない」

苛立ったような返答に孝子が息を呑んだ気配がし、承諾の意を告げて足音は遠ざかった。

「もう行ったよ。可愛い声を聞かせて」

「いい……んですか、行かなくて」

「行ってほしかった?」

雫の返答をわかっているくせに、瑞貴はわざと問う。

雫はふるふると首を横に振った。

「なんで?」

「わたしの……瑞貴だもの……。仕事じゃなければ、渡したくない」

「はは、可愛いな、雫。やきもち焼いてくれるなんて」

蕩《とろ》けた暗紫色の目が柔らかく細められ、ゆっくりだった指の抽送《ちゅうそう》が速くなっていく。

「あぁ……いつも、妬《や》いて……ぅ、ん……ま、す。女優の、映子さん……にも」

「彼女は一緒に来るマネージャーが好きなんだよ。彼の気を引くために、俺にべたべたしてみせているだけだ。その証拠に、部屋に入ったら一度も僕を呼ばないだろう? 当て馬なのさ」

(知らなかった……。あの……後ろでぺこぺこ頭を下げているひとが本命だったとは)

「僕は雫一筋だ。いつだってどんな時も、雫だけを愛してる」

瑞貴の言葉に、雫の身体がさらに昂《たかぶ》る。

「んっ、んぅ、ん、あ……っ、駄目、わたし……駄目、駄目っ」

口を手の甲で押さえても、声が止まらない。こうして魅惑的な瑞貴の甘い匂いに包まれ、愛を囁《ささや》かれると、至福に身体が熱くなり、溶けてなくなりそうな心地になる。

蜜壷を愛撫《あいぶ》していた指が引き抜かれ、正面に向き合うように座り直させられた。

鏡越しではなく、直接瑞貴を見つめることができるのが嬉しい。

熱を帯びた暗紫色の瞳に吸い寄せられ、再び口づけを交わし、濃厚に舌を絡ませ合う。

瑞貴は合間に悩ましげな吐息をひとつつくと、雫の腰を少し持ち上げた。そして、疼《うず》いていた隘路《あいろ》に下からずぶりと剛直がねじ込まれる。

「――っ！」

質量と熱量がある猛々《たけだけ》しいもので一気に奥まで貫《つらぬ》かれた雫は、突然の衝撃にキスをしたまま達してしまう。それで情交が終わることはなかった。袖から入って来た瑞貴の手に直接胸を揉みしだかれつつ、果てたばかりの身体を容赦なく突き上げられる。

散ったはずの快感と熱が再び身体に戻り、雫を揺り動かす大きな波になっていく。

「や、また……っ、わたし、また……っ」

硬いものが中を強く擦り上げて、後から後から新たな快感をもたらす。

あまりの気持ちよさに、身体の芯が蕩《とろ》けていきそうだ。

「雫、いやらしいね、俺のを根元まで……こんなに呑み込んで。ああ、奥が……ここが、いいんだね。すごく締めつけて、俺を絞り取ろうとしてくる」

目が合うとたまらなく愛《いと》おしくなり、どちらからともなく唇を求める。

いつも遠かった彼が、垣根を取り払ってこんなに近くで存在を感じさせてくれるのが嬉しい。

優しくて穏やかで笑みを絶やさなかった彼が、こんなに荒々しく男らしい身体で、飢えたように自分を求める日が来るなど、想像できただろうか――

「ぁん、あんっ、いい……っ、瑞貴、ああ、そこ……瑞貴っ、好き……」

今、隣よりも近い場所に、彼はいる――

これまで足りなかった分を補い、互いの身体のすべてを感じられる距離に。

「雫、好きだ……よ。俺も……好き。愛してる……」

耳元で囁《ささや》かれる瑞貴の声が、荒くなっている。

余裕がなくなるほど感じてくれていると思うと、一層愛が募る。

「あぁ、きみは俺のものだ。早く……俺だけの形になってくれ」

優しく腹を撫でながらも、突き上げは猛々《たけだけ》しい。

「ん、んぅっ、あぁ、駄目……感じ、すぎちゃう。瑞貴が、気持ちよくて、おかしくなる……」

雫は泣きそうな声で喘《あえ》ぎ、瑞貴の首にしがみつく。

もうこれ以上は駄目だと思うのに、腰が動いてしまう。さらに彼が欲しいと思ってしまう。

「あぁ、雫。いいよ、もっと感じて。俺なしでは……生きられないほど、おかしくなって」

瑞貴が雫の尻を掴み、雫の身体を前後に大きく動かす。

「あっ、やあっ、みず、きっ、あぁ」

脳まで痺《しび》れそうな快感におかしくなってくる。身体全体が性感帯になったかのようだ。

「雫、こっちを向いて可愛い顔を見せて……。俺に……感じている顔、見せて」

顔を向けると、彼は欲情に滾《たぎ》った目でやるせなさそうに微笑み、突き上げを激しくした。瑞貴の顔がさらに艶《つや》めき、悩ましげな苦悶《くもん》の表情となる。

突き出した舌を吸い、絡ませ合いながら、この激しい愛の終焉《しゅうえん》へとふたりは走り続けた。

「あ、ああ……わたし……イ、ク……」

身体を強張らせ、弾《はじ》け飛んだのは雫が先だった。

雫から嬌声《きょうせい》が迸《ほとばし》る前に、瑞貴はその唇を塞ぐと、震える彼女のより深いところに己の精を放つ。

「しず、く……っ」

呻《うめ》き声とともに、何度も何度も注がれる、瑞貴の熱い飛沫《ひまつ》。

雫は彼に抱きしめられたまま、畳に放られていた避妊具の包みの残骸を目にした。

ああ、自分の中に隔《へだ》たりなく、直《じか》に注いでもらえたら——

そう思っていると、雫の首に顔を埋めて息を整えていた瑞貴が、悲鳴みたいな声を出す。

「頼むから、俺が無防備な時にまで、締《うず》めつけないで」

……そのせいなのか、雫の中にある瑞貴は芯を取り戻している。

今回も、ゆっくりと休憩はできないようだ。

＊。゜・＊・゜。＊

『練り切りを作りたいと？　坊ちゃんが？』

幼い瑞貴の懇願《こんがん》に、副板長は驚いた声を出した。

『うん。僕も雫が喜ぶものを作ってみたくて。これから雫が来るから、その前に』

すると副板長は、最近ぽつぽつと白髪《しらが》が交ざるようになった短髪の頭を掻く。

『うーん、練り切りは修業が必要で、一日でできるものではないんですが……。だったら求肥《ぎゅうひ》やあんこは私が作るので、坊ちゃんは粘土遊びみたいに、好きな形に……』

『ちゃんと一から作らせてよ。形を作るだけだったら、僕が作ったと言えないじゃないか』

『うーん、坊ちゃんならできてしまうかもしれない。よし、やってみましょうか』

『ありがとう、副板長！』

『まずは求肥《ぎゅうひ》を作ります。白玉粉にお砂糖とお水を入れて……加熱して混ぜる。冷めると重くなるからさっさと……ああ、坊ちゃん、筋がいい。艶々《つやつや》の求肥《ぎゅうひ》になりましたね！』

副板長が褒めると、瑞貴は嬉しそうに笑う。

『それに片栗粉をまぶしておいて……。次はあんこ。さて、練り切りは何色にしましょうね』

和気藹々《わきあいあい》と和菓子レッスンは進み、完成したのは紫陽花《あじさい》を象《かたど》った練り切りだ。

その繊細な出来映えに、副板長も思わず唸《うな》って絶賛である。

『ありがとう、副板長。雫、喜んでくれるといいな』

『ふふ……坊ちゃんは、雫ちゃんが来ると嬉しそうですね』

『嬉しいよ。別れた瞬間から、次に会える日が待ち遠しいんだ』

『はは、そうですか。でも最近、片桐の坊主とも遊んでいますね』

『あれ、副板長も大倭を知っているの？　こっちの棟には来ていないはずなのに』

『あの片桐の坊主……つまみ食いに来るんですよ。最初はどこからか忍び込んだチビだと思ったもんですがね。餌付けしているのは内緒にして下さい』

瑞貴は笑って頷いた。

『それはそうと、坊ちゃん。前に差し上げた、刺身包丁を入れていた箱、今もお使いですか？　文箱《ふばこ》にするって言われていましたが』

『ああ、あの魚の鱗《うろこ》みたいな表面の容れ物のことか。あれは……ふふ、ちょっとね、おまじないをかけて桜の樹の下に埋めちゃったんだ』

『おまじない？』

『そう。副板長にも内緒。口に出したら叶わなくなりそうだから』

そう瑞貴が意味深に笑った時だった。

『腹減った、なにかくれ。あ、瑞貴もいる。なにか……おお、うまそ、なにそれ！』

……突如現れた幼い大倭が、台の上にあった紫陽花《あじさい》の菓子を鷲掴《わしづか》みにして口に入れたのは一瞬。呆気にとられていた瑞貴が現実に戻った時には、数個あった練り切りがなくなっていた。

『瑞貴もひとりで食わずに、俺を呼んでくれよ。ああ、うまかった。え、どうかした？』

俯《うつむ》いた瑞貴から漂《ただよ》う負のオーラを感じ取り、危険を察知した大倭は逃げ去った。瑞貴の恋心を踏み躙《にじ》ったことで、この先、彼の対応が辛辣《しんらつ》になるとは、知る由《よし》もなく。

＊。・＊・。。＊

華宵亭を営む雅楽川家は、元々は玖珂《くが》という、神職を世襲する社家のひとつだった。明治期の華族令で玖珂家は爵位を得たものの、後にその撤廃に伴って神職の身分も失った。

激動の時代を生き残るべく、長男は玖珂家を引き継ぎ、財閥系グループとしての基礎を築き上げる。しかし次男はそうした経営よりも自然を愛する風流人だったため、自然に囲まれて生きたいと玖珂家を出て、母方姓である雅楽川を名乗った。そしてたまたま訪れた……海と山に囲まれた熱海の地を気に入り、旅館を建てたという。それが華宵亭だ。

初代大旦那である彼は豊穣に感謝すべく、神官の血族として受け継いできた神楽舞《かぐらまい》を八百万《やおよろず》の神々に奉納したらしい。それが後に、神に見立てた客を楽しませる日舞や雅楽を取り入れた催《もよお》しへと変わり、花や木々が咲き乱れる大庭園の小舞台にて、歴代の大旦那が舞を披露《ひろう》することになった――と瑞貴は聞いている。

瑞貴の父親はこうした芸より、色事の方を好んだ。そのため華宵亭の伝統舞は女将《おかみ》が舞っていたそうだ。それを知る古参の従業員は、天女の如《ごと》く美しかったと口を揃えて語る。

瑞貴は母を超えたいと思う。神童だと持て囃《はや》されるのも、所詮《しょせん》は華宵亭跡取りの肩書きがあるからだ。それがなくなれば、誰にも見向きされなくなる。仮面を取り繕《つくろ》い、素顔から次第に乖離《かいり》していくことで、なにが自分なのかと見失いかけそうになっていた――そんな不安を抱えて過ごしていた時、想いを通い合わせた雫が言った。

『それが若旦那の一面であるのなら、見せてもらえて嬉しく思います。見せてもらえない方が辛かったから。取り繕《つくろ》った若旦那ではなく、素の若旦那を見せてほしい』

彼女の許しで箍《たが》が外れたようで、狂おしく雫を求めてしまう。

片想いだからこそ想いが募るもので、両想いになれば満たされると思っていたのに、身も心も通い合ってからは、ひとりでいることが寂しくてたまらなくなった。

込み上げるこの衝動は、渇愛《かつあい》だ。欲は際限《きり》なく、前以上の激しさで胸の中を暴れ回る。

「はは。あれだけ盛《さか》っているのに、雫を僕の腕の中にずっと閉じ込めて、キスをしたまま抱き合って寿命を迎えたいって言ったら、さすがに引かれるだろうな……」

雫はいまだ、若旦那としての自分に遠慮しているところがある。

もし自分が、華宵亭とは無縁な、ただの片桐瑞貴になったとしたらと、ふと思う。

手を繋いで堂々とデートをして、有名なデートスポットで楽しい思い出を作り、美味《おい》しいレストランで笑顔になって。その後は声を殺さなくてもいい場所で、ともに溶け合って。

そんな普通の形を、雫も実は望んでいるのではないかと。

「我慢させているよな……。かといって、夜に連れ出した上で抱いたら、雫も次の日の仕事が辛いだろうし、僕もこれから華宵祭まで稽古《けいこ》ずくめ。しかも休日が合わないし……」

瑞貴は大きなため息をつくと、憂《うれ》いを帯びた顔をがくりと俯《うつむ》けた。

最近の雫は、深夜勤がない日は女将《おかみ》修業をしている。自分の妻になろうという強い意思を見せて、自発的に動いてくれたことが嬉しくて、その時間を邪魔したくない。だからどうしても、数時間で切り上げる深夜の夜這《よば》いか、休憩時間中の逢瀬《おうせ》で我慢せざるをえなかった。

本当は雫とともに、ゆっくりと朝を迎えたい。今のままでは、自分の欲求を満たすためだけに呼びつけているようで、やるせなかった。かといって、抱かずにお喋りだけで留められるかというと、無理な気がする。開花した雫はあまりにも魅惑的すぎるし、マーキングをしたくなるのだ。

「なんで一日が二十四時間しかないのだろう……」

両想いの彼女が常にそばにいるのに、それが利点にならないとは。

「……結婚したら、雫とふたりで華宵亭から出ることはできないだろうから、せめて防音の離れを作ろう。どうせすぐに子供部屋もたくさん必要になるだろうし。いや、子作りは時期を見た方がいいか。まずは僕と雫のふたりだけの蜜月をきっちり満喫しないと」

未来への希望が見えた瑞貴は勝手に計画を立てると、目を輝かせる。

「温泉……岩風呂を専用にするか。檜《ひのき》の内風呂も欲しいな、増やせるかな」

華宵亭自慢の温泉。掘れば新しい温泉も出る気がする。もしも言い伝え通り、人魚の涙でしか温泉が湧出しないなら、新たな開設は望めないが。

「大体、人魚が十二の風呂分の涙を溜めていた状況って、どんなものなんだ？　涙脆《もろ》いのか、頑張って搾り出したのか。……こんなこと雫に言ったら、夢がないと怒られそうだけれど」

雅楽川家に残る古い文献には、確かに当初、華宵亭には温泉がなかったと記されている。湯治場《とうじば》として名高い熱海の地で、湯も出ない山中に、自己満足にしては広すぎる敷地面積の旅館を作ったことに理由はあるのだろうか。鉄道が走る明治期、東京からの客で賑わっただろうが、温泉なしでやっていけると思うほど、初代は商才がなかったのだろうか。

そして突然に現れたという温泉。それについて伝えているのは、人魚の存在によるものだという口伝《くでん》のみ。書物には子細は語られていない。書物の気になる記述としては、華宵亭には口の利けない〝名も知れぬ女〟が滞在し、いつしか彼女は華宵亭の使用人として働くようになったという文章があった。また、経営が苦しい時にどこからか肉を仕入れ、その肉を食べた客がみるみるうちに元気になったこと。それが人伝《ひとづて》で話題になったことによって救われ、温泉なし旅館としてやっていけたと記されている。

温泉が湧き出て以降、女は書物から消え、代わって妻の……初代女将《おかみ》が現れた。妻は口が利けたとあるので、名も知れぬ女ではないのだろう。

そのことを女将《おかみ》から聞いた雫は、瑞貴へ実に複雑そうな顔で語った。

『わたし、初代に尽くした口が利けない女というのが人魚だと思うんです。人魚が助けられた恩を返しに華宵亭へ現れ、労働で返していた。途中で初代が温泉を望んでいることに気づき、人魚は自分の涙を渡した。姿を消したのは、初代が別の女を愛したからでしょうか。……だとしたら切ないですよね。創設期の華宵亭を支えてくれた功労者は人魚なのに、ぽっと出てきた女性が初代女将《おかみ》になったなんて。人魚が初代を愛していたとは限りませんが、海の泡にならず、ちゃんと海に帰って寿命を全《まっと》うしていたらいいな』

華宵亭において人魚が無関係だと言い切れないのは、十二もある風呂すべてに人魚の像があるからだ。初代の時代に作られたと言われている年代物である。初代にとって、人魚という存在は確かに意味があったのだろう。

「そういえば、雫に人魚の話をしたのは、大女将《おおおかみ》だったか……」

瑞貴は、雫を嫁にしたいと泣いて懇願《こんがん》した幼き日を思い出す。

あの時大女将《おおおかみ》は幼い恋だからと邪険にせず、精一杯、瑞貴個人を尊重してくれたように思う。

『初代が華宵亭をこの地に開いたのは、かつて湯治《とうじ》に訪れた際、熱海を気に入ったかららしいわ。そこでもし、瑞貴のように誰かに恋をして、その相手を忘れられずに華宵亭を開いたのだとしたら、どんなにドラマチックなことでしょうね』

そう語った彼女は、華宵亭創設秘話を、なにか知っていたのだろうか。

そんなことを思っていると、執務室に番頭がやってきた。

「あ、若旦那。お疲れ様です」

へこへこと頭を下げる番頭に、瑞貴は返事をしてにこりと笑う。番頭は瑞貴の手にある書類を見ると、首を傾げた。その書類は今年度の経理簿だ。

「なにか、ありましたでしょうか」

「いいえ。ありえないくらいに完璧です。さすがは番頭の仕切る経理ですね」

番頭は顔を緩めながら、薄くなった頭を撫でた。

「恐縮です。あの、若旦那はお忙しいのですから、引き続き私に任せてもらっても……」

「女将《おかみ》が番頭に経理を任せていたのは、前代が亡くなり、すべてをひとりで切り盛りしないといけなくなったからです。今は僕がいますし、僕も覚えていきたいと思っています。わからないことは番頭にお聞きするので、その時はどうぞご教授下さい」

「あ……、はい」

優雅に頭を下げて教えを乞う瑞貴に、番頭はたじろいだように顔を引き攣《つ》らせて頷く。

「ところで番頭。先ほど、地域振興会会長よりお電話がありまして、今月末に開催される〝花祭り〟に華宵亭が参加することになっているとか。テレビカメラが入るため宿泊客で満員な日を教えてくれと言われましたが、僕、安易に開放しないように言いましたよね？　連絡が行き渡っていなかったのかと思い、丁重にお断りしておきました」

「そんな⁉　全国中継される〝花祭り〟に参加すれば、華宵亭の名を広められるんですよ！　ちょうど百二十周年というういいタイミングなんです」

「必要ありません。華宵亭は愛して下さるお客様が既にいる。それを守り続けるのがうちの伝統。幸運にもここを気に入ったお客様が、他のお客様を紹介してくれる。そうやって繋いできた信頼の輪で、この華宵亭はやってきた。それを覆《くつがえ》すつもりはありません。女将《おかみ》も同じ意見です」

「なぜそこまで意固地になって、〝鎖国〟を続けるのですか。すべての部屋を開放しましょうよ。有名人お忍びの宿だなんて、話題性があり予約も殺到します。馴染《なじ》み客だって、ファンが増えたら嬉しいはず！　快《こころよ》くサインのひとつやふたつ応じてくれますって！」

妙に弾《はず》んだ声を出す番頭とは対照的に、瑞貴の声は静かだった。

「逆にお尋ねします。なぜそこまで、質を下げたサービスを提供しようとするのです？　うちの従業員は優秀なベテラン揃い。それも、ひとえに伝統を守り抜いた結果です」

「若旦那……。従業員というものは金を多く出して教育すれば、自《おの》ずといい人材になるのですよ。華宵亭だけが特別ではない。それにこれだけの設備がありながら特定の客にしか開放しないなんて、バチが当たりますよ。今の時代は、大衆を呼び込んでナンボです。伝統というのなら、外国人観光客を集団で引き受ければ、きっと肌で感じ取ってくれることでしょう」

「番頭！　華宵亭は他のホテルとは違うんです」

「同じですよ、若旦那。私は長いこと振興会で他のホテルとの交流をして参りました。皆、いつどうなるかわからない時流に怯えているんですよ。華宵亭も別の方向に舵《かじ》を切るべきです。あなたはビジュアルもいいから、テレビに少し出ただけでも問い合わせが殺到し、華宵亭は今までにない賑わいを見せるでしょう。あなただってちやほやされるんですよ、芸能人みたいに」

番頭は鼻息荒くして言うが、瑞貴の面持ちはどんどんと冷ややかになっていく。

「――平行線ですね。この件はもっと話し合う必要があるようです。今後、仮に方向転換する必要があるとしても、今は時期尚早《しょうそう》。今回は僕に従ってもらいます」

「若旦那！　今年は……玖珂グループが〝花祭り〟のスポンサーにつくんです。うまくいけば、玖珂グループにだって入れてもらえるかもしれませんよ！」

瑞貴は疲れたような顔をして、言い放つ。

「興味ない」

それは恐ろしく低い声だった。そして瑞貴は会釈《えしゃく》をすると部屋から出ていく。

「この……顔だけの若造が！」

……番頭の暴言を耳にすることなく。

＊。。・＊・。。＊

華宵亭の正面玄関前を竹箒《たけぼうき》で掃《は》いていた雫は、腰に手をあてて前屈みになった。

「腰がイタタ……」

原因はわかっている。愛されすぎだ。

瑞貴が求めてくれることは素直に嬉しいし、素の意地悪な彼にもときめく。

（仕事に影響が出るほど若旦那に激しく愛される日がくるなんて、少し前のわたしは想像すらしていなかった。今では穏やかすぎたあの頃が、やけに懐かしく感じるわ……）

「なんで若旦那は、あんなに元気なんだろう……」

見た目からはそこまで絶倫とは思えない。妖艶《ようえん》なフェロモンはあるものの、清廉《せいれん》さが打ち消しているイメージがあった。だが実際の彼は、がっつり肉食系だったらしい。

「あ～、しんど……」

年寄りのように腰をとんとんと叩きながら掃除を続けていると、坂道の下方から言い争いが聞こえてくる。一体なんの騒ぎだろうと坂道を下りてみたところ、わだつみの女将《おかみ》が声を荒らげていた。

「何度も言っておりますが、うちは宿泊客だけしか受け入れていないんです。しかも現在は満室。休みたいのなら、他をあたって下さいな！」

「しかし、身体が辛くて……少し横にならせてもらえればそれでいいんじゃ。長椅子でもいい」

小柄な老人が胸を押さえている。

「ですから！　こっちは忙しいんです、同じことを言わせないで下さい！」

（え、具合悪いおじいちゃんを拒否しているの、あの女将《おかみ》！）

雫は目を見開き、腰が痛いのも忘れて坂を駆け下りた。

雫の出現に驚く女将《おかみ》を無視し、老人の目の高さに身を屈《かが》めて声をかける。

「おじいさん、大丈夫ですか？　この坂道はお辛いですよね。わたしはこの上にある旅館で仲居をしています。お休みいただけるようにお部屋をご用意しますから、わたしの背中にお乗り下さい。おんぶしてお連れしますので」

「あなた！　華宵亭はどこの馬の骨ともわからない一見《いちげん》さんはお断りのはず。仲居の分際で勝手なことをして……」

雫は老人をおぶさって立ち上がると、女将《おかみ》に冷たく言った。

「たとえマニュアルがそうだとしても、わたしはこのご老人をお連れします。なにかあったらどうするんですか！　人命が優先です！」

「よくごらんなさいな。こんなに色艶《いろつや》のいい老人に、なにかあるわけないじゃないの」

「では、もしなにかあった時、女将《おかみ》に責任をとっていただけるんですか？　どのように？」

わだつみの女将《おかみ》は、ぐっと言葉を詰まらせた。

怒りでもやもやしつつ、雫は一応礼儀として頭を下げ、坂道を上《のぼ》っていく。

（ぐぅ……こ、腰にくる……っ）

「仲居さん、すまんのう」

「い、いえいえ！　困った時はお互い様ですから！」

（……なんかお尻をむにむにと触られている気がするけど、腰が重いせいね。具合悪いおじいちゃんがおイタできるはずがないし）

華宵亭に戻ると、玄関先で瑞貴がフロント担当の仲居と話していた。

老人をおぶって現れた雫に気づき、瑞貴が慌てて飛んでくる。

「若旦那。こちらのご老人が、具合がよろしくないようなんです」

すると瑞貴は眉根を寄せた。

「それは大変だな。ここから近いのは椿《つばき》の間。僕が運ぶから、きみはお水を持ってきて」

「かしこまりました」

彼に老人を任せた雫は冷水が入ったコップをお盆に載せると、バタバタと部屋へ向かった。

部屋で老人は布団に横になっており、瑞貴が心配そうに声をかけている。

「本当によろしいんですか、医者を呼ばずに……」

「いらん。休ませてもらったら、すぐによくなるから」

雫は老人の枕元にお盆を置くと、床の間に飾っていた呼び鈴を添えた。

「よくなるまでゆっくりしていって下さいね」

雫だけではなく瑞貴もまた、柔らかく微笑む。それを目にした老人は、怪訝《けげん》な顔をした。

「ワシはここの宿泊客ではないのに、こんな簡単に部屋へ入れて寝かせてくれていいのかね。旅館にもルールがあるのじゃろう？」

すると瑞貴は、静かに口元を綻《ほころ》ばせる。

「でしたら、僕の……若旦那の権限で密かに招いた、特別なお客様ということで」

その返答に、老人は愉快そうに笑う。

「……似た者同士じゃのう。若旦那さんと、そこの仲居さんは。……ふぅ、胸がキリキリしてきおったわ。ああ、医者はいらん、良心の痛みじゃ。仮病じゃからの」

さらりと最後に爆弾発言を放った老人に、雫の口からおかしな声が漏《も》れた。

「――は？」

老人はむくりと起き上がると、雫が用意したコップを手に取り、ごきゅっごきゅっと音をたてて水を一気飲みした。その健康的な様子は、どう見ても具合が悪そうな老人のものではない。

「ふぅ、うまい水じゃった。……つまり、下の女将《おかみ》の言い分が正しかったということじゃな。お人好しばかりいる旅館じゃの、この華宵亭は。ただまあ、嫌いではない。ふむ……」

何やらぶつぶつと呟くと、老人はスタスタと部屋から出ていった。

一体なにが起きたのかよくわからず、雫は瑞貴と顔を見合わせる。そして雫が思い出したのは、おんぶした時の尻の違和感。あれはもしかして――

(エロジジイ!)

まんまと一杯食わされた雫が、老人を追おうと立ち上がった時だった。

「いらっしゃいませ、宮田《みやた》様。お待ちしておりました」

来客を出迎える女将《おかみ》の声が聞こえる。

瑞貴とともにフロントに戻ると、老人が片手を上げ、堂々と玄関から出ていくところだった。

ぽかんと呆《ほう》けた顔になったのは、女将《おかみ》も同じ。しかし女将《おかみ》はその場にいる誰よりも早く正気に返ると、何ごともなかったかのように接客モードに戻ったのであった。

＊。。・＊・。。＊

六月も中旬になると、梅雨《つゆ》に入る。

雨の湿った匂いが華宵亭にも広がり、屋敷を叩く雨音が静寂を際立たせた。

じめじめとして気鬱《きうつ》になりやすい季節ではあるものの、華宵亭の大庭園では、雨露に濡れた花もまた風情《ふぜい》があり、晴天の時にも増して活き活きとした色彩を見せている。特に紫陽花《あじさい》は、土壌が酸性のため青みが強い花を咲かせるが、元々色が移ろう花だ。停滞しがちな気分を癒《い》やすかのように、日々変化を見せてひとの目を楽しませてくれている。

居酒屋『四季彩亭』でもメニューが変わり、しらすを使った料理が多くなった。中でも桜エビとしらすのかき揚げは、ホタテに次ぐ雫の大好物。揚げたてを抹茶塩で食べると、あまりの美味《おい》しさに悶絶してしまう。

「……本当に幸せそうに食べますよね、雫さんって。あ、そうだ。忘れないうちに。これ雫さんご所望のクマ隠し。話題の人気商品の『ハイドベア』」

香織が雫に差し出したのは未開封の化粧品だ。かくれんぼをしているらしいクマのイラストが、なんとも愛らしくてほっこりする。

「そしてこれが腰に効く、匂いがしない湿布」

「ありがとう！　さすがは香織ちゃん。お値段は……」

「いいですよ、今夜の奢《おご》りで。高いものでもないし」

香織はテーブルに両肘をつき、面白くなさそうな顔で雫を見つめた。

「まさか雫さんが、エベレスト登山に成功してしまうとは。私の色仕掛けでも化粧でも堕ちなかった若旦那が、雫さんには堕ちたこのミステリー。さらに信じられないのは、雫さんと若旦那が、大女将《おおおかみ》が決めた許婚《いいなずけ》だったこと。なにがどうなればそんなことになるんですかね」

「香織ちゃんだけに話したことだから、他のひとには内緒にしてね」

相変わらず香織は辛辣《しんらつ》だが、毒舌を受けても雫は照れている。幸せそうにビールをちびりちびりと飲むと、なにを思い出したのか突然にやけて、テーブルの上に突っ伏して悶えた。

「言ったところで、誰が信じるんですか。妄想も休み休み言えと笑われるのがオチです。でもまあ……おめでとうございます。しぶとく奇跡を信じた雫さんの勝利、お祝いします」

香織がウーロン茶のジョッキを持ち上げたため、雫はビールのジョッキを合わせる。

「ありがとう。そして香織ちゃんも深夜勤、お疲れ様」

瑞貴は華宵祭に向けて本格的な稽古《けいこ》に入り、さらに忙しくなった。女将《おかみ》はその指南をするため、本日の女将《おかみ》修業は休み。女将《おかみ》修業がない時は深夜勤なので、身体を休めろという配慮もあるのかもしれない。

最近は、雫と香織が交互に深夜勤をしていた。だが今夜は珍しく孝子が深夜勤だったため、労《ねぎら》いと報告を兼ねて、香織を飲みに誘ったのだった。

瑞貴の出生のことは伏せ、クラブ通いは過度の重圧からの逃避だったこと、そして乱交していたわけではなかったことも併せて説明した。また、香織は大倭の気持ちに気づいていたようだ。その上で、番頭経由で瑞貴と大倭が喧嘩《けんか》していたことを知ったらしい。大倭とはその後どうなったのかを質問され、雫が素直に答えると、香織は複雑そうな顔つきになった。

「ずいぶん物わかりがいいんですね、副番頭。いいひとすぎるというか。幼馴染《おさななじみ》か……私にはいないから、イマイチその重要度というのはわからないんですが、まぁ……副番頭をヘタレにさせるくらいのものではあったんでしょうね。副番頭、本当にいつも通りになりました？」

「うん。若旦那と飲みに行ったそうだし、わたしとも普通に接してくれる。とはいっても、大倭は大倭で忙しいみたいで、最近は滅多に会えないんだけれど」

「そう、ですか……」

香織は思案する様子を見せる。

「ここ数日の副番頭……なんだか妙に、私の父と仲良しになっているんですよね。昨日も外で一緒に飲んだみたいだし」

それは初耳だ。瑞貴が妬《や》くため、大倭とふたりで飲むことは控えているし、個人的な話はできていないが、大倭が番頭と交流を深めているとは知らなかった。

「若旦那と副番頭が喧嘩《けんか》をした時に父も居合わせたから、それで励ましているのかもしれないんですが、元来、父は面倒見のいいタイプじゃないんですよね。考えてみれば、なんで私に副番頭を堕とせと言ったのかわからないし、こうして自分から副番頭に近づいているところを見るに、なにかしら副番頭に近づくメリットはあるんでしょうね。ウマが合うふたりだとは思いませんが」

　娘が抱いている違和感はなんなのだろう。

「あと孝子さんも、やたら副番頭に話しかけてますよね」

　そう言われればそうかもしれない。最近、ふたりが一緒にいる姿をよく見る気がする。

「副番頭、私のことはまったく相手にしなかったのに、孝子さんには愛想よくするなんて酷いと思いません？　いくら雫さんに失恋したからといっても、孝子さんより私の方が、若さも美貌もあるのに。年増趣味かよ！」

（香織ちゃんのご立腹ポイントは、面白いわ……）

　大倭は元々、露骨な媚《こ》びを嫌う。瑞貴に色目を使う孝子に対しても、あまりいい感情は抱いていなかったはずだ。ただ孝子は、裏方にいがちな小夜子に代わり表立って仲居をとりまとめられるほど、仕事ができる。仕事の点で、意気投合することでもあったのだろうか。

（いつも大倭はなんでも話してくれていたのに、他のひとから聞くのってなんだか切ないや）

「副番頭、なにか妙なことに巻き込まれてなきゃいいですが。父と孝子さんって腹黒さがよく似ているし、やけにウマが合っているし」

「そうであっても……見抜けない奴じゃないよ、大倭は。お客様の前ではともかく、プライベートではそういうひとはわかりやすく敬遠するし。理不尽なことを嫌う性格だし」

「まぁ、私にそうでしたから、回避できるとは思うんですが、なにせ失恋で傷心中ですしね。割り切れないもやもやっとしたものがあるせいで、ついついおかしな道に……という可能性もあるし。だってほら、あの若旦那ですら心乱され、クラブでブラックになるくらいなんですから」

瑞貴を引き合いに出されると、なにも言えなくなる。大倭は強い男だが、瑞貴だって今まで完全無欠の王子様だと思ってきたのに、実は大きく揺らいでいたのだ。

華宵祭を控え、仕事が忙しくて気づかなかっただけで、大倭からのSOSがあったのだろうか。なにか小さな綻《ほころ》びがあったのだろうか。

「明日……大倭と話してみるわ。わたしも気になってきたから」

「その方がいいと思います。副番頭がいかに強靱《きょうじん》な精神の持ち主だとしても、人間ですし。裏では雫さんと若旦那の甘〜い雰囲気に落ち込んでいるかもしれません。彼が最優先にした〝幼馴染《おさななじみ》〟でなければわからないこと、助けられないことってあると思うので」

（香織ちゃんの言う通りだわ。わたし、親友の変調を指摘されないとわからないほど、

恋に溺れちゃっていたんだ……。よし、明日……腹割って話そう）

「若旦那が表で、副番頭は裏。目立たないように振る舞っているだけで、副番頭もかなりの切れ者でいい素材ですよ。もしも副番頭が御曹司《おんぞうし》に生まれていたら、それはそれで華宵亭は話題になっていたでしょうね。色気ありすぎの副番頭と併せて、男前若旦那として評判になったでしょうけど」

「そ、そうだね……」

相変わらず香織は鋭い。雫はぎこちなく笑ってビールをひと口飲んだ。

（やばい、たとえ香織ちゃんが相手でも、この秘密を漏《も》らすわけにはいかないわ。万が一巡り巡って不安定になっている大倭にそれが伝わり、実は大切な幼馴染《おさななじみ》ふたりとも知っていて隠してました……なんて知られたら、笑えない状況になる）

青ざめた雫は、再びジョッキに口をつけ、今度は威勢良く一気飲みをした。

「雫さん。最近少しずつ仕事をするようになり、私、楽しくなってきたんです。人間観察が」

「仕事じゃないんだ……」

「仕事は疲れるだけですもん。で、観察していると色々と見えてくるわけです。仲居たちの陰湿さが。元々わかっていたつもりですが、いやぁ雫さん、感服しますよ。よくあの妬《ねた》み僻《ひが》みの中で生きていますよね。若旦那の権力を使えば一掃できるのに」

「そんなことしたって、下《した》っ端《ぱ》は下《した》っ端《ぱ》だし」

「本当にお人好しだなあ。わかっていますか、最近の深夜勤続きの理由」

「ここのところ忙しい上、気候も暖かかったり寒かったりと続いたせいで、皆体調が悪くなって大変よね。従業員がひどい風邪とか伝染病にかかったら困るから、元気な人間が代わってあげなきゃ。困った時はお互い様だし、助け合うのは基本だしね！」

と言いながらも、差し伸べた手を見事に裏切ったあの老人を思い出し、むかむかしてしまう。

するとと香織は盛大なため息をついた。

「……押しつけられたんですよ、雫さん。それに気づかずにこにこしているから、私までお人好しすぎる雫さんが心配になって、自分から深夜勤を代わる羽目になったんです。深夜勤、お肌に悪くてしたくないのに！」

「皆、元気だったの？　そうだったんだ……。香織ちゃん……ありがとうね、助けてくれて」

雫が素直に礼を述べると、香織はふんと鼻を鳴らす。そして、雫が最後に食べようと残しておいたかき揚げを箸で突き刺し、むしゃむしゃと食べてしまった。

（わたしの……かき揚げ……）

「仲居たちの仮病は雫さんが最近、若旦那と仲がいいのを察知して、妬《ねた》んでのことです。本人たちは隠しているつもりでも、若旦那狙いのハイエナたちは勘づくんですよ。なにか違うって」

「……っ」

「そこ、顔を赤らめるところじゃないですから！　若旦那に隠す気がないというのか……倍増しになったあのフェロモンは殺人級。お肌艶々《つやつや》だし、どれだけ働くんだっていうほどのバイタリティもある。自分は幸せですと言わんばかりの春色オーラで、雫さんを見る目の甘いこと。好きで好きでたまらないって顔を向けて、一方雫さんは連日クマ、しかも腰痛！　防音設備もないこの旅館で、どれだけヤっていやがるんだって話です。中坊ですか、それともウッキーですか」

「いや……その……」

「これだけ明確な事実なのに、ハイエナ仲居たちはその事実を認めたくない。で、どんなに仕事量を増やして嫌がらせをしてみたところで、クマと腰の痛みを抱えながら雫さんはにこにこと仕事をこなしてしまうから、皆でよってたかって深夜勤を押しつけていたわけです。まぁ、雫さんに自覚がないのだから、いじめと言っていいのか微妙なところですが」

「そうだったんだ……。でも皆元気ならよかったよ。華宵祭も控えているし、心配だったから」

「本当に仕事馬鹿ですね。若旦那とお似合いです」

「ほ、本当？　少しはお似合い要素ある⁉」

「嫌味くらい気づいて下さい。目をきらきらさせて……本当にイラッとしますね。しかしいいんですか、ウッキーがこんなところで私と飲んでいて」

「若旦那は忙しい時期に入ったし、お疲れだし。しばらく遠くから見守ってる」

寂しいけどね、と続けた雫は、静かに視線を落とす。

それを見ていた香織は、雫を喝破《かっぱ》した。

「どんなに忙しかろうと、ふたりの時間を作るのが愛ってもんです！　ひとつお聞きしますが、雫さんから若旦那を求めたことはあります？」

「そ、そんなはしたないこと……」

「若旦那の方がそんなにがつがつ求めているとは、羨《うらや》ましすぎるぜ、こいつ……状態ですが、もし若旦那を気遣われるのであれば、たまには雫さんから誘ってみたらどうです？それだけで若旦那、活力が漲《みなぎ》ってくると思いますが。ええ、いつもよりたっぷりと濃厚に」

「そ、そういうもの？」

「そういうものです。受け身だけのマグロ女は飽きられますよ。年を食っている分、せめてぎらぎらと脂がのったサバにでもなって、美味《おい》しく食べられてきて下さい。せっかくクマ隠しと湿布、渡したんですから」

まだ九時前なのに、香織は気を遣ったのか飲み会を強制終了させて、裏口から走って帰ってしまった。

　呆気ない宴の幕切れに、裏口で置き去りにされた雫は戸惑う。

「誘うって……。と、とりあえず、ひとまず部屋に戻ろう」

　沸騰《ふっとう》した顔で部屋に戻ると、部屋の前に人影がある。それは瑞貴だった。

「若旦那？　どうしました？　なにかありました？」

　慌てて駆け寄ると、彼は苦笑する。

「……なにもなければ、来たら駄目？」

「い、いえ……。とにかく中へ。人目についてしまうので」

　中に入りぴしゃりと戸を閉めると、瑞貴が雫を抱きしめて言う。

「別にいいよ、隠す気もないし。恋人に会いに来ているだけだ」

「……っ、今日のお稽古《けいこ》は？」

「終わらせたに決まっているだろう？　そんなに長々と稽古《けいこ》をしないといけないほど、今の僕は不出来ではないと思っているけれど」

「す、すみません……」

　ふわりと瑞貴の甘い香りが強くなる。

「アルコールの匂いがする。せっかく休みをあげたのに、悪い子だ」

「香織ちゃん、頑張っていたし、報告……したかったから」

「そう。言ってくれたんだ、僕とのこと」

瑞貴がすり、と頬摺りをした。

「今夜はまだ早いから、長くきみといられる。どうする？　ドライブでも行く？」

『たまには雫さんから誘ってみたらどうです？』

夜のデートをしてみたい。しかし――

「それは華宵祭が終わった時に、いいですか？」

「うん？」

「今夜は……若旦那とずっとくっついていたいというか、その……」

「僕のことはいいんだよ、雫がしたいことを言ってごらん？」

覗き込んでくる暗紫色の瞳。

そこにゆらゆらと揺れるものは海のさざめきにも似て。

「若旦那と……一緒に、温泉に入りたい。思い出の岩風呂で」

すると瑞貴は柔らかく目を細め、雫の耳に囁《ささや》く。

「僕を誘うなんて、本当に雫は……悪い子だ」

自分から誘ったはずなのに、瑞貴に誘惑されているみたいに思うほど、甘い声だった。

＊。・＊・。＊

さわさわと木の葉が音をたてていた。磯の匂いが混ざった爽《さわ》やかな風が心地よい。

幻想的な淡いオレンジの常夜灯が灯る庇《ひさし》つきの岩風呂は、葦簾《よしず》の垣根に囲まれていた。垣根があっても窮屈《きゅうくつ》に感じないのは、そもそもの空間が広いことと、垣根の内にも広がる自然が見事だからだ。

春は桜、初夏の今は同じく薄紅の色みを持つ芍薬《しゃくやく》や紫色をした露草《つゆくさ》が咲き誇る。

絶え間ない季節の移り変わりを楽しめるこの露天は、瑞貴の部屋から直接行けるように改装されていた。ビーチチェアで休憩もでき、華宵亭御曹司《おんぞうし》の専用風呂は実に贅沢《ぜいたく》である。

雫は瑞貴とともに岩風呂に浸《つ》かった。

こうしてふたりで入るのは何年ぶりだろう。

あの頃と違うのは、風呂から眺める景色だけではない。肩を抱かれて脚を絡ませつつ、何度も唇を重ね合わせるふたりの関係性もだ。

「あん……ふ、んんっ」

瑞貴のキスはいつだって甘い。脳まで蕩《とろ》けそうだ。

力が抜けて慌てて彼の身体に縋《すが》ると、筋肉の隆起《りゅうき》を手のひらで感じ、うっとりとため息が出てしまう。

温泉効果なのか、瑞貴の肌は気持ちよくて、もっとくっつきたくなってくる。身体を擦りつける雫に気づいたらしく、彼が力を込めて雫をさらに引き寄せた。

「洗い場では逃げていたくせに」

瑞貴は、顔にかかる濡れ髪を片手で掻き上げる。その姿はとてもセクシーで、ドキドキした。

「だ、だって……」

「恥ずかしがるきみも可愛いけれど、少しずつ慣れてほしい。俺は、もう遠慮しないから」

囁《ささや》かれる声に、ぞくりとする。

夜に映える暗紫色の瞳は、妖艶《ようえん》かつ扇情的だった。

両腕を互いの首に回して揺蕩《たゆた》いつつ、ねっとりと舌を絡ませ、きつく抱きしめ合う。

「まさかきみからお風呂のお誘いが来るとはね。嬉しい誤算だ。本当は今日、抱かないつもりだった。たまにはきみを労《いたわ》らないと、身体目的の男だと思われてしまうってね」

「そんなこと……」

「でも無理だ。こうやってきみの身体に触れて、我慢なんてできない。本当にどうしてくれるんだ。こんなに抑制の利かない身体にするなんて」

「……いいよ」

「え？」

「若旦那なら、わたし……ずっと抱かれていたい。ふたりでどろどろに溶けちゃいたいの。すればするほど、好きが止まらないから。……もう多分、ただお話ししているだけだったら、物足りない。もちろん一緒の時間を過ごすのは嬉しいんだけれど、その、もっと激しく愛してもらいたくなるというか。肌で感じる愛も嬉しいというか」

「……っ」

「瑞貴をいっぱい……ちょうだい？」

誘い方など知らない。

雫なりの言葉で、意図せずに潤《うる》んだ上目遣いを向けると、瑞貴が赤くなって雫の肩に顔を埋《うず》めた。そこで呼吸を整えているようだ。

「きみは……。どこでそういう誘い方を習ってきたんだ？　それも女将《おかみ》修業の結果なのか？　そうやって、できるだけ紳士に振る舞いたい若旦那を、発情したケダモノにしろと？」

「違……っ」

抱き上げられ、雫は平らな岩の上に乗せられた。

てっきり瑞貴も一緒に座るのかと思いきや、彼は彼女の脚の間に立って湯に浸《つ》かったまま、濡れた暗紫の目を細めて、雫を睨んでいる。

「僕を淫《みだ》らに誘う悪い子は、お仕置きをしないとね」

そして瑞貴は、仄《ほの》かに紅潮した雫の胸に顔を埋《うず》めた。谷間に舌を這《は》わせ、両手で柔らかな乳房を揉み込んでは、交互に頂《いただき》をちろちろと舌で揺らし、じゅっと音をたてて強く吸う。

「ひゃ、ぁんっ」

雫は倒れないように両手を岩につき、悩ましげな声を漏《も》らした。

愛する男から快楽を刻まれた身体は、愛撫《あいぶ》を待ち兼ね、過敏な反応を示す。

快感に火照《ほて》る身体を、夜風が優しく冷ましていく。

「ん、んん……」

「ふふ、食べ頃に硬くなってきた。ん……噛めば噛むほど、美味《おい》しいよ」

くちゃりと唾液の音をさせて、甘噛みをしている様子を見せつけられる。

愛《いと》おしそうな顔でじんじんしている部分に口をつけられているだけでも、たまらない。

陸に打ち上げられた魚のように、びくびくと身体が跳ねる。

「可愛いな、雫は。そのうち胸だけでもイッちゃうね」

とろりとした目で微笑む瑞貴は、片手を下に滑らせて雫の太股を撫でた。そして蕾《つぼみ》を捏《こ》ねていた舌を肌に這《は》わせ、蛇行《だこう》させながら下に移動すると、両手でぐいと脚を開く。

彼の意図がわかり、雫は慌てて脚を閉じようとするが、膝立ちになった瑞貴はそれを許さない。黒い茂《しげ》みに唇を押しつけ、舌を滑らせて花弁を割り、花園を掻き乱していく。

静謐な空間に、くちゅくちゅと卑猥な音がやけに大きく響いた。

「駄目っ、汚いっ、駄……ぁあんっ、駄……あああっ」

「汚く、ないよ。綺麗で……んぅ、蜜でキラキラして……あぁ、すごく美味《おい》しい」

舐め取った雫の蜜を嚥下《えんげ》したのか、瑞貴の喉仏が上下する。

再び顔を埋《うず》め、陶酔《とうすい》しきったように一心に蜜を舐めている彼の様《さま》に、昂《たかぶ》った雫はぶるりと身震いをした。そこまで愛してくれる瑞貴が、たまらなく愛《いと》おしい。そう思うと感度も上がるのか、手の甲で口を押さえても声が止まらない。

子宮が悦《よろこ》びに震えて、さらに愛してくれと蜜を流してねだっている気がする。

瑞貴は、細めた舌先でくるくると蜜口を舐めると、蜜壷の中に差し込み抽送《ちゅうそう》を始めた。

熱く湿った柔らかな舌は、まるで蜜壷を溶かすみたいに内壁をねっとりと舐め上げ、じわじわと熱を広げる。熱は快楽のさざ波となり、雫の理性を奪っていく。

「あん、ああっ、やぁっ」

花園に吹きかけられる息だけでも、たまらない。いつしか瑞貴の頭を押さえつけるようにして髪をまさぐり、喜びの声を上げて仰《の》け反《ぞ》りながら、達してしまった。

「あぁ、雫が感じると蜜も甘く美味《おい》しくなる。ごちそうさま……って言っても、やめないけど」

瑞貴は雫の腰をしっかりと捕まえると、じゅるるると音をたてて湧き出る蜜を啜《すす》った。

果てたばかりの雫の身体はその刺激に耐えきれず、びくんびくんと四肢を痙攣《けいれん》させて再び弾《はじ》ける。

「ふふ、またイッちゃったんだね。でもまだ物欲しげだよ。今度は指をあげようか」

瑞貴はひくついたままの蜜壷に中指を挿入した。

「やっ、駄目。もう駄目」

「駄目？　僕の指をこんなにきゅうきゅうと締めつけてくるのに。ふふ、そんなに可愛い顔でよがっちゃって。気持ちよくてたまらないんだね。どう、これは好き？」

大きく手首を回転させ、舌では届かなかった奥を、指の腹で強く擦り上げてくる。

雫はもう、返事すらできない。

「雫の中、蜜でとろっとろ。ああ、早くここに挿《い》れたくてたまらないよ、わかる？　僕の」

指を深く抜き差ししつつ、雫の足の裏に猛《たけ》りきった剛直を触れさせる。

「ふふ、一層指が締めつけられた。欲しいのか、これが。もっと奥を突いてもらいたい？」

いつの間にか指は二本、三本と数を増やされ、奥を抉《えぐ》る動きに変わっていた。

瑞貴と繋がっている錯覚に陥《おちい》り、雫は無意識に腰を揺らした。それを嬉しそうに見ていた彼は、ゆらゆらと動く秘処に再び顔を埋め、慎《つつ》ましやかな秘粒を舌で探ると、啄《ついば》むようなキスをしてから舌で捏《こ》ねた。

「や、ぁん、駄目、それっ」

「ふふ、可愛いな……雫の真珠。可愛がっていると胸の先みたいに硬くなってくる」

秘粒への優しい愛撫《あいぶ》とは対照的に、蜜壷に出入りする三本の指は別々の生き物めいて動き、容赦なく雫を追い詰めていく。

「ぁん、あっ、あぁん、わたし……わたし」

乱れる雫のすべてを目に焼きつけようとばかりに、暗紫色の瞳が雫を見つめる。男の情欲にぎらついた光を揺らしつつ。

女として認められているのが嬉しい反面、瑞貴のすべてと繋がっていないのが寂しい。あの熱もあの強さもなく、白い世界にひとりで行けと突き放されるのは、片想いの時の悲しさにも似ている。

迫り来る果ての気配に肌を粟立《あわだ》たせながら、雫は戦慄《わなな》く唇を動かし、声にならない声で瑞貴に気持ちを伝えた。

『もっとあなたで、わたしを奥まで満たして』――瑞貴の喉が鳴った瞬間、彼の目がぎゅっと苦しげに細められた。立ち上がった瑞貴は、雫の半開きの口に舌を差し込む。そして痛いくらいに怒張していた自身を、雫の蜜壷に埋め込んだのだった。

「あああああっ」

欲しかった瑞貴の感触。直《じか》の灼熱を体内に感じた刹那《せつな》、雫の身体が歓喜に震える。瑞貴が数回奥まで擦り上げると、雫は呆気なく絶頂を迎えた。

絞り取ろうと誘惑し締めつける蜜壷から慌てて剛直を引き抜いた瑞貴は、雫をぎゅっと抱きしめて、キスを繰り返す。

「雫……。突然の誘惑はやめてくれ。それでなくとも、最近は避妊具をつけずに溶けたい欲望と闘っているんだから」

「つけ……なくても……」

「駄目だ。子供はまだ後。子供よりもまず、俺を愛してくれ」

瑞貴は一度風呂から出て、サイドテーブルに置いていた避妊具を持ってくる。

そして雫を人魚の像に掴まらせ、前屈みに立たせた。

「なんか……人魚に見られているようで、居心地悪い……」

「見せつけ、羨《うらや》ましがらせてやれ。雫は僕の愛を一身に受けて、海の泡にはならないんだ」

そう笑うと、雫の尻を持ち上げて、後ろから芯を持ったままの剛直を押し込んだ。

「う……んんっ」

いつだって彼が中に入ってくる時は、肌が粟立《あわだ》ってしまう。同時に幸せだった。

隙間もないほど、瑞貴を感じることができるのが。

「あぁ、ぁああん、っ……ああっ、気持ち、いい……っ」

背後から強く抱きしめられながら、奥までずんずんと熱杭で穿《うが》たれる。

「瑞貴、ああ、それ……それ、駄目……」

喘《あえ》ぐ雫の頬に、瑞貴の頬がすり寄せられた。耳元で、感じているらしき彼の声が囁《ささや》かれる。

「……はっ、はぁ。雫の中、やばい。気持ちよすぎ……。そんなに喜ばないでくれ。持たなくなる」

「そ、そんなこと、言ったたって……あぁんっ」

「顔、見せて？　俺に感じている顔を……」

瑞貴に顔を向けると、髪を耳にかけられた。情欲の熱を宿した妖艶《ようえん》な紫色の瞳が、愛《いと》おしさと切なさを訴えて揺れている。それに惹《ひ》き込まれた瞬間、唇が奪われた。

抽送《ちゅうそう》がゆっくりとしたものになり、奥をこじ開けられるかのように腰を回された。ごりごりと先端が角度を変えて、雫のより気持ちいい場所を探して摩擦してくる。

「ふぅ……ん、ん……ぅ」

快楽のうねりが渦になろうとしていた。雫はそれにまだ呑み込まれまいと、必死に耐える。

彼女の果てが近いことを悟った瑞貴は唇を離し、とろりとした目を柔らかく細めて囁《ささや》く。

「雫、一緒にいこう。もう、我慢しなくていいからね。思いきり乱れてよ、俺の身体で」

返事をする前に抽送《ちゅうそう》が激しくなった。肉と肉がぶつかり、粘液が攪拌《かくはん》される音が響き渡る。

瑞貴の息遣いが荒々しいものへと変わり、雫の声も艶《つや》めいていく。

「あ、んっ、ああ、駄目、わたし、声……止まら、ない」

雫は人魚の頭に口をつけて、段々と大きくなってくる声を押し殺した。

「ああ、すごい。俺、イキ……そう。雫も、なぁ、雫……っ」

切ない懇願《こんがん》を聞きながら、こくこくと頷く雫は、理性で堰《せ》き止めていたものを解放する。

途端、一気に快楽の波が押し寄せ、狂おしく雫の中を駆け抜けていく。

「わたし、イ、ク……あああぁ……」

浮遊感に身体を強張らせた刹那《せつな》、最奥を速く突いた瑞貴がきつく抱きしめてきた。

薄い膜越しに伝わる、熱い彼の飛沫《ひまつ》。

愛《いと》おしくてたまらず、自分の体内に留まってほしいと、雫は無意識に自分の腹を抱きしめる。

しかし脚ががくがくして、彼女は慌てて人魚の頭に手をついた。

「危ない。……ん？　雫、どうした？」

瑞貴は雫を膝の上に乗せて支えたが、雫が人魚の頭を撫でているのを見て、訝《いぶか》しげに訊く。

「人魚の頭になにか……」

ふたりで覗き込むと、そこには『丑ネイコ』とある。

「そういえば、従業員用のお風呂の人魚の頭には、『亥ヲトコ』と『申ソトミ』とあったんですけど……」

雫は振り向き、瑞貴の首に両手を巻きつけると、逞《たくま》しい胸に顔を寄せて言った。

「意味はわからないけれど、丑や亥、申……」

瑞貴は考え込みつつ、雫の頭に頬をすり寄せる。

「それ、他の風呂にもあるのかな」

「どうでしょう。明日お風呂のお掃除だから、見てみますね」

「風呂掃除は体力を一番使う仕事だから、やらせたくないな……」

「でも立派な仕事です。楽しいですよ、お風呂掃除も」

「ああ、本当に俺は……いい子をお嫁さんにすることができて幸せ者だ」

瑞貴は雫の額《ひたい》に優しく唇を落とすと、微笑んだ。

「もっと……幸せを感じて下さい」

雫は、ちゅっと彼の胸に唇を押し当て、自分がされているように、彼の胸の頂《いただき》を口に含む。

「どうしてそういう可愛いことをするのかな、きみは」

身体に触れる瑞貴の剛直は、またも臨戦態勢だ。彼が望むなら、何度も迎え入れたい。

「ああ、もう……。明日の風呂掃除、知らないぞ？」

心も温まる湯の中で、雫は昔の瑞貴を思い出す。

人魚姫のようだった、儚《はかな》げな彼。その彼の確かな脈動を身体の内外で感じながら、ひたすら願う。

ああ、どうか。彼の笑顔が、この先もずっと続きますように、と。

……雫は本能的に感じ取っていたのかもしれない。幸せは長く続かないものだと。

＊。。・＊・。。＊

ふたりでまったりと愛し合った朝方、瑞貴に部屋まで送られた。

「──と、飲んでいた時に香織ちゃんに言われて。大倭と話してみようと思います。香織ちゃん、鋭い子だし……確かに色々と周りの動きも気になるので。杞憂《きゆう》であればそれでいいんです。だけど幼馴染《おさななじみ》として、大倭が苦しんでいるのなら助けたい」

「だったら、僕が話した方がいいかもしれないな……」

嫉妬《しっと》とはまた違う思案顔で瑞貴が提案した時、ふたりは雫の部屋の前で、頭を抱えて座り込んでいる人影に気づく。

「……大倭？」

雫の声に人影――大倭は視線を上げた。泣き出しそうなその顔は、深い翳《かげ》りに覆《おお》われている。

大倭は、ふたりに言った。

「なぁ、俺が――女将《おかみ》に捨てられた息子だって、ふたりは知っていたのか？」

どくん。雫の心臓が不穏に跳ねる。

（大倭が――なぜそれを⁉）

あまりにも唐突な質問すぎて、知らないふりができなかった。

「……知って、たのかよ。知ってて、俺だけ蚊帳《かや》の外かよ。楽しかったか？」

ほろりと大倭の目から、涙がこぼれ落ちる。

（違う、大倭のこんな姿を見たくて、黙っていたわけじゃないのに……）

『副番頭がいかに強靭《きょうじん》な精神の持ち主だとしても、人間ですし』

心臓が苦しい。先に香織から注意を受けていたのに、瑞貴と過ごす甘い時間を優先させてしまった罪悪感が、きりきりと雫の胸を締めつける。

「なぁ、瑞貴。返せよ、俺から奪い取ったものを」

瑞貴は蒼白な顔をして固まっていた。その唇はわなわなと震えている。

「お前が、俺から……華宵亭と雫を奪ったんだろう？　たかだか、使用人の分際で」

静まり返った館内に突然聞こえて来たのは、激しい雨音。

――嵐が、すぐそこに来ていた。

第五章　若旦那様、わたしはおそばを離れません

横殴りの雨と暴風に、華宵亭の建物が悲痛な音をたてて揺れている。

『雫。大倭とふたりきりで話をさせてくれ』

いくら幼馴染《おさななじみ》といえども、雫は傍観者にすぎない。大倭を一番理解できるのは、同じ境遇の瑞貴だけだ。それが悔しくもあったけれど、ここはおとなしく見守ろうと自室で待機していた。

しかし、ふたりが大倭の部屋から出てくる気配はない。

じっとしていたら、心配すぎて吐いてしまいそうだ。大倭の部屋の前でうろうろするわけにもいかず、だったらこの時間、温泉の掃除をしようと思い立った。

浴室の見晴らしのよい大きな窓を雨が叩きつけ、木々が激しく揺れている。

こんな悪天候では露天に入る客もいまい。今日は露天の清掃を断念した方がいいだろう。

この荒れた景色が今の状況を象徴している気がして、少しでも憂《うれ》いを拭《ぬぐ》うために、雫

は一心不乱にブラシで浴槽《よくそう》を磨き上げた。

（大倭は誰に聞いたのかな。自分で気づいたわけじゃないだろうし）

わかってほしいと思う。実の母親に捨てられ、血の繋がらない母親に育てられたのは大倭だけではない。希有《けう》な環境に苦しんできたのは、瑞貴も同じなのだ。

『お前が、俺から……華宵亭と雫を奪ったんだろう？　たかだか、使用人の分際で』

大倭の言葉を思い出すたびに、胸がズキンと痛む。

（大丈夫。今、大倭は動揺して混乱しているだけ。きっとわかってくれる……）

そう思うのに、胸に渦巻くこの不安。いやな予感は一体なんなのだろう。

「……違うこと考えよう。そうだわ、人魚に刻まれた文字を確認しよう」

女風呂に佇《たたず》む人魚の後頭部には、『未キノイ』とあった。露天の人魚も確認すると、やはり頭部には文字が刻まれている。

「『辰ヲイカ』に『寅クワガ』？」

忘れてしまいそうなため、着物の袖に入れて常備しているメモにそれを記した。

続けて男風呂を掃除し、同様に人魚の頭を確認する。

「やっぱりちゃんとあるわね。男性用は内風呂が『酉ゲトイ』、露天が『子ギオア』と『卯ンシバ』か。……カタカナの意味はさっぱりわからないけど、その前の漢字って十二支かしら。昔に刻まれたものなら、時刻という可能性もあるわね。どちらにしろ、人魚と同じ十二個……」

これは偶然ではないだろう。干支の順番に正せば、カタカナも意味をもってくるのだろうか。

「『子ギオア』『丑ネイコ』『寅クワガ』『卯ンシバ』『辰ヲイカ』、巳と午がなくて『未キノイ』『申ソトミ』『酉ゲトイ』、戌がなくて『亥ヲトコ』」

〝ギオア・ネイコ・クワガ・ンシバ・ヲイカ・〇〇・〇〇・キノイ・ソトミ・ゲトイ・〇〇・ヲトコ〟

「あと三個、あってもなくても……カタカナの意味がまるで推理できない。反対から読んでもまったく！　これは……若旦那レベルの頭脳じゃないと解明できなそう」

昔からこういう謎に興味を示して考え込むのが大倭で、なんなく解いてしまうのが瑞貴だ。

「……今頃ふたりは笑って和解しているはず。仲直り記念に三人でこの謎に取り組もう」

しかし現実はそんなに甘くはなかった。朝食の配膳を終えて、朝礼に出た時に見た瑞貴と大倭の様子は、一段と険悪になっていたのだ。慌てて前に立つ瑞貴に視線を送ると、彼は硬い表情で首を横に振る。話し合いは決裂した——そう言わんばかりだ。

「本日、宿泊されているお客様は八組。三日後の華宵祭には十二組のお客様を迎えます。華宵祭では特別な要素が様々あるので、粗相《そそう》のないように……」

雫はあまりのショックで、女将《おかみ》がなにを言っているのか理解できない。

いつも通りの女将《おかみ》が、大倭に出生の秘密を漏《も》らした気はしなかった。では小夜子だろうか。ここからでは、普段と同じく俯《うつむ》き加減でいる彼女の様子はわからない。

「質問はありますか？」

女将《おかみ》が最後の言葉を口にすると、珍しく孝子が片手を挙げた。

「女将《おかみ》にお尋ねしたいことがあります」

「なにかしら」

「華宵亭では初代の直系が大旦那となるのがしきたりと伺っておりましたが、若旦那が女将《おかみ》の実子ではないという話は本当ですか？」

どくり。雫の心臓が不快な脈動を告げ、身体が凍りついた。

（今、なんと……？）

仲居たちのざわめきが、虫の羽音のようにざわざわと聞こえてくる。

「女将《おかみ》が不倫をされたんですか？　それとも貰い子？　私たちは正当な後継者ではない方に仕えていたんですか？」

（どうしてそんなことを、孝子さんが？）

薄氷を踏んでいるような緊張感が漂《ただよ》う中、女将《おかみ》は凛然《りんぜん》とした面持ちを崩さなかった。

ただ静かな、警戒の色が濃い声音で問う。

「誰です、そんな根も葉もない噂《うわさ》をたてたのは。私の子供は瑞貴だけです」

瑞貴の気持ちを考えれば嬉しい答えだが、大倭のことを考えれば心が痛い。

黙するしかできずもどかしい雫の耳に届いてきたのは、くつくつという笑い声。嫌悪感の湧くその声とともにすっと歩み出たのは、番頭だった。

「先代がずっと私に言っていたんですわ。若旦那は自分の子ではないと。そして私に残してくれました。この紙は……先代と女将《おかみ》と若旦那の毛髪から採取したＤＮＡ鑑定書。ここに書かれている数値、わかります？　ゼロって書いてあるの」

(そんなものを持っているなんて！)

「女将《おかみ》が産んだ本当の後継者は誰です？」

「お、お黙りなさい。そんな紙切れがなんだと⁉　私の子供は瑞貴……」

「あぁ、なんて酷い母親なんだ。我が子を捨てて使用人にしたばかりか、こんなにも拒絶して……あなたの育てのお母さんにそっくりな瑞貴くんの方を可愛がる」

番頭が肩に手を回すのは……女将《おかみ》に似た黒い瞳を持つ男。

「大倭くんはこんなにも、女将《おかみ》とそっくりな顔をしているのにね？」

その時だった。女将《おかみ》が胸を押さえてその場に崩れ落ちたのは。

女将《おかみ》は救急車で小林病院に搬送された。

女将《おかみ》を診察した小林院長は、ため息をついて言った。

『心筋梗塞の一歩手前というところだな。元々女将《おかみ》には不整脈があるんだ。今回は命に別状はないが、次もそうだとは言い切れない。とりあえずしばらくは入院して、安静にしていた方がいい』

雫は眠ったままの女将《おかみ》についていたかったが、院長もいることだし、騒動をどうにかするのが先だと瑞貴に諭《さと》され、後ろ髪を引かれる思いで華宵亭に戻った。

女将《おかみ》が心臓発作で倒れたことにより、番頭の言葉は信憑性《しんぴょうせい》を帯びてしまっている。

従業員たちは女将《おかみ》を心配する素振りを見せつつも、女将《おかみ》の代理として業務を指示する瑞貴になにか言いたげだ。いつもの殊勝な態度ではない。

(この空気、とってもいやだ。大倭は……いない？　あれ、仲居長も……)

その時、誰かがなにかを呟いた。途端、従業員たちからいやな笑いが漏《も》れる。

……雫の耳にはこう聞こえた。

『本当なら私たちと同じ使用人のくせに、なにを偉そうに』

(あれだけ若旦那に媚《こ》びていたくせに、女将《おかみ》と血が繋がらないとわかったらそんな態度をとるの!?)

それは瑞貴にも聞こえたのだろう。彼は言葉を切ると眉を顰《ひそ》めた。

「皆さん、まぁまぁ落ち着いて下さい」

場を仕切り始めたのは、この空気を作った張本人の番頭だ。孝子とともに、にやにやと……実に悪意が籠もった下卑《げび》た笑みを浮かべている。

「我々はねぇ、華宵亭の御曹司《おんぞうし》でもない使用人の子供に扱《こ》き使われたくはないんですよ」

途端、カッとした雫が言い返した。

「番頭、あまりに失礼ではありませんか？　血がなんだというんです、今まで若旦那がどれだけ力を尽くして華宵亭を守ってきたと思うんですか！」

瑞貴は片手で制したが、雫の怒りは止まらない。

「仲居の皆さんもそうです。あれだけ若旦那にきゃーきゃー騒いできたのに、御曹司《おんぞうし》じゃないかもしれないとなった途端、手のひらを返すなんて！　何年華宵亭で働き、若旦那の仕事ぶりを見てきたんですか。ただの使用人が、あれだけのことをこなせるとお思いですか！」

仲居たちの数人はバツが悪そうに顔を見合わせたが、孝子が鼻でせせら笑う。

「朝霧さん。あなた……そちらの元若旦那の許婚《いいなずけ》なんですって？　次期女将《おかみ》になりたいからって、偽若旦那を推すことに必死ねぇ！　だけどあなたみたいな無能な下っ端《したっぱ》仲居を、この先女将《おかみ》とか若女将《わかおかみ》とか呼んで敬うなんて、まっぴらごめんなんです」

「な、許婚《いいなずけ》って……」

誰も知らないはずだ。大倭が言ったのだろうか。

（いや違う。大倭はそんなことしない。じゃあ一体誰が……）

そんな雫の狼狽を読み取ったのか、孝子はゆったりと含み笑いをすると、ある方向を見て口を開く。

「わからないの？　そこにいるじゃない。あなたの情報を盗み出せるひとが」

「え……？」

孝子の視線の先にいたのは——香織だった。

「違う。雫さん、私は違う！」

香織は青ざめた顔を横に振り続ける。

「あらぁ、私たち同志だったわよね？　わざわざスパイをしてくれたんですものね？」

「違う、違います！」

しかし香織の様子は、青天の霹靂《へきれき》……といったものではなく、動揺が見えた。

少なからず彼女には、その自覚があったのだろう。

彼女の事情を知らず、勝手に心を許して色々と話してしまったのは自分だ。

……それに彼女は知っていたではないか。番頭と孝子が大倭に近づいていることを。

もっと、警戒すべきだったのかもしれない。華宵亭に味方はいないのだと。

「雫さん、違うんです！」

（……もう、誰を信じていいのかわからない）

くらくらする視界の中、瑞貴がすっと前に出ると、従業員たちに頭を下げた。

「……皆さん。僕が……先代や女将《おかみ》の血を引いていなかったにもかかわらず、若旦那として業務にあたってきたことは謝ります」

「若旦那、あなたがなぜ頭を下げるのです！」

しんと静まり返る中、雫は悲鳴を上げる。

「僕の進退は後々考えますので、女将《おかみ》がいない間だけでも、協力してもらえないでしょうか」

進退——その意味するところは、若旦那の肩書きを捨てるということに違いない。

「若旦那⁉」

雫は悲鳴交じりの声を発した。

瑞貴はそれだけの覚悟を見せているのに、番頭はせせら笑う。

「後々？　真実がわかってもなお、我々を扱《こ》き使うつもりで？　そうやってなかったことにする気でしょう？　我々なら騙《だま》し通せると、馬鹿にして」

「お客様が——いるんです！」

瑞貴は近くの机に手のひらをバァンと叩きつけた。

瑞貴に睥睨《へいげい》され、番頭は青ざめた顔で言葉を呑み込む。

「今すべきは対立ではなく、お客様への変わりないサービスです。どんな時でも満足にお帰りいただくのが華宵亭。それを守ることが伝統！」

その迫力に圧《お》されつつ、しかし番頭も負けじと叫ぶ。

「古い！　今の時代求められるのは、大衆を捌《さば》けるスピード！　客が我々を選ぶのではない、我々が客を選ぶのだ！　全力を出さずとも、半分の力で満足する客を確保できればいい。客が大勢いれば、我々への還元率も上がる。そうすれば我々だってやる気になる。これぞＷＩＮＷＩＮ」

「――ふざけるな！　華宵亭を潰す気か！」

瑞貴が怒鳴った。

「それはこっちの台詞《せりふ》だ！　いいか、あんたがちやほやされたのは、その顔と雅楽川の……いや玖珂の血を引く御曹司《おんぞうし》だと思われていたからだ。その血を引いていないのであれば、どこの馬の骨かもわからない下賤《げせん》な身。華宵亭の伝統？　違うだろう、華宵亭がどうなろうと構わないから、人ごとなのだ。華宵亭が潰れる責任を女将《おかみ》や私になすりつける気か！」

（あんなに華宵亭に尽くしてきた若旦那が、なぜそんなことを言われないといけないの？）

ぎりと歯軋《はぎし》りした雫は、思わず番頭に平手打ちをしようとしたが、その手を瑞貴に止められた。掴まれた手首に込められた力が、彼も辛抱していることを伝える。

「――それを言うなら番頭だって、雅楽川の血を引かない、どこの馬の骨とも知れぬ老人だ」

瑞貴の返答に、番頭は顔を真っ赤にして憤慨した。

瑞貴は雫の手を下げると、指を絡ませて強く握る。もはや親密さを隠す気はないようだったが、温度をなくしてひやりとしている手は怒りに震えていた。

この場だけでも、彼の苦しみを代わってあげられたらどんなによかったか。

よりによって瑞貴が一番心を痛めてきた出生の秘密が、最悪な形で暴露されるとは。

(せっかく、血よりも大切なものがあるのだと、前を向き始めたのに……)

大倭はどうなのだろう。番頭と同じく、否定的な目で瑞貴を見てしまっているのだろうか。

『なぁ、瑞貴。返せよ、俺から奪い取ったものを』

『お前が、俺から……華宵亭と雫を奪ったんだろう？　たかだか、使用人の分際で』

(大倭は……そういう目で若旦那を見る男じゃない……)

『……知って、たのかよ。知っていて、俺だけ蚊帳《かや》の外かよ。楽しかったか？』

きっと最悪なタイミングで番頭たちにつけ込まれ、洗脳されてしまったのだ。

(いつもの大倭なら、出生の真実を告げなかった理由を察することができるはずなのに)

番頭の怒鳴り声が聞こえ、雫は現実に戻った。

「だったら教えてやろう！　私は、雅楽川家本流である玖珂グループ会長の命を受けている。華宵亭を大衆向けに開放したホテルグループにしろと！　時代遅れの殿様商売は終わりなのだ。我々はこんな山中で燻《くすぶ》ることはない。これは華宵亭にとっても素晴らしい転換期だとは思わんかね？」

自己陶酔《とうすい》している番頭が叫ぶ。それを冷ややかに見つめた瑞貴は、凜然《りんぜん》と言った。

「……番頭。華宵亭は玖珂の力を借りず、ここまでやってきた。華宵亭の歴史を作るお客様の存在と、彼らを大切にしたいとする従業員たちの想いが重なった結果だ。利益目的の安いサービスホテルを作りたいのなら、他で勝手に作ればいい。華宵亭を巻き込むな！」

「いいんですか、そんなことを言って。経理簿を見ればわかるでしょう、華宵亭が資金繰りに困っていることは。女将《おかみ》は色々なところに頭を下げて金を工面し、私も奔走して玖珂から金を貸してもらった。そんな苦労もしていないくせに、理想論ばかり口にしないでいただきたい。……玖珂会長は、ホテルグループにするのなら借金の返済は待ち、華宵亭の名を残してもいいと言われている。華宵亭が消えることはない。消えるのは……玖珂の血が流れていない、あんただけだ」

番頭は嗜虐的《しぎゃくてき》に笑った。だが瑞貴は動じない。

「それを女将《おかみ》が許すとでも？」

「女将《おかみ》には引退してもらいます。静養が一番ですからねぇ」

雫はぞくりとした。

番頭が狙っているのは、華宵亭のための改革ではない。これは後継者の血筋を大義名分にした、反乱《クーデター》だ。そして番頭に同調しているのは――

「新女将《おかみ》は……きみがしてみますか？　それともお姉さんに任せるかい？」

勝ち誇った顔をしている孝子だ。

「お姉さん？」

訝《いぶか》しげに目を細めた瑞貴に、孝子は笑ってみせた。

「私の姉は、わだつみの女将《おかみ》なんです。念願の華宵亭女将《おかみ》、喜びますわ。しかし新たな環境に慣れるまでは、私が華宵亭の女将《おかみ》をしていた方がいいですわね。後でゆっくり姉に引き継ぎ、私がわだつみに行きますわ。ふふ、姉妹女将《おかみ》として話題になるかもしれませんね」

わだつみの女将《おかみ》は、確かに瑞貴に取り入ろうとしていた。しかしそれは彼個人ではなく、次期女将《おかみ》の座を狙っていたためだったのか。

（若旦那を、華宵亭を……我欲を満たすための道具にするなんて）

雫は、ぎりぎりと奥歯を鳴らした。

「では世間体《せけんてい》があることだし、取り急ぎ……私が華宵亭の大旦那になりましょうか。そして時期を見て、大恩ある会長の血筋に連《つら》なる者に大旦那をしてもらう。だから若旦那には――」

番頭が瑞貴を挑発的に見た……その時である。

「大倭、待ちなさい。大倭！」

小夜子の声を振り切るようにして、大倭が部屋に入ってきた。すると番頭がにたりと笑う。

「大倭くん。決心はついたのかね？　……華宵亭の若旦那になる」

「はい」

思い詰めた顔で、大倭はしっかりと頷いた。

「華宵亭の伝統は血筋によって守られる。だから俺が若旦那になる」

大倭自身の口から語られる、彼の覚悟。

雫が悲鳴を上げるが構うことなく、大倭は瑞貴に向かって続けた。

「だから、あんたはもう表舞台から引っ込め」

「いやだと言ったら？」

心配と好奇の視線を浴びながら、睨み合い、対峙するふたりの男――

「……だったら、思い知らせるしかねぇな、あんたの若旦那としての限界を。華宵亭はあんたひとりだけで成り立っているわけではねぇってことを」

大倭は口角を吊り上げた。

「あんたはいつだって華宵亭のサービスに自信満々だ。だったら、引き続き客を満足させてみせろよ。……三日後に行われる華宵祭。こちらはこちらのやり方で、わだつみを臨時の華宵亭別館として、花祭りの客を安価で引き取る。そっちは……上客しかとらねぇのが伝統だというのなら、その伝統を重んじて、花祭りのスポンサーでも接待しろ。初日のみ、花祭り用のテレビカメラで平等に中継させる。客が満足しているかどうかは、それでわかるだろう」

「……華宵亭には人目を忍んでやってくる客もいる。彼らに顔を曝《さら》せと言うのか」

「ならNG客は従業員用の部屋に移らせろ。マスコミには春夏秋冬の棟だけを撮影させればいい。スポンサーのひとつが玖珂グループだ。玖珂会長も来るらしいから、気に入ってもらえりゃ、あんたの首は繋がるだろう。逆に言えば、吹っ飛ぶ可能性だって大いにあるわけだ。客の満足度の結果発表を兼ねて、玖珂会長にジャッジしてもらおうじゃねぇか。あんたが守る華宵亭の可否と、若旦那としての俺らの可否を」

彼は笑みを消すと、瑞貴を冷ややかに見つめた。

「勝てば華宵亭の若旦那のまま、雫を娶《めと》る。負ければここから去る。どうだ？」

「な、ちょ……っ、大倭なにを……」

雫の声を無視して、瑞貴が抑揚のない声で問う。

「大倭。どうしても……やらないといけないのか？」

「ああ、どうしても。……それとお前たち、巻き込んで悪《わり》ぃけど、ついていきたい方につけ。ただしきっちり仕事をして、旧若旦那……瑞貴についていきたい奴は、明日の夜の九時までに瑞貴の部屋に行け。俺についてきたい奴は……」

「私に連絡を」

番頭がにたりと笑う。勝利を確信している顔だった。

（大丈夫。大丈夫よ……皆、ついてきてくれる……いや、そうじゃない、こんな対立はあってはいけないことよ。わたしが止めなきゃ！）

「じゃそういうことで。業務につこうぜ」

出ていく大倭に飛びつくようにして、雫はその手を引く。

「馬鹿なことはやめてよ。あんたらしくないわ！」

「俺らしいって……どんなだよ？」

その表情はひどく悲しげだった。

「物わかりよく、与えられた立場をきちんと弁《わきま》えて、どんなに辛くてもお前に心配かけまいと笑っている……そんなもの？」

「大倭……？」

「確かに、そうであろうと思ったさ。俺自身、それが俺だと思ったから。だけど……お前たち以外と話して、違う価値観に触れるようになって。俺が見ていた世界はあまりにも狭すぎたことに気づいた。このまま与えられたものだけに満足して、燻《くすぶ》りたくねぇんだよ。俺だって男なんだ」

「気持ちはわかるよ。大倭はできる奴だし、もっと大舞台へ羽ばたける。だけど突然あんたが若旦那になるなんて、極端すぎる。なんでそんな方法しかないの。あんたが言ったんじゃない、切ろうとしても切れない関係が幼馴染《おさななじみ》だって。それをなんで無理矢理切ろうと……」

「お前にわかるか……？　俺が我慢してきたものは、すべて理不尽なことだったんだぞ。本来だったら、なにもしなくても手に入ったものだ」

大倭は広げたその手をきゅっと握る。

「お前たちが出生のことを俺に黙っていたのも、それがわかっていたからじゃねえの？　なあ雫。お前にとって俺が幼馴染《おさななじみ》で親友だというのなら、わかるはずだ。俺、正当な権利を主張しているだけだ。許婚《いいなずけ》を贔屓《ひいき》して、なんで俺ばかり我慢をさせようとする？」

（大倭は利用されているんだ。番頭や孝子さんに）

だから番頭たちがにやにやして、こちらを見ているのだろう。

大倭を元に戻せると思うのならやってみろ、そう言わんばかりに。

「大倭、あんた……頭を冷やした方がいい。ちゃんと話をしよう？　あんたが抱えていたこと、わたしと若旦那がとことん聞くから」

「ただ聞いてもらえば解決できるような、そんな簡単な問題だと？」

「大倭。無意味な対立はしないで！」

「無意味じゃねぇよ」

大倭は皮肉めいた笑みを作る。

「俺にとって意味がある。日陰にいた人生からの逆転を賭けた戦いだ」

彼は手を伸ばし、雫の頬に指先で触れた。

「……だって不公平だろう？　俺だって……お前を手に入れる資格があるのなら」

彼が切なげに目を細めた瞬間、雫は大きな身体に包まれていた。

ふわりと香るのは――

「……雫はやらないと言ったはずだ」

瑞貴の登場に、大倭は口元だけで笑ってみせた後、番頭とともにふたりの前から消えた。

大倭の決心は、既に雫の言葉に揺らぐことがないほど固いものになっていたのだ。

＊。・＊・。＊

『瑞貴さま、この横笛がむずかしいです……』

幼い大倭が泣きそうな顔をして訴えた。

『言っただろう、大倭。〝さま〟はいらないって。言葉遣いも雫と同じにしてよ』

『でも、母さんが……』

『僕や雫しかいない時くらい、もっと肩の力を抜いてくれ。せっかく友達ができたのに、なんで僕、ずっとお前の主人じゃないといけないんだよ。ちゃんとしないと笛、教えないよ。そうしたら雫が泣くからな。いいんだな？』

『みず、き……』

『そ。笛の音が出ないのは、一気に息を吹き込むからで……唇の形をこうしてこうやれば』

『あ、音が出た……』

『だろう？　で、雫は……。雫、鼓《つづみ》は太鼓みたいに、両手でばんばん叩かないの！』

『こっちの方が面白いのに……』

はしゃいで音を出していた幼い雫が、不服そうに口を尖らせた。

『よし、じゃあ一度、合わせてみようか』

雅楽というにはほど遠い、てんでばらばらの子供の演奏。それでも一生懸命、各々《おのおの》が音を鳴らしている姿を見て、幼い瑞貴はぷっと噴き出しながら、扇子《せんす》を揺らして優雅に舞った——

＊。。・＊・。。＊

雫は懸命に大倭の説得を試みた。しかし大倭は昔から、決意したことは曲げない男だ。たとえ想い人で幼馴染《おさななじみ》の雫の言葉でも、耳を貸そうともしない。

そして雫も、大倭の苦しみがわかるからこそ、おいそれと踏み込めないところがあり、同じやりとりを繰り返すだけで無駄に時間が過ぎていく。

明後日は華宵祭だというのに、外は土砂降《どしゃぶ》りだ。天気予報通り、晴れるようには思えない。

頭を抱えながら歩いていた雫は、沈痛な表情の小夜子の姿を見つけ、駆け寄った。

「仲居長、どうでした？　大倭、納得してくれました？」

「駄目なの。まるで聞く耳を持たない。使用人如《ごと》きが実の親のふりをするなって、番頭の前でも」

小夜子は今にも消えてしまいそうなほど、やつれている。

（大倭は仲居長想いの優しい男だったのに……。こんなの、大倭じゃないよ……）

「どうしてこうなっちゃったのかしら。大倭は本当に華宵亭や若旦那……雫ちゃんが大好きで、困らせることなんてしない子だったのに……」

そんな時、こちらに向けられる視線を感じた。雫は大きめの声で小夜子に言う。

「仲居長。若旦那と大倭の出生は、わたしも女将《おかみ》から聞きました。でも仲居長と同じく、大切なのは血ではないと思ったから、大倭を惑《まど》わせるだけの出生の秘密は言わないでいようと決めたんです。だって、大倭の血のルーツがどこであろうと、わたしの大事な幼馴染《おさななじみ》であることは変わりないですもの。若旦那は若旦那、大倭は大倭。それぞれの母親にとことん愛されているのに、倒れさせたり泣かせたりするなんて、とんだ親不孝ものですよ！」

雫は泣きながら小夜子を抱きしめ、こちらを見ているだろう――大倭に叫んだ。

「見ているでしょう、大倭！　あんたが大切にしていたものが壊れていく様を見ていて楽しい？　そんなわけないよね、大倭はそんな男じゃないものね。わたしたち……瑞貴が若旦那をする華宵亭が好きだから、ここにいるんだよね⁉」

……視線を向けると、大倭はもういなかった。

土砂降《どしゃぶ》りでよかったと思う。こんな泣き声を客には聞かせられないから。

雫は、大倭が申し出を取り消すことをぎりぎりまで期待していたが、望みは儚《はかな》く散る。

夜の九時――番頭や孝子とともに、大倭の姿は華宵亭から消えたのだ。

その三人だけではない。雫と小夜子以外の仲居たちもいなくなった。

今、瑞貴の部屋にいるのは――雫と小夜子のみ。

「若旦那、申しわけありません。私が、私が必ず大倭を説得しますので」

小夜子は額《ひたい》を畳に擦りつけて土下座した。

「仲居長のせいではない。……いずれはこうなった気がします」

瑞貴は腕組みをして天井を仰ぎ見る。

なにを思い浮かべているのだろうと雫は憂う。彼の顔は強張っていて、悲痛だ。

その時バタバタと音がした。開かれた戸から仲居の着物が見える。

「遅くなってすみません」

「……香織ちゃん？」

「ごめんなさい、若旦那、雫さん。皆の説得に失敗しました」

彼女はぼろぼろと涙をこぼしたまま、中に入ってこない。

「頑張ったんですけれど、私だけが来てしまい、本当にごめんなさい」

香織は深く頭を下げる。

「いいんだよ、香織ちゃん。来てくれただけでとても心強い。中に入ってきて」

「でも……」

「ひとつ聞いてもいい？　中に入ることを躊躇《ためら》う理由はなに？　番頭に若旦那か大倭を堕とせと言われて近づいたけれど、香織ちゃんの意思でそれをやめた。それははじめから聞いていたわ。それ以外に隠していたことはあるの？　わたしと若旦那が許婚《いいなずけ》だとか、情報を流していたのは……」

「私ではありません。スパイをして情報を流せと言われたことはありますが、断っています。誘導尋問《じんもん》されたこともありますが防ぎました。だけど……あのふざけた父の娘である限り、信じてもらえないことは、わかっているから……」

「だったら、わたしたちを裏切っていたことはないのね？」

思えば番頭の反乱は、香織が来た時点で既に水面下で動いていたのだろう。香織は、やましさなどない真っ直ぐな目を雫に向けて、きっぱりと言い切った。

「裏切っていません」

「……ん。わたしは香織ちゃんの言葉を信じる」

「え……」

「驚く要素ある？　だってわたしたち、本音を言い合える友達でしょう？」

すると香織は震える唇を噛みしめ、大きな目からぼろぼろと涙をこぼして嗚咽《おえつ》を漏《も》らした。

彼女の嘘泣きは見慣れていたから、化粧崩れや体面を気にしていないこの泣き顔が本物であることはすぐにわかった。胸いっぱいになってしまった雫は、わざと明るい声を出す。

「ほら、泣かないの。マスカラがとれて、パンダになっちゃうよ？　睫《まつげ》が落ちたらどうするの」

「極上ウォータープルーフです！　ちなみに睫《まつげ》は、大嵐でもとれない仕様です」

「わお。ほらほら、中に入って。これから作戦会議するんだから。戦ってくれるんでしょう？」

「……はいっ」

香織は泣きながら笑って中に入ると、小夜子と同じく、畳に額《ひたい》を擦りつけ土下座する。

「若旦那。このたびは父が大変申しわけありませんでした。この不始末、娘である私がきっちり落とし前つけさせていただきます。女将《おかみ》を倒れさせ、若旦那と雫さんの大事な副番頭を唆《そそのか》して利用し、華宵亭での権力を握ろうとする……あの恥知らずの恩知らずを、私は絶対許しません。どんなことにでも私をお使い下さい。親子の縁どころか、喉笛をずたずたに噛み切る覚悟です」

子供のように泣きじゃくっていたのに、今では殺気に目を光らせている。

香織なりに、この反乱には頭にきているらしい。

瑞貴はふふ、と笑い声をこぼし、表情を緩めた。

「……なんだか、雫がきみを気に入る気持ちがわかったよ」

「え？」

「勇ましいな、僕の側近は。この通り皆に見捨てられた僕だけれど、勝負を諦めたつもりはない」

「ええ、そうですとも！」

即座に同調したのは小夜子だ。握った拳に力を込め、ぶるぶると震えている。

「若旦那が、番頭如《ごと》きに踊らされる馬鹿息子に負けるものですか！　最後まで信じていたけれど、こうして裏切るつもりなら、あのわからず屋をきっちりと懲《こ》らしめないと。それが母の愛！」

泣き崩れていたとは思えぬほど、今の彼女は勇ましい。子供として会いにいった瑞貴に説教したというのも頷ける。好戦的な面持ちは瑞貴によく似ているが、どう見ても腹を痛めて産んだ息子を選んでここにいる……という雰囲気はない。それが雫には複雑だが、笑っている瑞貴を見るに、彼はそれでいいのだろう。

雫と結ばれ、次期主人として自《みずか》ら動き始めた時から、瑞貴は小夜子との親子の縁を手放したのだ。瑞貴にとっての母親は、女将《おかみ》のみ――

「皆！　絶対、元に戻そうね。そして守り抜こう、わたしたちの華宵亭を」

雫の声に全員が一致団結の声を上げた。

雫はふと、大倭とともに瑞貴の日舞の稽古《けいこ》に付き合った頃のことを思い出す。

あれは雫と大倭が知り合ったばかりで、まだそこまで瑞貴も忙しくなかった小さな頃。ぎこちない幼馴染《おさななじみ》三人が初めてひとつのことをなして、喜び合った思い出深い一幕だ。

（わたしは鼓《つづみ》を、大倭は笛を。もっとうまくなって若旦那に褒めてもらおうと練習したけれど、結局三人で合わせたのは、あれ一度だけだったんだよな……）

あの時、瑞貴が強《し》いたことがきっかけで、大倭は瑞貴に素で接するようになった。

まさか、こんな未来が待ち受けていたとは、誰が予想できただろう。

（大倭だって、覚えているよね。楽しかったよね……）

彼は今、なにを思う――？


明くる日、瑞貴と雫は八組の客それぞれに連絡をとり、事情を話した。

説明の仕方に悩んだが、昔ながらの客ばかりで、誰もが華宵亭を愛してくれている。今まで誠心誠意対応をして培《つちか》ってきた信頼関係が、誤魔化そうとしたことで破綻《はたん》してしまうことを怖れたため、言える範囲での事実を語り、従業員の部屋に移るかどうかの判断は客に任せたのだ。

もし移りたくない客がいれば、その意向を尊重し、カメラが入らぬよう徹底するつもりだった。

だが彼らは全員、従業員たちに気を遣わせたくないと、部屋の移動を快諾した。

『本来私たちがテレビカメラに映れば、華宵亭さんの宣伝になるはず。それなのに、私たちの事情を酌《く》み、こうしてまず意見を聞いて下さったことに感謝するわ』

『三日くらい、部屋に閉じこもっているのもオツだな。本もたくさん持ってきているしね。

今まで入ったことがなかった別の風呂にも入れさせてもらえるのなら、むしろ楽しみだ』

『若旦那の踊りさえ見せてくれるのなら、それでよし！』

理解ある客に恵まれ、雫は泣き出しそうだった。

（番頭は、従業員が客を選ぶものだと言ったけれど、やはり共感できない。わたしたちを選んで理解して下さるお客様がいるからこそ、やっていけるのに）

だがそれに応《こた》えるため最高のサービスをしたくても、従業員の数が足りなすぎる。

華宵亭に残っているのは、瑞貴、雫、香織、小夜子に加え、板長だけ。その他の調理人は皆、番頭の唆《そそのか》しに乗ってしまったのだ。

調理補助がいないため、普段から料理の工程を記憶して、賄《まかな》い程度の料理なら板長から直々に習っていた雫が兼任する。東京で七年自炊していたことも功を奏したようで、板長にアドバイスをもらううちに、手つきが段々とさまになってきた。

「花嫁修業……にしては、雫ちゃんは豪快で元気だな。それ、弟子三人分の仕事量だぞ？」

板長はがははと笑った。

「わたしから元気をとったら、なにも残りませんよ」

「それもそうだ」

「そこは少しぐらい、否定してみて下さいよ！」

切羽詰《せっぱつ》まっているはずの厨房《ちゅうぼう》なのに、笑い声が響く。

そんな中、瑞貴がひょいと顔を出した。

「配膳室でお茶菓子を作り終えて、仲居長と香織ちゃんに配ってもらう準備ができたよ。板長、こんな感じになりました。一度習っておいてよかったです」

瑞貴が手にした小皿には、淡いパステルカラーの紫陽花《あじさい》を象《かたど》った練り切りが載せられていた。

グラデーションのかかった色合いや繊細な花びらは、付け焼き刃で拵《こしら》えたものには見えない。

元々板長が得意なのは和菓子作りの方で、華宵亭では板長が菓子職人を兼任する。

今回、変更を余儀なくされた料理に板長が全集中できるようにと、瑞貴自《みずか》ら、茶菓子に練り切りを作りたいと申し出たのだ。

「どれどれ……。見た目は合格点だが、中はどうかな……」

板長は添えてある菓子切りで練り切りを切ると、こしあんが入った滑《なめ》らかな断面をよく観察してから、口に含んだ。

「ん、甘さも絶妙で、これはうまい。中も合格点だ」

褒められた瑞貴は、嬉しそうに微笑んだ。

「さすがは坊ちゃん、前以上の出来だ。ようやく日の目を見て、この紫陽花《あじさい》も喜んでいるなぁ」

「日の目?」

雫が首を傾げると、板長はがははと笑った。

「たった数時間で散った、幻《まぼろし》の紫陽花《あじさい》だったんだよ。ま、雫ちゃんは深く考えるな。ワシが何年もかけて弟子に教えるところを、坊ちゃんはちょっとした練習でこなしちまう。なにより料理は芸術、坊ちゃんは美的センスが優れている。どうだ、失職したらワシに弟子入りしねぇか?」

「板長さん、縁起でもないことを若旦那に言わないで下さい。今は緊急事態だからお手伝いしてくれているだけです。調理人にしちゃ〝めっ!〟……ですからね!」

「雫ちゃんは怖ぇや。若旦那、こりゃあ恐妻家になるな。許婚《いいなずけ》っていう関係だったのもびっくりしたが、尻に敷かれる坊ちゃんもびっくりだ。いいのか、怖い嫁で」

「ふふ。雫は怖くないですよ。僕にはいつだって可愛い女の子ですから」

「はん……惚気《のろけ》る気か!」

「若旦那も、やめて下さいよ!」

暗くならぬよう、皆がわざと明るく振る舞っている。そうしなければやってられなかった。

しかし、香織たちへ連絡を入れ、会話が切れた時、板長が心情を吐露する。

「……あの番頭、ひっでぇよな。華宵亭のためと言いながら、華宵亭を枯らすつもりか」

板長は、弟子を取られた悔しさを滲《にじ》ませ、刺身包丁を握る手を震わせた。

「片桐の坊主も、聡い奴だと思ったのに、なぜ……」

「ねぇ、板長。正しい血筋の大倭についていかれなかったのはなぜです？」

瑞貴が問うと、板長は皺《しわ》が深くなった顔に笑みを作る。

「華宵亭を守るのは血筋じゃねぇ。俺は坊ちゃんの踏ん張りを見てきたつもりですわ。片桐の坊主も頑張っているのは知ってますがね、坊ちゃんが泣いて耐え忍んできた修業もしてねぇのに、若旦那業を簡単にできると思い込んだことが腹立たしいんですわ。どんな事情があれ、血があればなんとかできると思うなど、すべてを甘く見すぎだ。どうせ番頭に唆《そそのか》されたんでしょうが」

「僕が……泣いていたの、知っていたんだ？　隠しているつもりだったんだけれど」

「無理無理。雫ちゃんにばれるくらいなんですから」

板長が、がははと笑ったその横で、雫が威勢のいい声を上げた。

「下ごしらえ、できました！　ちょっと焦《こ》げて歪《いびつ》ですが、板長さんの腕でカバーお願いします」

「あいよ。後は任せな」

そこに香織がカートを持ってきた。ぜぇぜぇと肩で息をしている。

「配膳、終了です。それと仲居長は外出しました。はぁはぁ……こんなに長く働いたことがないから、汗と絶えず動かし続ける筋肉で、顔が馬鹿になってきたような……」

「……はっ、香織ちゃん。顔がひび割れたぬりかべになってる。テープも張り直した方が！」

「ひっ⁉　修復してすぐに戻ってきます！」

香織が走り去る。

(すぐに戻ろうとするなんて、成長したな、香織ちゃん)

良き変化は本当に嬉しいものだと思いつつ、瑞貴とともに料理の飾りつけをする。

時間を見計らい、雫が茶菓子を下げに客室を訪れると、瑞貴が作った練り切りは味も外観も繊細で、食べるのがもったいなかったと客から大好評だった。

「板長さんではないけれど、即席で山荷葉《さんかよう》を添える美的センスといい、専門外なのにプロも絶賛するほどのスイーツを作れちゃうことといい、本当に若旦那はすごいわ。雅で有能な彼がひとりいれば、華宵亭は枯れることはない気がする。わたしは元気さ以外役に立っているのかしら」

ため息をつきながら、配膳室に皿を下げに向かっていた時、玄関に人影が見えた。

堂々とした態度で入ってきたのは、わだつみの着物を身につけた孝子である。

(なにをしに来たの？　戻ってきた……わけではなさそうだけれど)

「あら、朝霧さん。従業員がほとんど抜けたから、お仕事大変ねぇ。わだつみにはたくさんの従業員がいて、本当に気楽よ。華宵亭で働いていたのが馬鹿らしくなるわ。私が華宵亭の女将《おかみ》になったら、窮屈《きゅうくつ》だったところを全部変えるつもり。もしあなたや人望のない元若旦那が土下座して華宵亭に残りたいと懇願《こんがん》するのなら、見習いとして使ってあげてもいいけど？」

必死に怒りを鎮《しず》めている雫に、孝子は勝利を確信しているらしき目を向け、笑った。

「そうそう、年下好きの姉がね。玖珂の血を引く大倭くんの妻になるかもしれないの。私の機嫌もとっておいた方がいいわよ。私も玖珂ファミリーの一員になるんですからね！」

（大倭を……玖珂に取り入るための道具にするつもりなのね、孝子さんたち姉妹は。大倭を……簡単に意のままに操れると軽《かろ》んじているんだわ）

雫の目に冷たいものが過《よぎ》る。

「……無駄話は結構です。見ての通り忙しく、暇人に付き合う義理もありません」

途端、孝子が気色ばみ眉を跳ね上げる。

「朝霧さん、ずいぶん偉そうね。もう女将《おかみ》にでもなったつもり？　若女将《わかおかみ》にもなれないあなたが、女将《おかみ》なんてできるはずがないじゃない。能力がないから仲居のままなのよ。そうだわ、なんなら今から私が女将《おかみ》をしてあげましょうか。テレビ中継もされるのだし、恥をかきたくないでしょう？」

「……孝子さん。仲居の仕事は、そんなに恥ずべき仕事でしょうか」

雫は冷ややかに言い放つ。

「仲居の仕事を疎《おろそ》かにせず、極めることが女将《おかみ》の仕事に繋がる。わたしは女将《おかみ》さんからそう教わりました。仲居の仕事を馬鹿にする方に、この華宵亭の女将《おかみ》は務まりません」

「な……」

「冷やかしならいりません。華宵亭の心を受け継がないお飾り女将《おかみ》をお客様に曝《さら》して恥ずかしい思いをするくらいなら、下《した》っ端《ぱ》仲居だけで十分。どうぞお帰り下さい」

今まで雫は、先輩である孝子へ素直に従っていた。しかしそれは、ベテラン仲居の仕事ぶりを評価していたからこそ。華宵亭に仇《あだ》なす存在になるというのなら、黙って従う道理はない。

「営業妨害です。通報されたくなければ、お引き取りを！」

女将《おかみ》にも負けぬ気迫に圧倒された孝子は、すごすごと出ていく羽目になったのである。

撃退できたものの、雫は元同僚の悪意を浴びて、強くあろうとしていた心が疲弊《ひへい》してしまった。

香織が仕事場に戻ってきたことを確認すると、厨房《ちゅうぼう》から飛び出して、誰もいない女将《おかみ》の部屋をノックする。当然返事はなく、雫は静かに土下座をしてから戸を開けて中に入った。

『これは代々、女将《おかみ》が若女将《わかおかみ》に託すもの』

奥の間を開けて、女将《おかみ》が見せてくれた着物の前で正座する。

そして雫は着物の奥に女将《おかみ》の姿を見つつ、語りかけた。

「女将《おかみ》さん……。悔しいです。わたしがあまりにも非力すぎて、元同僚に言いたいように言われて、若旦那まで馬鹿にされて。窮地だからこそ、女将《おかみ》さんに代わって華宵亭を……若旦那を守らないといけないというのに、わたし……情けないことに、怖くてたまらないんです」

雫は、カタカタと震える手を握りしめる。

「今日はまだ乗り切れる。だけど明日は満室の二十八組。お客様はかつてないほどの大人数となる。わたしたちだけで明日から始まる特別な華宵祭を成功させ、すべてのお客様に満足してもらえる、真心こめた接客《サービス》ができるのか。百二十年にもわたる華宵亭の伝統を伝えられるのか。……明日一日で、若旦那と華宵亭の進退が決まってしまうと思ったら、今から怖くて気が遠くなりそうです。こんな弱音を皆の前で吐くわけにはいかない。わたしにできるのは元気に振る舞い、動き回ること。皆に心配をかけてはいけないと、わかってはいるんです」

雫の目からぼろぼろと涙がこぼれる。

「どうすればわたし、若旦那を助けることができますか。どうすればこの危機を乗り切ることができますか。こんな時、女将《おかみ》さんならどうなさいますか。どうすればあなたに近づけますか。女将《おかみ》さん、教えて下さい。早く帰ってきて……若旦那の力になって下さい……」

——そんな雫の姿を、壁に背を凭《もた》せかけるようにして瑞貴が見つめていた。

苦渋の表情を浮かべて腕組みをした彼は、やがて音をたてずにその場から立ち去った。

＊。。・＊・。。＊

深夜勤をした雫は、朝方に二時間ほどの仮眠をとった。

香織からもらったクマ隠しを塗ると、いつも通りの健康的な顔に戻った気がする。

たとえ倒れようとも、全力でやりきらねばならない。

「どんな時でも、笑顔で元気よく。……よし、戦闘開始！」

気合を入れてぱぁんと両頬を叩いた後、たすき掛けをしてフロントへ赴《おもむ》いた。

フロントでは仲居がこちらに背を向け、受付台を雑巾《ぞうきん》で拭いている。

雫に気づいたのか仲居が振り返った。その顔を見た雫は、驚きにひっくり返った声を上げる。

「お、お母さん⁉」

実家の呉服屋で女将《おかみ》をしているはずの母親が、目の前にいた。

しばらく実家に顔を出していなかったが、母の顔を忘れるほど薄情ではないつもりだ。

「お母さん、なんでここにいるの？　しかもこんなに朝早く、仲居の格好で……」

「昨夜、若旦那から電話をもらったのよ。事情は大体聞いたわ。大変だったわね、雫」

「若旦那が？　そんなこと、ひと言も……」

昨夜、深夜勤の最中に瑞貴と交わした会話は、人魚の石像についてのことだった。雫が現実逃避がてら風呂掃除をした際に確認し、すべての単語が揃ったのである。

足りなかった三つの言葉は、『巳ウモオ』と『戌ルレラ』、そして『午ヨナハ』。

〝ギオア・ネイコ・クワガ・ンシバ・ヲイカ・ウモオ・ヨナハ・キノイ・ソトミ・ゲトイ・ルレラ・ヲトコ〟

やはり意味がわからないと唸《うな》っていた時に、瑞貴がやってきて、そのメモを覗き込んだ。

そして悩ましげな顔で少し考えた後、笑顔でこう言ったのである。

『これは三文字ずつ、逆から読んだものを繋いでいけばいいんだ。すると……』

〝アオギコイネガワクバシンカイヲオモウハナヨイノキミトソイトゲラレルコトヲ〟

そう口にしながら、瑞貴は別紙にさらさらと綺麗な文字を綴《つづ》っていく。

『これは初代が刻んだのだろう。わざわざ消えぬようにと人魚の像に刻んだこの文こそが、彼の本当の願いではないかと思う。それは、温泉が湧き出ることではなく――』

瑞貴が書いたのは、こんな言葉だった。

〝仰ぎ請い願わくば、深海を想う花酔いのきみと添い遂げられることを〟

そして瑞貴はこう言った。

『ねぇ、雫。雫は……八百比丘尼《やおびくに》伝説って知っている？』

そこまで思い出していた雫は、自分の名を呼ぶ母親の声にはっと我に返る。

「疲れているのね。きっと若旦那は、ひとりで頑張りすぎるあんたを見兼ねたのよ。もう、困っているのなら、あんたがすぐ連絡してきなさい。親を頼りなさい。なにを遠慮することがあるの」

「お母さん……」

「お母さん、娘の危機を救いに、三智子《みちこ》さんと八重《やえ》さんと京子《きょうこ》さんという『あさぎり』自慢のベテランスタッフを連れてきたわ。実は彼女たちは全員、仲居経験があるのよ。彼女たちを雇った決め手が、〝気が回って着物姿で動くことに慣れた人〟だったの。彼女たちも昔取った杵柄《きねづか》とばかりに、やる気満々。戦力になると思うから、安心なさい」

（わたし……誰かに頼ることなんて思いつきもしなかった。まさか実家が助けてくれるなんて）

「若旦那から主な仕事内容は聞いたわ。彼女たちは今、華宵亭の間取りを覚えているはずよ。お母さんは知っているから、一歩リードしてお掃除のお仕事。職人気質なお父さんは接客には不向きだから、『あさぎり』でお留守番。あんたの役に立てなくて拗《す》ねていたわよ？」

母親は、雫とそっくりな明るい笑顔でころころと笑った。

「お母さん……、ありがとう。すごく心強くて、わたし……」

「こら、泣かないの。御礼なら連絡をくれた若旦那にね。涙を拭いて……頑張れ、若女将《わかおかみ》！」

母のおかげで、若女将《わかおかみ》という肩書きの重さが、少しだけ軽くなった気がした。

「うん、わかった」

気を張っていた心が落ち着き、息がしやすくなってくる。

（ありがとう、お母さん。……ありがとう、若旦那）

「それより、華宵亭の料理って、あのカタギリなのね。今度ゆっくり食べさせてほしいわ」

「え、どういうこと？　カタギリ？」

「雫は知らない？　医療機器の桐嶋《きりしま》、医薬品関連の桐生《きりゅう》とともに桐グループと呼ばれる

片桐は、高級料亭や割烹《かっぽう》に特化した巨大グループ。中でも〝高級割烹《かっぽう》カタギリ〟は、銀

座にある老舗《しにせ》の高級割烹《かっぽう》で、世界の要人もお忍びで来ると有名なの。今、そのカタギリ

の料理人が厨房《ちゅうぼう》にいるわよ」

（え？　板長さんのことかしら）

厨房《ちゅうぼう》に行くと、白い和帽子と調理衣を着た見慣れぬ男たちが包丁を握っている。

「板長さん、これは……？」

「仲居長がやってくれたよ。まさかカタギリの料理人を連れてくるなんてさ。実は若い頃、ワシが修業していたところなんだよ」

板長は懐かしむように目を細めて、助っ人料理人たちに指示をしている。実に嬉しそうだ。

（仲居長が？　片桐という名前は、仲居長と大倭の苗字だけど……）

厨房《ちゅうぼう》から出て配膳室に行くと、小夜子と瑞貴が立ち話をしていた。

雫は朝の挨拶《あいさつ》をした後、まずは瑞貴に頭を深く下げる。

「若旦那、母に連絡して下さってありがとうございました。すごく心が落ち着きました」

「ふふ、母の愛は偉大だからね。皆さん、雫と同じでバイタリティがあり、物覚えも早い。頼もしい限りだ。……そうだ、厨房《ちゅうぼう》には行った？　厨房《ちゅうぼう》の料理人は、昨日仲居長が手配してくれたんだ」

「あ、母に言われて見てきました。カタギリって……仲居長の苗字でもありますよね」

するとと小夜子は、苦笑交じりに説明した。

「私は……割烹《かっぽう》カタギリを営む片桐家の娘なの。恋する男性とどうしても一緒になりたくて、駆け落ち同然で家を出たのよ。だから今さら顔を見せて、料理人を貸してくれなんて言っても通るわけはないとは思ったけれど、絶対引き下がるものかと家に戻ったの」

「昨日の外出は、もしかしてご実家に……。仲居長も……戦ってくれたんですね」

「母親だもの。子のためには修羅《しゅら》にもなる。……なんて格好いいことを思っていたけれど、再会した両親は想像していた以上に老《ふ》け込んでいてね、涙脆《もろ》くまぁるくなっていたの。しかも両親は私がいることも知らないのに、近く、華宵亭に来てまったりしようとしていたみたい。縁を感じたのか、私の話に耳を傾けてくれた。まぁ、いつか……子供に会わせることを条件にされたけれどね」

くすくすと笑う小夜子の顔は、清々《すがすが》しくも感じられる。

「やはり……親の愛は偉大よね」

彼女はどちらの子供を親に会わせるのだろう。

尋ねてみたい気がしたが、それは愚問だ。彼女にとっての息子はひとり。

(番頭は驚くわね。どこの馬の骨かもわからぬ使用人風情《ふぜい》が、良家の坊ちゃんだったことに)

瑞貴も大倭も、雅楽川家の血を引いていようがいまいが、名家の御曹司《おんぞうし》には変わらないのだ。

瑞貴は雫の肩に、ぽんと手を置いた。

「大丈夫だよ、雫。今日はちゃんと乗り切れる。僕たちはおもてなしをいつも通りにきちんとして、お客様に満足してもらうことに心血を注ごう」

「はい！」

昨日までざわついていた心が、今はとても穏やかだ。負ける気がしなかった。

「あ、皆さん。おはようございます。今日もよろしくお願いします」

香織も気を引き締めた顔でやってきた。

昨日の激務で音《ね》を上げず、さらに熾烈《しれつ》な戦いになるだろうことを予想しながら、立ち向かうために朝早くから来てくれたのだ。このことは生涯忘れないだろう。

（大丈夫。絆《きずな》と縁で結ばれた、心から信頼できる仲間たちがいるのだから）

「では、仕事を始めよう」

……こうして瑞貴の言葉を合図に、運命の日がスタートしたのである。

第六章　若旦那様、もっとあなたの愛が欲しいのです

熱海の花祭りと華宵祭の初日は、天気予報通り見事な晴天となった。

気温は朝から上昇。嵐の到来などなかったかのように地面は乾いていたが、大庭園の花々は恵みの雨に大きく花開き、より瑞々《みずみず》しく咲き誇っている。

企画の一環として、華宵祭の期間中は華宵亭内にも、大庭園の花々をふんだんに飾る。

室内でも花を愛《め》で、自然と一体になってほしいという願いが込められていた。

女将《おかみ》がしていた花瓶の生け花は瑞貴が担当したが、慎《つつ》ましやかな花を使うことが多かった女将《おかみ》とは違い、瑞貴の活ける花はどれも彼自身のように豪華絢爛《ごうかけんらん》で、出来上がりは大胆かつ華麗である。

こうした非凡な才能を見ていると、雫は学生時代の生け花の授業で出来が悪かったせいで、ともに居残りをさせられた大倭のことを思い出してしまう。

スマートフォンの電源を切って連絡を絶ち、華宵亭から出ていった彼は今、わだつみで若旦那業をきちんとできているのだろうか。

これは勝負だとわかっているし、大倭のためにも打ち負かさないといけないのもわかっている。しかしそれでも……悩める彼の力になれない状況が、歯がゆくもあった。

「……大倭。どんなあんたでも、幼馴染《おさななじみ》で親友なのは変わらないんだよ。それなのにどうして、わたしたちの関係を壊してまで肩書きにこだわるの？　華宵亭から去ろうとしたわたしを必死で止め、若旦那にも理解を示していたのに。どうして……」

『なんで俺ばかり我慢をさせようとする？』

次期大旦那の立場など求めなくても、大倭は副番頭として皆から評価されていたではないか。裏方の仕事が性《しょう》に合って楽しいと言っていたのは、大倭自身ではないか。

（こんな結末を迎えるために、大倭に出生の件を黙っていたわけではないのに）

雫が泣き出しそうになるのを堪《こら》えていた時、客の訪れを知らせるチャイムが鳴った。

彼女は気を取り直して笑顔を作り、瑞貴と従業員全員で、フロントで出迎える。

宿泊客の来訪時間は大体が重なるものだ。いつも以上にプライバシーを尊重し、手際よく案内をしないといけない。瑞貴がいない時に客が来れば、出迎えに慣れた雫か小夜子が対応して案内する。

「お客様、本日はようこそ華宵亭にいらっしゃいました。お部屋担当をさせていただく朝霧です」

華宵亭で初めての部屋担当。初めての表舞台での仕事だ。

雫は感慨に耽《ふけ》る暇もなく、記憶の中の瑞貴や女将《おかみ》、ベテラン仲居たちの振る舞いを思い出し、にこやかに客を案内する。歴史ある華宵亭の宿代は決して安価ではない。利用客は、それに見合うだけの接客を求め、スムーズな対応に安心を覚える。

(悟られるな、新米だってこと。わたしだって、色々と経験はある！)

香織とチーム『あさぎり』は裏方専門。雫たちの指示で細やかに動いている。

今まで指示をされる側だった雫は、初めて指示をする方に立ち、見えてきたものがあった。

『あなたは仲居として十分すぎるほど修業をしています。なんのために未来の女将《おかみ》に、下積み生活をさせていたと思うの。瑞貴の花嫁として、次期女将《おかみ》として……基礎はできている。足りないのは知識だけ』

指示する側は、指示される側の動きを完全に把握していなければならない。個人プレイでなんとかなる仕事ならいいが、この仕事はチームプレイだ。

（わたし、良かれと思ってひとりでやっていた部分もあったけれど、こうして見ると、場合によっては困ることとなのかもしれない）

必要なのは、仲間や客の動きを把握して、柔軟に対応できる力。応用できる力。その力を養うために、仲居修業は必要なのだ。

午後になり花祭りのスポンサーたちが徐々にやってくると、華宵亭は騒がしくなる。スポンサーといっても現役の人々ばかりではない。特に某団体の幹部たちは、ホテル経営の一線から退《しりぞ》いたご隠居が多く、瑞貴曰《いわ》く〝金と酒の亡者《もうじゃ》〟の集団らしい。

中でも特に酒癖の悪い……副会長が先にひとりで来て、早々に泥酔して騒ぎを起こした。どんなに止めてもビール瓶片手に廊下をふらつき、他の部屋に乱入したり、誰彼構わず喧嘩《けんか》腰で絡んだりするのだ。

今まで華宵亭が受け入れていた馴染《なじ》み客は、悪目立ちできぬ立場もあり、従業員や他の客に迷惑をかけることがなかった。しかしひとときとはいえ門戸を広げて華宵亭の客として迎えた以上は、どんな客でも真心を込めてサービスをしなければならない。それがたとえ空気を読めず、言っても聞いてくれない、どんなに困った相手でも。

雫は客を案内した帰り、副会長が風呂帰りの女性客に絡んでいるのを見つけ、慌てて駆けつけた。

ビール瓶を揺らしながら無理矢理に女性の肩を抱き、酌をしろ、同衾《どうきん》しろと迫っているようだ。

「お客様。申しわけありませんが、他のお客様のご迷惑になる行為はおやめ下さい。お酌が必要であるのなら、わたしが……」

「ババア仲居は引っ込んでいろ！」

（な、なんですってぇぇぇぇ！）

ショックと怒りについ睨みつけてしまうと、それが副会長の怒りを煽《あお》ったらしい。生意気だと激高した副会長は、ビール瓶を雫の頭に向けて、渾身《こんしん》の力で振り下ろしてきたのだ。

あまりに突然のことで躱《かわ》す余裕がなく、雫が思わず目を瞑《つぶ》った瞬間、ふわりと風が起こり……嗅《か》ぎ慣れた甘い香りがした。同時に温かなものに包まれ、ごつんっという強い震動が伝わってきた。だが、雫に痛みはない。

そろりと目を開くと、瑞貴がいた。雫を抱きしめて庇《かば》い、ビール瓶の衝撃をその肩に受けたのだ。

「若旦那、肩……！」

かなりの打撃を受けたはずだ。心配で目を潤《うる》ませる雫に、瑞貴は笑ってみせた。

「僕は大丈夫。それより斎藤《さいとう》様をお部屋に。僕は副会長を部屋にお連れするから。……副会長、お部屋で僕に、お孫さんのお話を聞かせていただけませんか」

副会長は人を殴ったショックで酔いが引いたのか、青ざめて固まっている。そこに瑞貴の変わらぬ秀麗な微笑みを向けられ、彼に縋《すが》るようにして素直に部屋へ戻っていった。

雫は女性客を部屋に送り、熱い茶を淹《い》れて差し出し、世間話をして笑いかけた。しかし女性客は、安心するどころか震えて俯《うつむ》いたままだった。

(ひとりにした方がいいのかしら。でも……恐怖がぶり返してきたら……)

そんな時である。ノックの音がして、香織が入ってきた。

「こんにちは。斎藤様、ネイルはいかがでしょう。本日は華宵祭。華宵亭は今、紫陽花《あじさい》が綺麗なんです。お揃いのネイルにしてみませんか？　きっと心が弾《はず》みますよ」

香織はにこやかに隣へ着くと、恭《うやうや》しく女性客の手をとる。そして安心させるために手をゆっくりと揉んでマッサージを施《ほどこ》しながら、しきりに美しい手だと褒めた。

「絶対、斎藤様はネイル映えしますよ。すべての指でグラデーションを変えてみましょうか。ガーリー系がお似合いかな、でもアダルトな感じも素敵ですね。どうします、冒険しちゃいます？」

香織のフレンドリーな話術により、女性客は段々と気分を持ち直し、笑顔を見せ始めた。

香織は雫にパチンとウインクをしてみせる。この場は自分に任せろと言っているのだろう。

(香織ちゃん、助けてくれたの？)

彼女の機転と頼もしい成長に泣きそうになりながら、雫は部屋から出て瑞貴を探した。

「若旦那、肩の方は……」

「心配しすぎだ。副会長にもしきりに謝られたけれど、大丈夫だから」

瑞貴はなんともないと笑って、腕を動かしてみせる。

「それより斎藤様の方は大丈夫だったか？」

「香織ちゃんがネイルをしに来てくれて。彼女のおかげで徐々に」

「そうか、それはよかった。ネイル……そんな特技があったんだな。なぁ……雫、一般客を受け入れれば、こういう厄介《やっかい》な客も出てくるだろう。皆が上質な客ばかりではない。今後副会長や、酔っ払い客が騒ぎを起こした時には、飛び出す前に僕を呼んで。いい？」

「わかりました」

「……間に合ってよかった。きみがこうして無事で、心底ほっとしたよ」

ふわりと瑞貴は微笑み、雫の頬を撫でる。

「きみになにかがあったら、僕は生きていられない」

切なげに揺れる暗紫色の瞳。

「それは……わたしの台詞《せりふ》です。若旦那になにかあったら、わたし……」

雫がそっと瑞貴の袖を掴んで言うと、瑞貴はその手を手のひらで包み込んだ。

「……ああ、願掛けしていなかったら、今すぐこの可愛い唇を奪ったものを」

「願掛け？」

「そう。すべてがうまくいくように、華宵祭が終わるまでは禁欲。……こら、残念そうな顔をしないの。ふたりで連日深夜勤をするんだろう？　終わったら、溶けてしまうほど愛し合おうね」

「……はい」

「どんな結果になろうとも、僕は全力を尽くして日常を取り戻す。だから雫、頑張ろう」

「はい！」

ふたりは小指を絡め合わせると、微笑み合った。

その指切りの後、雫は部屋から出てきた香織を見つけて、呼び止める。

「大丈夫ですよ、斎藤様はご機嫌です。紫陽花《あじさい》ネイル、とても気に入ってもらえました」

「本当にありがとうね、香織ちゃん。絶妙のタイミングで、ネイリストとして現れるなんて！」

すると香織は、照れたように頬を指で掻いた。

「私なりに、華宵祭限定での特別サービスを考えていまして。私、仕事はできないけれど、ネイルとかお化粧とか、美容系の技術は自信がある。だったら、そういうのを提供するのも面白いのかなって。他のお客様にもお声がけしてみてもいいですか？　喜んでもらえたのが、嬉しくて」

「是非是非！　言われないと動かなかった香織ちゃんが、自分から提案する日が来るなんて。これが夢なら覚めないでほしいわ」

「勝手に夢にしないで下さい。それに……いい加減に変わらないと。せっかく雫さんたちが信じてくれたんだから。私しか持っていない武器で、私なりに……友達の信頼に応《こた》えたいんですよ」

ぷいと横に向けるその顔は赤い。

「香織ちゃん、好き……」

「ちょ、こんなところで抱きつかないで下さい！　ほら、若旦那に誤解されますよ。雫さん！」

伝統を守るために、変わっていくものがある。変わることで、守れるものもある――

しかし大倭の変化は、破壊を招くだけのものだ。

自分たちの成長は、華宵亭とともにあった。なにより大倭にとっては、実家にも等しい場所だ。

それがわからない男ではないはずなのに。

大倭への電話はいまだ繋がることはないが、華宵亭から離れたところにいても、華宵亭への愛は残っていると信じたい。それだけは変えてはいけないものだ。

（無意味だよ、この戦いは本当に無意味……）

……この先に待ち受けるものがなんなのか、雫は怖くて考えられなかった。

＊。・＊・。＊

雫たちがチームワークを頼りに奮闘していると、夕方過ぎに花祭りの会場から流れてきたスポンサーや、テレビカメラを持ったカメラマンたちが、立て続けにやってきた。

その先頭にいたのは、この時間……わだつみで働いているはずの番頭。スポンサーと同じ宿泊客として現れただけではなく、我が物顔で勝手に華宵亭を案内し始めた。

だがスポンサーたちは、場を仕切る番頭ではなく、優雅に佇《たたず》む瑞貴に声をかける。人々を魅了する力があるのは、黙して微笑んでいただけの瑞貴の方だったらしい。

その悔しさもあるのか、番頭はある男性ふたりと、昵懇《じっこん》な様子を見せつけてきた。それは——玖珂会長と玖珂社長である。

会長は、白髪《しらが》が交じった髪をかっちりと固め、かなり神経質そうだ。社長は若めだが、厳《いか》つい顔をして目つきが鋭く、近寄りがたい印象を受ける。

番頭は彼らに馴れ馴れしく接していて、玖珂の力を手にしていると言わんばかりだ。

しかし会長や社長の方は番頭に対して冷ややかさがあり、雫は温度差を感じ取った。

相手が誰であれ、どんな事情があろうと、いつも通りのサービスをすることは変わらない。

花祭り関係の宿泊者は、既に地域振興会からリストがFAXされている。

雫が最後の客を部屋に案内し、歩きながらひと息ついていたところ、茶碗と急須とポットを用意してどこかに向かっている香織に会った。

「あれ、香織ちゃん。全室、お茶出しは終えたはずだけれど……」

するると香織は嫌悪感を顔に出して答える。

「……孝子さんが、出ていった仲居の三人を引き連れて、泊まりに来たんですよ」

「なんですって⁉　わだつみの仕事はどうしたのよ、大倭はどうしたのよ！」

「知りませんよ。対応したのは若旦那で、キャンセルで空《あ》いた竜胆《りんどう》の間に案内されました。私は若旦那に言われて、配膳室にしまったばかりのお茶の用意を。……しかし、反省して戻ってくるならまだしも、若旦那にあんな仕打ちをしておいて、客として遊びに来るってなんなんでしょうね。しかもクソ忙しい時間を見計らって。絶対、冷やかしや嫌がらせですよ！」

息巻く香織を見つめて、雫は至って落ち着いた声を出した。

「香織ちゃん。お茶出しはわたしがするわ。あなたは先に厨房《ちゅうぼう》に入っていてもらえる？」

孝子は昨日、わだつみは従業員がたくさんいると言っていた。元華宵亭スタッフが抜けても、わだつみにはさして影響はないから、ここにいるのかもしれない。

だからといって新たな職場での仕事を放棄するなど、言語道断である。与えられた仕事を最後までやり遂げるのが、仲居としての責任ではないか。

（華宵亭で仲居として大切なことを学んだくせに。どんな顔で泊まりに来たのか、見てやるわ）

雫は香織から道具を受け取ると、そのまま秋の棟に向かう。

「失礼します。お茶をお持ちしました」

すると孝子をはじめ、にやにやと笑う三人の元同僚がいた。

「昨日ぶりね、朝霧さん。今日は皆で、客として来たの。満室かと思ったけれど、案外空《す》いているのね。それとも杜撰《ずさん》なサービスで客を怒らせて帰らせてしまったのかしら」

くすくすと、悪意に満ちた笑い声が聞こえてくる。

（昨日の仕返しなのかしら。やっぱり嫌がらせで腰巾着《こしぎんちゃく》と泊まりに来たようね）

雫は笑顔を作り、淹《い》れた茶を差し出した。

「急病でのキャンセルなんです。偶然お部屋が空《あ》いていたので、よかったですわ。どんなお客様であれ、きちんとした紹介とお部屋があればお迎えするのが、我が華宵亭ですから」

雫は遠回しに、部屋が空《あ》いてなければ即刻退場願ったと告げる。

「ふぅん？　どんな客でもねぇ」

孝子は薄く笑みを浮かべると、部屋に飾っている花を鷲掴《わしづか》みにして、畳に叩きつけた。

「汚れているわ。拭いて」

まるで奴隷《どれい》に命令しているかのような、高圧的な態度である。しかも――

「お庭、ずいぶんと雑草が茂《しげ》っているわね。あなたたち、雑草くらいとってあげなさいよ」

元同僚たちは孝子に似た薄ら笑いを浮かべて大庭園に出ると、活き活きと咲く紫陽花《あじさい》を毟《むし》り始めた。それを見た雫は、思わず悲鳴を上げる。

「雑草とりのお手伝いをしているのに、悲鳴だなんて……私たちを悪者にでもする気？」

「どうしてこんな……っ」

「私たちは客よ？　客に対して、なによその目は。華宵亭の仲居って最悪ね。気分悪いわ～」

他の部屋に聞こえるように、わざと大声で孝子は言う。

「仲居すら満足にできないのに、次期女将《おかみ》になろうとは、思い上がりも甚《はなは》だしいわ。こんな女を若旦那の嫁にしようだなんて、ここの大女将《おおおかみ》や女将《おかみ》は目が腐っていること。……なにか言いたいのなら、言えば？　それとも偽若旦那に言いつける？　媚《こ》びることはお手の物でしょうから」

悪感情をぶつけられた雫は、静かに深呼吸をすると、畳に散った花を片づけた。

そして畳に両手につき、孝子に深々と頭を下げる。

「ご不快にさせてしまい、申しわけありませんでした。お怒りならばわたしがすべてお受けいたしますので、どうぞ花におあたりにならないでいただけますよう。花に罪はございません」

そして笑顔で背筋を正すと、座ったまま続けた。

「至らぬ点を反省し、改善に努めさせていただきますので、どうぞ思う存分お叱り下さいませ」

雫の返答は予想と反していたようで、孝子はぎょっとした顔をする。

売った喧嘩《けんか》をとことん買う気で部屋の真ん中に居座られ、思いきり叱咤《しった》しろと言われたのだ。孝子は最初こそ小言を並べていたが、すぐにネタが尽きたらしい。

それをわかっていながら、続きをひたすら待つ雫に、孝子の方が音《ね》を上げてしまった。

「あなたドMなの⁉　も、もういいわ。気をつけてくれたら、それで……」

「承知いたしました。今後ともどうぞよろしくお願いします」

再び頭を下げ、雫は孝子たちの部屋から出ると独りごつ。

「お庭の紫陽花《あじさい》、すぐに片づけなくちゃ……。可哀想に……」

『客が我々を選ぶのではない、我々が客を選ぶのだ！』

……番頭が正しいと思いたくはなかった。悪意を向ける者たちのペースに巻き込まれず、華宵亭として恥じない振る舞いをするしかない。

雫は庭に出ると、手折られた紫陽花《あじさい》に手を合わせた。

華宵亭の花をこのまま散らせたくない……。雫は考えた末に、大浴場近くにある花瓶にその紫陽花《あじさい》を挿《さ》すことにした。紫陽花《あじさい》の存在で場が華やいだ気がして、ほっこりとする。

「……竜胆《りんどう》の間だろう？　いやな思いをさせてしまったようだね」

満足げに微笑んでいた雫は、突如瑞貴に声をかけられ振り向いた。彼は奥にある冷水コーナーで水を飲んでいたらしい。よく見ると顔が汗ばんでいる。

「それでなくても今日は暑いから、イライラするお客様も出てくることだろう。雫も血圧の上がりすぎに注意して、脱水にならないように水分をきっちりとってね」

夕方になると気温が落ち着いてきたため、そこまでの暑さは感じない。

雫が異変を感じて瑞貴の手を掴んでみると、ひどく熱かった。

「若旦那、熱があるのでは⁉」

もしかして、と、雫は瑞貴の袖を大きく捲《まく》り上げる。副会長が瓶で殴りつけたあたりが、赤く腫《は》れ上がっていた。手で触ると、瑞貴はわずかに顔を歪《ゆが》める。

「大丈夫だ。ただの打撲《だぼく》だから」

「ただの打撲《だぼく》で、身体がこんなに熱くなるわけないでしょう？　舞うのは中止した方が……」

「決行だ。なんともない」

「しかし……」

　すると瑞貴が爆《は》ぜた。

「これくらいで休めるか！　悪意の中で、皆が全力を尽くしている時に……大倭との個人的な賭けがなくとも、華宵亭の長《おさ》としてやらなければいけないんだ。どんな時でも泰然と振る舞い続けるのが僕の使命。死んでもやり遂げる。それが華宵亭若旦那としての僕のプライドだ」

　瑞貴の眼差《まなざ》しと口調から強い意思を感じて、雫は唇を噛みしめる。

「酒癖の悪い副会長だけ先に寄越したのは、番頭の思惑があったのかもしれない。だから一層、悟らせない。絶対、困った顔などしない。どんな陰湿な仕打ちがあっても余裕の顔で、客に不安感や消化不良感を抱かせない。華宵亭のお客様はすべて神――僕は、そう学んだ」

「若旦那……」

「まだまだ僕には足りないものがある。だからお客様が華宵亭を心から楽しめない。……楽しんでもらいたいんだ、僕が愛した華宵亭を。そのためなら、僕は死力を尽くす」

ああ、番頭や孝子に聞かせたい。これだけ華宵亭を愛する瑞貴を、血の繋がりがないというだけで貶《おとし》めるとは。彼らは、こんな瑞貴とともに華宵亭を守りたいと思わないのだろうか。

そして大倭にも聞かせたい。彼は、これほどの覚悟をもってわだつみにいるのだろうか。

(わたしは若旦那の隣で、ともに歩みたい。わたしも華宵亭の伝統を伝えたい……)

そのために自分は、なにができる——?

＊。。・＊・。。＊

「食前酒を変える?」

小夜子が驚いた声を上げた。

「はい。女将《おかみ》が漬けていたお酒に柘榴《ざくろ》があります。柘榴《ざくろ》の実をひと口……微炭酸の辛口日本酒に落としたいと。すみませんが、身はハート形に切り取りたく。グラスは透明で」

食前酒について、小夜子は昔、女将《おかみ》と試行錯誤したことがあったらしい。心強いアドバイザーとして料理に合う酒を選定してくれていたのだが、雫の一存でそれを変更したいというのだ。

「どうしてそれにするのか、聞いてもいいかしら?」

「はい。仲居長は鬼子母神《きしもじん》ってご存じですか？」

「ええ、五百の子供を育てるために、ひとの子をさらい食らっていた鬼女でしょう？　だけど我が子がひとりいなくなると嘆き苦しみ、仏に救いを求めた。それで仏に諭《さと》され、ひとの子を食らわなくなった代わりに、柘榴《ざくろ》を食う」

「その通りです。人魚にしろ鬼女にしろ、消えない愛がある。それが今のわたしが……伝えたいことだから」

　すると小夜子は静かに微笑み、頷く。

「そうね。華宵亭から愛を消さないために、やれることをやりましょう。うん、すっきりした味になって……とてもいいかもしれない。用意してみるわ」

　食前酒を準備してもらっている間、雫は女将《おかみ》の部屋に赴《おもむ》いた。

　そして畳の上に両手をつき、しばらく深々と頭を下げて、許しを請う。

「申しわけありません、女将《おかみ》さん。勝手をさせていただくこと、お許し下さい。お叱りは後でしっかりと受けます」

　雫は厳しい表情をして、それを……若女将《わかおかみ》の衣装を手にした。

　そして――

「本日は女将《おかみ》不在にて、若女将《わかおかみ》たるわたしが、食前酒のおもてなしをさせていただきます」

　戦闘服に着替えた雫は、各部屋で両手をついてそう挨拶《あいさつ》をし、食前酒を振る舞った。

『これは若旦那ではなく、女将《おかみ》さんが守ってきた伝統。だからわたしにやらせて下さい』

この環境の中で、仲居としてただ食前酒を出せば、なんだかんだと番頭や孝子たちに野次を飛ばされ、その様子をカメラに映されるだろう。

必要なのは場を収められるだけの貫禄。

いちかばちか。あるのは、女将《おかみ》から教示された知識と、度胸だけだとしても。

雫が若女将《わかおかみ》姿になって現れると、孝子はじめ元仲居たちも、番頭も面食らった顔をして黙り込んだ。

雫にそれだけの度胸があるとは思っていなかったらしい。

(女将《おかみ》修業だってしている。作法だって勉強している。誰にも文句は言わせない)

雫は女将《おかみ》のように背筋を正し、凜然《りんぜん》かつ丁重な態度で食前酒を差し出す。

「こちらの食前酒は『人魚の涙』。微炭酸の日本酒に、柘榴《ざくろ》をひと欠片《かけら》入れました。海の泡となった人魚が、涙という心だけは残したことをイメージしております」

説明を終えると、また深々と頭を下げる。

「今宵、華宵の宴……ごゆるりとお楽しみ下さいませ」

……全部屋、野次は飛ばされなかった。

その後、裏方は戦場である。それぞれの食事のペースに合わせて次を用意しなければならない。料理は季節の花をイメージした九品。さすがは高級割烹《かっぽう》の料理人たち、鮮やかな完成品を見て、自分ではここまでの手伝いはできなかったと思う。

瑞貴は解熱剤を飲んできたようで、まだ熱はあるものの、目の焦点が定まってきた。

彼は若女将《わかおかみ》の姿をした雫を見て、一瞬泣き出しそうな顔をしたが、雫の頭を撫でると背を向けた。彼も舞いのために衣装を替えねばならないのだ。

本来、女将《おかみ》や仲居たちの雅楽が瑞貴を支える予定だったが、雅楽ができる従業員がいないため、機械で音楽を流すことになった。使われるはずだった鼓《つづみ》や笛は、ひっそりと倉庫にしまわれている。

瑞貴をひとりで、戦場である舞台に送り出さねばならないことが口惜しい。

しかし彼が戦いに打ち勝つと信じることにして、雫は配膳に集中する。

食事を順調に運び終え、あと少しでメインの〝華宵鍋〟を出すという時だった。不味《まず》いという声が聞こえてきたのは。

「これが華宵亭の料理？　馬鹿にしているのか⁉」

舞台が見えるように窓を開け放っているのも災いして、連鎖反応のように罵倒《ばとう》が重なる。

（この声……番頭と孝子さんに、元仲居たちだわ。板長さんひとりだからと油断していたら、予定していたものよりはるかに素晴らしくアレンジした料理が出てきて、姑息《こそく》な手を使ったのね）

その声からは明らかな悪意というより、怯えが感じられる。

しかし、各自の声は小さくとも、数が揃えばかなりの圧になる。

野次の矛先は責任者たる瑞貴や雫に向けられ、未熟さを罵《ののし》る内容にもなった。

最早これはクレームではなく、モラハラである。かつての同僚の悪意に吐きたくなった。

なぜそこまでされねばならないのだろう。怒りで、雫の頭の中が真っ白になってしまう。

……どう対処すべきか考えることもできなくなり、パニックになる。


「雫……」

そんな娘の変調を見て取り、母が痛ましげな顔を向けた。

（わたしが、わたしがなんとかしないと……）

身体を締めつけてくるのは、若女将《わかおかみ》の黒い着物。それが鉛のように重く感じられ、このままずぶずぶと沈んでしまいそうな気がしてくる。

（どうすればいい？　今、わたしが指揮をとらないといけないのに……）

香織たちが各部屋を回って、客を宥《なだ》めている。

仲間たちを庇《かば》うこともできず、打開案も思い浮かばず、身体が動かない。

（どうすればいいの？　このままでは……）

……その時だった。しゃん、しゃん、と、涼やかな鈴が鳴る。

雫は渡り廊下の欄干《らんかん》から大庭園を見た。

神社の神楽殿《かぐらでん》に似た屋根のついた舞台に、ぱっと照明が灯った。

（え、まだ始まるには時間があるし、照明はわたしがつけることになっていたのに、誰が……）

舞台に正座しているのは、俯《うつむ》いている瑞貴。金と銀の刺繍《ししゅう》が施《ほどこ》された白衣に白袴《しろばかま》姿だ。

瑞貴は手につけた鈴を、手首を揺らすことで鳴らしていた。

流すはずの音楽はなく、静寂の中、ただ澄んだ鈴の音だけが鳴り響く。

（まさか場を収めるために……）

等間隔の音がふっと消えると、すっと手が伸びて金色の扇子《せんす》が前に差し出された。

その瞬間、雫は遠く離れた場所で、ふわりと風を感じた気がした。

瑞貴は姿勢を崩すことなく立ち上がると、滑《なめ》らかな動作で扇子《せんす》と身体を傾けて動く。

ゆらりと、それは波のように。

（あれは……水のイメージ？）

かと思えば、足袋《たび》を履《は》いた片足で舞台をダンと踏みつけ、鈴をしゃんしゃんと激しく振りながらくるくると回転し、手の動きを激しくさせる。

（あれは……燃えさかっている火……）

だとすると、鎮座から始まったのは地のイメージなのか。

自然を愛した初代。自然に囲まれた華宵亭。華宵亭を愛する瑞貴。

花々に囲まれてひらひらと舞い踊る彼は、花の精の如《ごと》く実に優雅だった。
さらに熱のせいなのか、気怠《けだる》げな表情が妖しげな色香を漂《ただよ》わせる。
（痛いのに。若旦那、肩が痛くて熱も出ているのに）
瑞貴はあの舞台から戦っているのだ。悪意ある輩《やから》を鎮《しず》めている。
彼にしかできない、美しき鎮守《ちんじゅ》の舞にて。
雫は大急ぎで倉庫に走った。そしてしまわれたままの鼓《つづみ》を取り出し戻ってくる。
久しぶりに手にした鼓《つづみ》は、幼い頃に見たよりも小さく、肩に担ぎやすい。
叩くと、ポーン、と小気味よい音がした。
彼はひとりではない。いつだって自分はそばにいる。
……その思いが瑞貴に届くようにと願いを込めて、また鼓《つづみ》を打った。
その音は鈴の音と重なり合う。瑞貴に届いたのだろう。
どうか皆に伝わってほしい。自分たちが守りたい華宵亭の伝統が。
どうか見てほしい。華宵亭のこの素晴らしき美しき世界を。
悪意を払拭《ふっしょく》し、ひたすら素の心で感じ取ってもらいたい。
客は神。神に捧げる奉納舞から、どうかこの想いを――
突如聞こえてきたのは、笛の音だった。
（この音色は……）

雫の目から涙がこぼれ落ちる。見なくてもわかる。この笛は……大倭だ。

（そういえば、倉庫に行った時、既に笛がなかった……。大倭も、ここにいてくれている）

瑞貴の舞踊が変化して、昔三人で合わせた時に見た、懐かしき舞いになる。

雫が少しとちれば、笛と鈴の音がそれをフォローし、笛が裏返れば鼓《つづみ》の連打でフォローする。

鈴の音がリズムを刻めなくなれば、鼓《つづみ》と笛がしっかりとした音色を響かせる。

自分はひとりではない。ふたりがいるから怖れなく前に進める。

どんなに対立して泣いて怒っても、こうして同じ過去を懐かしみ、同じ未来を歩むことはできないだろうか。こうやって三人でまた――

不意におかしなところで鈴の音が止まり、瑞貴の身体がぐらりと傾く。

叫んだのは大倭だった。

「瑞貴――っ！」

彼が向こう側にある欄干《らんかん》を乗り越え、舞台に飛び乗り、倒れた瑞貴の身体を支える。

ざわつく観客の前、雫も動いた。大庭園の真ん中で座り、地面に手をついて頭を下げる。

「皆様、本日はようこそお越し下さいました。華宵亭の若女将《わかおかみ》でございます。僭越《せんえつ》ながら皆様に申し上げたいことがございます」

雫は周囲を見回し、ゆっくりと言った。

「アンデルセン童話の『人魚姫』が好きなわたしは、その昔、華宵亭の大女将《おおおかみ》に、華宵亭の温泉は、初代大旦那がかつて助けた人魚の涙であると教えてもらいました。その時思ったものです。温泉が欲しいのなら、他の場所に移ればいい。せっかくなら、もっと違う願い事をすればいいのにと」

静まり返った中での口上は、極度の緊張をもたらす。

それでも……自分の言葉で伝えたいと、雫は顔に柔らかな笑みを作り、語り続ける。

「華宵亭の古い書物によれば、温泉のない華宵亭には、口が利けない〝名も知れぬ女〟の客がいたそうで、彼女はやがて下女として働き出したといいます。彼女は困窮《こんきゅう》した華宵亭のために、柘榴《ざくろ》に似た肉を手に入れて客に与えると、不思議と客は元気になり、それが評判になったとか。しかし温泉の登場後、彼女は書物から消え、代わりに初代の妻である初代女将《おかみ》について記されるようになりました」

そこまで一気に語った雫の脳裏に、瑞貴の声が蘇《よみがえ》る。

『ねぇ、雫。雫は八百比丘尼《やおびくに》って知っている？』

「古来より人魚の肉は美味で、口にすると不老不死になると言われています。東北地方に今も伝説として残る八百比丘尼《やおびくに》という女僧は、少女の頃に人魚の肉を食べ、若い姿のまま八百年も生き続けたそうです。不老不死とまでいかずとも、人魚の肉は人体に影響を及ぼしたことになる。もしも〝名も知れぬ女〟が初代に助けられた人魚で、柘榴《ざくろ》に似た自《みずか》らの肉を差し出し、客を元気にしたのなら。華宵亭や初代を支えたのは、身も涙も捧げた人魚の献身。初代に助けてもらったからとはいえ、そこまで我が身を犠牲《ぎせい》にできるものでしょうか。……わたしは、人魚は初代を愛していたのではと思うのです。王子への愛ゆえに、声と足を犠牲《ぎせい》にすることを厭《いと》わなかった人魚姫のように」

雫は密かに深呼吸をしてから、再び続けた。

「華宵亭の温泉は、全部で十二個あり、それぞれ人魚の石像がございます。その頭の後ろには、文字が刻まれており、繋げて読むと……」

「〝仰ぎ請い願わくば、深海を想う花酔いのきみと添い遂げられることを〟……じゃな」

そう口を挟んだのは、着物を着た……いつぞやの仮病を使った老人だった。

（なんでここに？　いつ潜《もぐ》り込んだの⁉）

しかし動揺をぐっと堪《こら》えて、笑顔で頷いた。この老人が、なぜ刻まれた文字を知っているのか疑問に思いつつ。

「石像に綴《つづ》られた愛の文字が初代のものであるのなら、こうは考えられないでしょうか。初代が本当に願ったのは、温泉が湧き出ることではなく、愛する人魚と添い遂げることだったと。ではなぜ、人魚の涙で温泉が湧いたとされるのか。なぜ温泉が湧いた後に彼女は書物から消えたのか。初代女将《おかみ》は本当に人間だったのか――今となっては、真実はわかりません。ですが皆様のご想像次第で、初代と人魚の謎めいた悲恋話は、華宵亭にて生き続けた幸せな愛の物語にもなる。……そう、悲劇は物語の一面でしかない。皆様の心の中で、人魚姫は王子の愛に包まれ幸せに生きられるのです」

一度大きく息を吐き出してから、雫は続けた。

「今年で百二十周年を迎える華宵亭も、様々な愛に溢れています。その愛を土壌にして育ったのが、この大庭園に咲き香る四季折々の花。これらは長い年月、華宵亭に携《たずさ》わる人々から愛《め》でられ、今年もまたこんなに美しく花開きました。華宵亭自慢の花々は、皆様に語りかけていることでしょう。どうぞ今宵ひととき、花々の語らいにお耳を傾けて下さいませ」

瑞貴という花。女将《おかみ》という花。そして仲居を含めた従業員もひとつの花。

それが、見る者の目を穢《けが》してはならない。

華宵亭の愛で艶《あで》やかに咲いた花々の心意気が、その想いが……どうか伝わりますように――

「華宵亭の従業員一同、いつでも愛を忘れることなく、真心こめておもてなしをさせていただきます。これをご縁に、より一層のご愛顧を賜《たまわ》りますよう、心よりお願い申し上げます」

雫は深々と頭を下げ、最後にこう付け加えた。

「なお、本日の懐石料理は、華宵亭自慢の板長がかつて修業していた、高級割烹《かっぽう》カタギリの方々にご協力をいただき、今回のために特別作らせていただきました品。世界を唸《うな》らせる腕前を持つ匠《たくみ》たちによる饗宴《きょうえん》、皆様にお楽しみいただければ幸いでございます」

カタギリの名前は偉大らしく、料理を非難していた番頭や孝子たちは予想だにしなかった真実に、顔を引き攣《つ》らせて固まっている。

「ご清聴、ありがとうございました」

しーんと静まり返った中、パチパチと拍手の音が聞こえた。

雫が顔を上げると、仮病を使ったあの老人である。ベランダの手すりに身を乗り出し、かなりご満悦の様子だ。

(だから、このドヤ顔をしたおじいちゃんは誰？)

「善《よ》き哉《かな》、善《よ》き哉《かな》。華宵亭を愛する若女将《わかおかみ》の心、しかとワシに伝わったぞ。そこの番頭……という華宵亭の古狸《ふるだぬき》よりも、守るべきものがなにかしっかり理解しておる」

すると古狸《ふるだぬき》――番頭は憤然とベランダに出て、老人に向かって怒鳴る。

「見知らぬ老人に、古狸《ふるだぬき》と言われる覚えはない！」

それはその通りだと雫も思う。老人はすました顔をして、高らかに誰かの名前を呼んだ。

「これ、湯島《ゆしま》。ネタをばらせ」

すると返事をしたのは、番頭が今まで媚《こ》びを売っていた初老の男。彼はベランダに出てくると、老人に深々と頭を下げた後、番頭に告げた。

「あの御老人こそ、玖珂泰三《たいぞう》……玖珂グループ会長だ」

その事実に、雫は驚愕して目を見開く。番頭はそれ以上の動揺を見せ、上擦《うわず》った声を出した。

「く、玖珂泰三さんは、あなたでは……」

「私は湯島、会長の秘書だ。会長に言われて、会長を演じていただけ。ちなみにそこにいる男も社長などではない。会長のSPだ」

厳《いか》つい顔の男が、恐縮したように頭を下げた次の瞬間、どしんと大きな音がした。番頭がショックに尻餅をついたらしい。

そんな番頭を愉快そうに見つめた老人は、こう言った。

「我ら玖珂グループには、人間の面《つら》をしたハイエナがよく、身内を手土産《てみやげ》にして近づいてくる。本当に人間なのかを見極めるため、こうして外から眺めるようにしておるのじゃ。内輪揉めは結構じゃが、客には関係ない。日々の憂《うれ》いを払うために客は来る。そんな客に不快感を植えつけ、別のところにて華宵亭別館を名乗って一流気取りとは、実に嘆かわしい。さらに子供のように騒ぎ立て、悪意を振り撒《ま》くなど、華宵亭と先祖を同じくするワシらに対する冒涜《ぼうとく》でもある！　猛省せよ、古狸《ふるだぬき》に女狐《めぎつね》め！」

老人――玖珂会長の語気の強い言葉に、番頭だけではなく孝子も竦み上がった。

（こんなに小さなおじいちゃんなのに、すごい威厳。本当に会長さんなんだわ……）

悪代官を断罪する水戸黄門《みとこうもん》の如《ごと》き老人。彼に同調する声が離れから聞こえてくる。

「会長の言う通り！　一流のサービスだけではなく、一流の心遣いもあるのが、私が何度も華宵亭に来る理由のひとつだ。なにが気に食わないのかわからないが、華宵亭の従業員はよくやってくれている。こんなに大勢の客で大変だろうに顔に出さず、私たちの時間を守ろうとしてくれた」

（お客様……）

「そうよ。それにせっかく花を見るのを楽しみにしているのに、引きちぎったりして。歴史ある花々が可哀想で見ていられなかった。若女将《わかおかみ》がどんなに悲しげに花を片づけていたか、わかる？　客ならどんな我儘《わがまま》でも許されると思っているのなら、勘違いも甚《はなは》だしいわ！」

「私たちは、華宵亭が好きだからここに来ている。気に入らないなら出ていけばいい。他の客や従業員さんに迷惑をかけるな。不愉快だ！」

それらは……華宵亭を愛する客たちの援護だった。

「そ、そうですよ。こ、怖い思いをした私に、仲居さん……本当によくしてくれました。素敵なネイルまでしてくれたんです。人魚のお話も興味深かったし、温泉は気持ちいいし、お料理は美味《おい》しいし、お花も綺麗だし。もっと……華宵亭の素晴らしい余韻《よいん》に浸《ひた》らせてもらいたいです」

この声は、某団体の副会長に絡まれた女性客だろう。勇気をもって発言してくれたのだ。

（ありがとうございます。皆さん……）

唇を震わせ、俯《うつむ》き加減で泣くことを耐えている雫の横に、人影ができる。

瑞貴が、大倭に支えられて立っていた。ふたりとも、雫の横で正座をする。

瑞貴は怠《だる》そうな面持ちだったが、しっかりと前を見つめ、深く一礼する。

「華宵亭若旦那、雅楽川瑞貴でございます。皆様、ありがたきお言葉の数々、まことにありがとうございました。また、サービスに至らぬ点がございましたことは事実。こうしてお気遣いをさせてしまいましたこと、深くお詫び申し上げます」

皆を魅了する優雅さと、長《おさ》としての貫禄。瑞貴がいるだけで、華宵亭は華やぐ。

出生の秘密を知らぬ者たちは、瑞貴には確かに華宵亭大旦那の血が流れていると信じるだろう。

そんな中、玖珂会長が瑞貴に声をかけた。

「瑞貴さんよ、少しばかり問おう。お前さんにとって、客とはいかなるものだ？」

すると瑞貴は、背筋を伸ばしたまま即答する。

「自然に宿るが如《ごと》き神。そして華宵亭の核」

「では華宵亭とはいかなるものだ？」

「……愛すべき場所。守るべき場所です」

「では、意地悪な質問をしようかの。隣にいる若女将《わかおかみ》と、その横にいる……新若旦那について は？」

「若女将《わかおかみ》は……私の存在意義。彼については……同じ志《こころざし》を持つ、私の一部」

雫がその言葉の意味を噛み砕く前に、会長は愉快そうに呵々《かか》と笑った。

「……そういうことか。これはまんまと乗せられてしまったの！」

(そういうことって、どういうこと？)

首を傾げる雫だったが、会長に謝罪の言葉を述べたのは大倭だった。

「本日は、こうした私的な事情でお騒がせしてしまい、申しわけありませんでした」

(え、どういうこと⁉　なんで大倭、そんなに殊勝なの？)

「よきよき。ワシの命にて、最初からカメラも映しておらぬ。これは麗《うるわ》しき花が見せた幻《まぼろし》。今日の熱海は天気もよく、美しい花に溢れていたからのう。多少の虫食いも目立つまい」

(だからどういうこと⁉)

「して、瑞貴さん。その結果、どうするつもりだ？」

「……華宵亭は時流とお客様に応じて、受け継いだものの形を変えつつも、守るべき伝統はしっかりと後世に伝えていく必要性があると」

それは雫も、香織の変化を見て思ったことだ。

「ただ、変化とは劣化ではない。質の高い従業員の教育とサービスは必須ですし、決してお客様を金儲けの道具にはしない。それは一貫するつもりです」

瑞貴の強い視線の先には、番頭と孝子がいる。

「じゃの。質の悪いサービスをするわだつみでは、そこの……」

会長に顎《あご》で促《うなが》された大倭が、深く頭を下げた。

「華宵亭副番頭、片桐大倭です」

大倭の自己紹介に、雫の目が潤《うる》む。

（大倭が……帰ってきてくれた！）

「そこの大倭さん、わだつみではかなり苦労しておった。お前さんは、ここの副番頭だったのか。適材適所じゃ、お前さんたちはあんな安っぽい場所にいるべきではない。華宵亭は血ではなく、想いによって客を楽しませる――ああ、善《よ》き哉《かな》、善《よ》き哉《かな》。これぞ花の想い。花の語り」

会長は声高らかに言った後、周囲に向けてさらに声を張り上げた。

「さあ、皆さま方、今宵は無礼講。互いに語るもよし、ひとり静かにするもよし。美しい花に囲まれて、楽しくひとときを過ごしましょうぞ。客を神とみなす若旦那なら、百二十周年の記念として神へ捧げる御神酒《おみき》くらい、我らにたんと振る舞ってくれるはず」

ばちんとウインクをする会長に、瑞貴は苦笑して答えた。

「承知いたしました。お飲み物は仲居にお申しつけ下さい」

少しずつ、華宵亭は客に寄り添いながら変わるのかもしれないと雫は思った。

もっと客が楽しんでくれる華宵亭になる——そう考えると、わくわくがとまらない。

「俺、酒用意してきます！」

にこやかに酒を取りに行く大倭は、いつものように走り回る。

子細はよくわからないが、雫は……大倭と瑞貴の争いは終わったと感じていた。

「会長、私どもをご理解下さり、まことにありがとうございました」

瑞貴が会長に頭を下げると、会長は呵々《かか》と笑ってどこからか取り出した扇子《せんす》を広げた。

『天晴《あっぱれ》　好々爺《こうこうや》』と筆字で書かれている。

「実は大女将《おおおかみ》はワシの従姉《いとこ》での。人魚と華宵亭が大好きな彼女から、お前さんたちのことは聞いておったのじゃ。華宵亭に直接関わり合いをもつ気はなかったが、彼女に言われておってな。もし従姉《いとこ》亡き後、悪《あ》しき者のせいで華宵亭が揺らぐことがあれば、その輩《やから》を排除して華宵亭を守ってくれと。まったく昔から人使いが荒い従姉《いとこ》じゃったが、大《おお》女将《おかみ》としてふたりに託す……愛する華宵亭を守りたかったのじゃろう」

そうやって華宵亭は代々、見えない〝想い〟によって守られてきたのか。

「ともかくも、仮病を使ったワシの素性も知らずに厚遇してくれたことは、ポイントが高かったのじゃ。ただ、勝手に宿へ出入りできるのはどうかの。せくりてぃというものは考えぬとな。孫が社長をしている会社があるから、今度紹介してやる」

（せくりてぃって、セキュリティのこと？）

「ああ、善《よ》き哉《かな》、善《よ》き哉《かな》」

『天晴《あっぱれ》　好々爺《こうこうや》』の扇子《せんす》を広げ、踊り始めた小さな老人。紙吹雪でも投げてあげた方がいいのか。

あれだけ必死に今日に向けて頑張ってきたというのに、飄々《ひょうひょう》として演技達者なこの老人が最後にいいところを攫《さら》ってしまった気がする。もう笑うしかない。

（仮病を使って乗り込んできた、ただのエロジジイだと思っていたのに……）

そんな視線を感じ取ったのか、会長はにやりと笑い、雫とともに立ち上がる瑞貴に問う。

「若旦那。若女将《わかおかみ》の奮闘ぶりに言うことはないか？」

瑞貴は気怠《けだる》そうに視線を動かして雫を見ると、愛《いと》おしげに微笑んで答えた。

「惚れ直しました」

「そうか、若旦那は若女将《わかおかみ》に惚れ直したか！　らぶらぶ、じゃのう！」

（なぜ大きい声で言うの〜！）

途端、華宵亭に笑いと歓声がどっと湧き、雫は真っ赤な顔を両手で覆《おお》う。

こうして客同士がひとつになるのもいいものだと思いながら。

＊。。・＊・。。＊

三日間の華宵祭は天気と理解ある客に恵まれ、つつがなく、そして大盛況のうちに幕を閉じた。

玖珂会長は、自分が番頭や孝子らの悪意から華宵亭を守る……という名目で連泊。瑞貴や雫と花について語る時は、この上なくご機嫌だった。中でも華宵亭で三月頃に咲く椿《つばき》は、会長の好きな花らしい。華宵亭では、濃紅色の花弁に白い唐子弁《からこべん》を持ち、月光《がっこう》の別名がある椿《つばき》が咲く。それを知った会長は、今から来年の部屋を予約すると大はしゃぎだった。

そして――

「雫、騙《だま》して悪かった！　すべては膿《うみ》を出すための計画だったんだ」

「雫、ごめんね。きみは考えていることがわかりやすいから、本気で敵対していると周囲に信じさせるために、きみを利用したんだ」

雫の幼馴染《おさななじみ》ふたりは、雫に謝罪しながらそう告白した。

瑞貴と真剣な対立姿勢を見せ、雫を泣かせた大倭の言い分はこうだ。

「大体さ、雅楽川家の血が入っていたところで、瑞貴でも苦労してきた若旦那業なんて、俺が簡単にできるはずねぇし、ガラじゃねぇよ。俺は裏方で走り回っているのが性《しょう》に合っている」

そして、この勝負に心を痛めていた雫をそばで見ていたはずの、瑞貴の言い分は——

「勝負で勝った方が若旦那となってきみを娶《めと》り、負ければ去るというのも、最初から示し合わせていたんだ。でも大倭がやけに真剣に言うから、こっちもつられてしまった。きみが本気で心配していたくらいなんだから、信憑性《しんぴょうせい》はあったよね？　大体、小回りが利く大倭がいなければ、この先僕だってやりにくいし、雫も悲しみに倒れてしまうかもしれない。そんなデメリットばかりのこと、するわけないじゃないか」

——つまり、こういうことだ。

瑞貴と大倭はふたりで飲んだ際、雫を巡る諍《いさか》いをやめ、色々腹を割って話したらしい。元々仕事ぶりに関しては互いに評価していたものの、華宵亭に対する熱い想いなどを語り合ったことはなく、思った以上に意気投合したことに驚いたようだ。

そしてふたりが日頃抱いていたのは、番頭への不信感——

瑞貴は、番頭が唱える華宵亭の一般公開化が亡き父の構想だったこと、さらに雫との縁談を壊したい父が、番頭と孝子を瑞貴の監視役にしていたことに気づいていた。また華宵亭は父の散財で困窮《こんきゅう》しており、母が苦心していることにも勘づいていたのだ。しかも経理簿を見ると、経理担当である番頭の手で明らかに改竄《かいざん》されたのが見てとれる。

一方、大倭は雫が華宵亭から出ていこうとした際に、大倭と瑞貴の不和を感知した番頭がやけに馴れ馴れしく声をかけてくるのが、不快であり警戒したらしい。その真意を探るべく、番頭に話を合わせていたものの、本当に番頭側の人間になったのか、常に孝子が見張っていた。そのため瑞貴や雫に近づくのを避け、いまだ三人の関係がギクシャクしているように見せていたのだとか。

それでも瑞貴と大倭は密かに連絡を取り合っており、膿出《うみ》しのために対立しようとしたタイミングで、大倭が番頭から出生の秘密を聞いてしまった。瑞貴の部屋には誰もいなかったため、雫の部屋に行けば瑞貴の所在がわかるだろうと待っていたところ、雫が瑞貴と情交の余韻《よいん》を漂《ただよ》わせて戻った。さらにふたりが既に出生のことを知っていたことに、抑え込んでいた色々な感情が爆発してしまったようだ。

そんな大倭を、瑞貴は自《みずか》らの懊悩《おうのう》を語ることで鎮めた。雫が落ち着かなくて風呂掃除をしていた時には、仲直りをしたふたりは、運命共同体として絆《きずな》を深めていたそうだ。しかし、深夜勤だった孝子が聞き耳をたてているだろうから、そのままひと芝居打つことにしたらしい。

「正直、芝居とはいえ俺が若旦那になると言い出したら、白眼視《はくがんし》されるんじゃねぇかってビクビクしていたが、肩書きしか見ない馬鹿ばかりで助かったというか。膿出《うみ》しできてよかったよな」

大倭は、実に清々《すがすが》しい顔で笑った。

「やっぱり華宵亭はいいよな。わだつみなんて、数がいても怠慢《たいまん》な従業員ばっかりだから、客へのサービスも清掃も最悪。華宵亭の元従業員だって、すぐにやる気なくしたくらいだし、なによりアウェイ感が半端《はんぱ》ねぇ。こんなところの若旦那なんてしたくない、早く華宵亭で副番頭に戻りたいって思いつつも、客がいる以上はフォローしたさ。ついでに華宵亭の宣伝をばっちりしておいたがな」

雫の反応が一切ないにもかかわらず、大倭は朗《ほが》らかな口調で続ける。

「わだつみの女将《おかみ》に、邪魔だから皆と華宵亭の邪魔でもしてこいと言われ、喜んで戻ってみれば、瑞貴が部屋で倒れてる。熱があるのに舞台に上がると聞かねぇから、とりあえず照明セットはしてやったんだ。音楽は流さなくていいと言われたけど、ふらふらしていたらリズムもとれねぇだろう。だったら俺が笛でも吹いてりゃ、瑞貴なら無意識にでもそれに合わせて舞うだろうと、倉庫から笛を持ってきたんだ。まさか雫も鼓《つづみ》を持ち出すとは思わなかったけれどな」

大倭は満面の笑みで、雫の肩をばんばんと叩いてこう結んだ。

「俺たち三人で、華宵亭を守っていこうぜ！」

雫の中で、なにかがブチンと切れた音がした。

「いやー、しかし。俺、いい俳優になれると思わね？　お袋にも泣いて叱られたんだ。演技なら演技だと前もって言え……って、な、雫、おい、イテテテテテ！」

涙目の雫が大倭に襲いかかり、瑞貴に止められたのは数時間前のこと――

番頭は――華宵亭から出ていった。賄賂《わいろ》や横領の事実を示す裏帳簿が出てきたが、瑞貴は長年の勤務の功績を称え、警察沙汰にはしなかった。涙を流して怒る娘に恥じないようにと、瑞貴が厳しく戒《いまし》めたところ、項垂《うなだ》れた彼は「娘をよろしくお願いします」と、自分から出ていったのだ。

瑞貴の父の遺志を受け継いでいた番頭は、彼なりに華宵亭への愛があったのかもしれない。しかしもう、真実はわからなくなってしまった。

孝子は――番頭に唆《そそのか》されたからと、他の仲居たちとともに華宵亭に戻ってきたものの、雫を中心にしてまとまる空気に耐えられなかったのか、退職した。以前、香織は孝子について、噂《うわさ》されることには弱いと表現していたが、指摘通りだったようだ。

またホテルわだつみは後日、玖珂グループに買収された。女将《おかみ》は出世したと喜んだらしいが、すぐに辞めさせられ、わだつみは手厚いサービスをするホテルに作り替えられる予定だ。

「……雫、機嫌を直して。ね？」

瑞貴の部屋で、雫は彼に背を向けて正座をしている。

「雫の若女将《わかおかみ》ぶりは大好評だったし、従業員たちも反省して戻ってきたし、華宵亭は安泰だし」

瑞貴は身を乗り出し、雫の顔を覗き込もうとする。しかし、唇を尖らせた雫は正座したまま向きを変えてしまった。

「母さんも経過良好で、もう少しで退院できそうだし」

女将《おかみ》は――玖珂会長が証人になり、ことの顛末《てんまつ》を告げると微笑んだ。そして、華宵亭の危機を救い、伝統を守ろうとした瑞貴と雫、小夜子とともに頭を下げる大倭を見つめ、こう言った。

『皆さん、本当にありがとう。あなた方の愛が華宵亭を救いました。まずは瑞貴、若旦那として立派に務めました。窮地に立とうとも、あなたが終始揺るぎなかったから、華宵亭の伝統は失われずにすんだ。……認めましょう、あなたのことを。次期大旦那として』

目を潤《うる》ませる瑞貴に、雫は大喜びした。

『雫さん。若女将《わかおかみ》として、よく頑張ってくれました。怒るなんてとんでもない。若女将《わかおかみ》の着物は、あなたのものよ。私にもそれを着た勇姿を見せて下さいね。……そして、副番頭。よく華宵亭に、瑞貴のもとに戻ってきてくれました。どうかこれからも瑞貴と雫さんを支えて下さい』

女将《おかみ》は、母だと大倭に名乗らなかった。大倭も問い質《ただ》さず、笑顔で言葉を返す。

『女将《おかみ》。俺を長年、母とともに華宵亭において下さり、心から感謝しております。これからも若旦那と若女将《わかおかみ》と力を合わせ、愛する華宵亭を守っていきたいと思っています』

『では私は小夜子さんと……あなたたち三人が作る華宵亭を楽しみに見守らせてもらいますね』

女将《おかみ》と小夜子の目に浮かんだ涙。見て見ぬふりをした雫は、瑞貴と大倭とともに頷いた。

「母さんの退院と同時に、雫は若女将《わかおかみ》の着物を譲り受け、若女将《わかおかみ》としてお披露目《ひろめ》をする。その前に、僕の許婚《いいなずけ》だと正式に発表しておいた方がいいかな。どう思う、雫？」

瑞貴は膨らんだ雫の頬をつんつんと指で突く。雫は彼をじろりと睨んだ後、また顔を背《そむ》けた。

瑞貴は、返事すらしない雫を後ろから抱きしめると、彼女の肩に顔を埋《うず》める。

「心配かけてごめん。もう許してよ。せっかく、僕の願掛けも成功したんだし、深夜勤も無事に終えたことも合わせて、ふたりでお祝いしよう？　ねぇ……僕の若女将《わかおかみ》」

甘く囁《ささや》いてくるその声は反則だと、雫は思う。

「お詫びに今夜は、とことん愛してあげるから。機嫌を直して。ね？」

隣の間には、当たり前のようにくっつけて敷かれた布団がふた組。

玖珂会長が連日客を紹介してくるおかげで、今日も華宵亭の従業員部屋は客室となっている。それで、雫は瑞貴の部屋に泊まることになったのだ。

「好きだよ、僕の可愛い許婚《いいなずけ》」

首筋に唇を押し当てられると、雫の中で眠っていた官能が目を覚ます。

雫はぽかぽかと瑞貴の手を叩きながらも、次第に悩ましげな女の顔へ変わっていくのだった。

＊。。・＊・。。＊

『わたしに、若旦那を愛させて下さい……』

腕に包帯を巻いている痛々しい瑞貴に、今宵は自分が奉仕したいと申し出た。

瑞貴の膝に頭を乗せた状態で、一糸まとわぬ姿になった雫は、既に猛《たけ》っていた彼の熱杭を手に取る。経験はないが愛はあるのだ。愛の本能に身を委《ゆだ》ね、雫は筋張った軸に舌を這《は》わせる。

「ん……」

瑞貴が声を漏《も》らすのと同時に、雫の手の中のそれはぴくりと動く。

（連動していて……本当に小さな若旦那みたい）

硬い先端の周りに舌を這《は》わしてから強く吸いつくと、目を閉じている瑞貴の眉間に皺《しわ》が寄った。雫の口の中のそれは、ひくひくと動いて質量と硬さを増してくる。

（大きい……。これがいつも、わたしの中に入ってくるんだ……）

さらに愛《いと》おしく思えるそれを喉奥まで咥え、唇を窄《すぼ》めて出し入れすると、瑞貴の身体が震えた。

「あぁ、雫……気持ち、いい……」

半開きの唇から艶《つや》めく声がこぼれる。

清廉《せいれん》な仮面しか見せなかった昔とは違い、瑞貴は無防備な姿を惜しげもなく雫に曝《さら》す。

ああ、なんと艶《つや》やかに乱れる男なのだろう。雫が感嘆していると、頭を優しく撫でられた。

紫陽花《あじさい》がついた簪《かんざし》が抜かれ、雫の黒髪がぱさりと解け落ちる。

瑞貴は、雫の頬に絡んだ長髪を耳にかけながら、手ぐしで髪を梳《と》かしていく。

それが心地よくて、うっとりとしてしまう。

(ああ、彼のすべてが愛《いと》おしくてたまらない……)

雫がさらに情熱を注ぎ、丹念に彼の分身を愛すると、瑞貴の脚が戦慄《わなな》いた。

「あ……」

甘い声を漏《も》らす彼が、ゆらりと頭を揺らす。

暗紫色の瞳は蜜をまぶしたように蕩《とろ》けており、切なげに細められた。

「ん……雫、たまら……ない。きみに、こんなことをさせているのに……気持ちがいい」

瑞貴は、蠱惑的《こわくてき》な表情と声で身悶《みもだ》える。破壊力あるその姿に、雫は眩暈《めまい》を感じた。

(うう……。なんでこんなに色気がたっぷりなの。身体が火照《ほて》ってきちゃう)

彼が快楽に喘《あえ》ぐほどに熱杭は昂《たかぶ》りを見せ、淫靡《いんび》なオスの粘液をまとう。剛直の軸を強く手で扱《しご》きながら、そのぬめりをとるようにちゅうちゅうと音をたてて彼の先端を吸い立てた。

「あぁ、……雫……っ」

わずかに瑞貴の腰が揺れ、雫は口の奥を軽く突かれる。えずきそうになりつつも、無意識に自分の腰もゆらゆらと揺らし、熱い吐息を漏《も》らした。

（ああ、これが……いつもわたしを中から愛してくれているんだ）

無垢《むく》だった雫を女にした、愛する男性の猛《たけ》り。あれから幾夜、体内に迎えて愛し合ってきただろう。幾度、愛を口にして溶け合ってきただろう。

そんなことを思って愛撫《あいぶ》をしていると、じゅんと雫の秘処が疼《うず》き、熱いものがこぼれた。

瑞貴は荒い息のまま、艶《つや》っぽい顔で雫にねだる。

「雫、向きを変えて……俺の上で、反対に跨がって。俺も……雫を愛したい」

雫がおずおずとその通りにすると、瑞貴は彼女の尻を持ち上げ、秘処に吸いついた。

たっぷりと湿っている花園に、熱い息を吹きかけながら、激しく舌を揺らす。

「ん、んぅっ、うう……ん！」

もどかしかったそこに突如快感が与えられ、雫は剛直を口に含んだまま、身体をしならせた。

はしたないほど溢れている蜜が、瑞貴の舌で掻き出されて嚥下《えんげ》される気配を感じ、余計にぞくぞくが止まらない。雫は尻を振りつつ、瑞貴への愛撫《あいぶ》を再開した。彼の舌遣いを真似て、特に反応を見せる先端部分を激しく刺激し、溢れ出る淫液を強く吸引してみる。すると瑞貴からもお返しとばかりに、じゅるじゅると音をたてて吸われる。

（ああ、ひとつに溶け合っているみたい……）

「ん……雫。すごいよ。俺の……舐めて、こんなになるの？」

さざめく花園に何度も吸いつく瑞貴の指は秘粒を探り、包皮を剝く。

出てきた粒に舌を這《は》わせて強く吸い、ひくつく蜜壺に指を挿《い》れると、ゆっくり抽送《ちゅうそう》する。

「あぁ、駄目。一緒になんて、だ、め……」

雫の腰がぶるぶると震えた。それでもその手は瑞貴の剛直から外さず、たどたどしく上下に扱《しご》く。

「あぁ、雫、可愛い……こんなに蜜を垂らして……とても、感じているんだね」

瑞貴の声が熱っぽく上擦《うわず》る。

「挿《い》れて、いい？　僕を誘うここに、根元まで……挿《い》れて、強く擦っても……いい？」

譫言《うわごと》みたいに切実な声で求められ、下腹部がきゅんきゅんと疼《うず》いて悦《よろこ》びを伝えた。

「ん、うん。挿《い》れ……て。瑞貴と、もっと、溶け合いたい……」

「今夜は心ゆくまで溶けよう。雫、正座してくれる？」

雫が布団の上で正座すると、瑞貴に後ろからとん、と前に倒された。次の瞬間、持ち上がった尻の合間を滑らせるようにして、避妊具をつけた剛直がずぶりと蜜壷にねじ込まれた。

「ぁぁあああ……っ」

全身が総毛立つ、ぞわぞわとした衝撃。雫の喉から迸《ほとばし》るのは、甘い悦《よろこ》びの声だ。

中を強く擦り上げられて奥まで突かれると、肌に走るぞくぞく感が止まらなくなる。

脳まで甘く蕩《とろ》けてしまうような快感に、気がおかしくなりそうだ。

「ぁん、ああっ、瑞貴、それ駄目ぇえ！」

「ああ、雫……そんなに、絞るな……っ」

切羽詰《せっぱつ》まった声を響かせ、瑞貴は雫の唇を求めた。

身体を揺さぶられながら、突き出した舌先同士でちろちろと舐め合った後、根元まで深く吸い合い、ねっとりと絡み合わせる。

離れたくない。瑞貴とずっとひとつでいたい。

「瑞貴、好き。好き……っ」

込み上げてくるのは、渇愛《かつあい》という激しい衝動。

こんなに瑞貴に満たされても、想いは止めどなく湧き続ける。

（まるで温泉……だね。ずっとずっと愛が湧き出るよう……初代が願ったのはこれなの？）

そんな思いが巡ったが、押し寄せる波が雫の思考を快楽で上塗りしていく。

「俺も……雫が、好き、だ。あぁ、きみは……俺だけの、俺だけの女だ……」

今も尚、強い独占欲を見せる彼がたまらなく愛《いと》おしい。

「はい、雫は……瑞貴だけの、女……です」

そう答えると、体内の剛直がさらに膨張し、雫を壊そうとしているが如《ごと》く獰猛《どうもう》な動きを見せる。

悶え狂う雫の脳裏に、幼い瑞貴の声が蘇《よみがえ》ってくる。

『きみも僕のそばにはいてくれないの？』

『嬉しいよ。雫が、僕のお嫁さんになるなんて！』

いつだって愛してほしい。雫が、僕のお嫁さんになるなんて……

『……その化粧、やめてくれないか』

『婚約破棄、したいんだって？』

『きみが好きだ。昔からずっと。雫だけを求めてきた』

彼の心に秘めた渇愛《かつあい》の激情を、この先もずっと、自分だけにぶつけてほしい。

もっと彼の愛が、もっと彼自身が欲しい――

「雫、イこう？　一緒に、どこまでも……！」

シーツを掴む雫の両手の甲に、瑞貴の両手が重ねられた。

頬をすり合わせられると、瑞貴の余裕ない息遣いがよく聞こえる。

彼の熱い汗が雫の首筋に伝い落ち、肌がさらに粟立《あわだ》った。

「ああ、そこ。瑞貴、そこ、そこは……っ」

「ああ、悦《よろこ》んでる。雫の奥、うねって……やばい。イクよ、雫。一緒に……！」

手に力が込められ、抽送《ちゅうそう》が速くなる。雫の目の前に閃光が瞬《また》き、果ての到来を告げた。

「あああああっ」

そして――激しい愛の奔流《ほんりゅう》が雫の中を狂おしく駆け抜け、雫はその衝撃に身体を痙攣《けいれん》させる。

はくはくと浅い呼吸を繰り返している最中に、彼女をきつく抱きしめた瑞貴もまた、ぶるりと震え、艶《つや》っぽい声で呻《うめ》きながら己の愛を迸《ほとばし》らせた。それは泡のように消えることはなく、雫はいつまでも、体内で彼の熱い愛を感じていた――

嗅《か》ぎ慣れた甘い香りが、雫の胸に充足感と安心感を広めた頃、瑞貴は雫の顔にキスの雨を降らせる。そして彼女の頭を痛めていない方の腕に乗せると、ふふと笑った。

「きみと最初に出会った時のこと、思い出したよ。僕たち、岩風呂で寝ちゃっただろう？

あの時、僕……眠っているきみにこう言ったんだ。きみが一緒なら、幸せになれる気がするって」

濡れた暗紫色の瞳が、情事の余韻《よいん》にゆらゆらと妖しげに揺れている。

「それまでの僕は、幸せというものがわからなかった。必要ないと思っていた。だけどあの時、予感がしたんだ。きみとなら、幸せになれるって」

「……出会ったばかりなのに？」

瑞貴の汗ばんだ胸に頬をすり寄せて、雫は笑う。

「そう。あの予感は本物だった。……雫、僕を愛してくれてありがとう。僕を……暗い海の底から、救ってくれてありがとう」

雫は言葉が出ず、ただ首を横に振って瑞貴に抱きつく。

「あの時、桜の花びらをまとって現れたきみを、桜の妖精かと思った。あの瞬間、僕はきみという花に酔い、惑い……恋をして、未来への幸せを願った。初代と同じく」

〝仰ぎ請い願わくば、深海を想う花酔いのきみと添い遂げられることを〟

「僕は……初代があの文を刻んだ気持ちがよくわかる。誓いなんだ。言霊《ことだま》とも言えるだろう。刻んだら最後、この恋は……永遠になる」

「永遠……」

「そう。この想いは枯れることはなく、僕は毎日新たに、きみという花に恋をしていく。きみにとって僕は王子様ではなく人魚姫だったけれど、一途さでいえばそれで正解だ。人魚姫の涙は海に消えた。華宵亭の人魚の涙は、止めどなく湧き続ける温泉となった。僕の涙は……きみへの消えぬ愛に捧げる。僕も僕の愛も、ずっと消えることはない」

「……幸せだね、わたし」

瑞貴は雫の頭を優しく撫でて、微笑む。

「ふふ。だったら、今よりもっと幸せになろうか。悩める時も笑い合う時も、ずっと隣り合って」

そして瑞貴は一旦言葉を切ると、真剣な表情で雫を見つめて言う。

「僕の妻に、なってくれますか」

祖母が決めた許婚《いいなずけ》としてではなく、瑞貴の口から出た求婚は、雫の心を震えさせた。

「……喜んで！　ふつつかものですが、末永く……よろしくお願いします！」

雫は、大泣きして瑞貴に抱きついた。瑞貴はくすりと笑うと、彼女の涙を唇で拭《ぬぐ》う。

「守っていこう、華宵亭も……僕らの愛も。皆で幸せになるように」

「はい……」

「呉服屋『あさぎり』に早く注文しないとね。最高傑作の花嫁衣装を。もしかして、痺《しび》れを切らしてもう作っているかもしれないから、明日にでも御礼を兼ねて確かめに行こうか。きっと……綺麗だろうな。雫の花嫁姿」

目を細めてうっとりとした瑞貴の顔は、雫にはとても目映《まばゆ》く、光り輝いて見えた。

「あなたの方がずっと綺麗だと思うけど……香織ちゃんに最高級の愛されメイクをお願いして、少しでも美しく化けられるよう頑張ります。キツネの嫁入りみたいだけど、晴れたらいいな」

その返答に瑞貴は声をたてて笑うと、雫の唇を優しく啄《ついば》んだ。

「きっと素晴らしくいい天気だよ、その日は」

待ち望んでいた日が、少しでも早く来ることを願いながら。

「……好きだよ、雫」

「わたしも――」


……今宵も、愛し合うふたりの夜は更けていく。

そして夜が明け、朝日を浴びて艶《つや》めくふたりは、また恋に堕ちるだろう。

夢から覚めぬ夢を見ているかのように、渇愛《かつあい》は果てなく続く。

泡沫《うたかた》に消えるのは恋の苦しみ、永遠に続くのは至幸の愛――

――それが華宵亭、人魚の愛の物語。

エピローグ　～花酔いに艶《いろ》めくきみへ～

時は移ろい、華宵亭に何度目かの春がやってくる。

薄紅の花びらが舞い落ちる中、着物姿のふたりの幼子がきゃっきゃと走り回っていた。

「足元に気をつけるんだよ、真珠《まこと》、琥珀《こはく》」

しだれ桜の下に座り、穏やかな眼差《まなざ》しで我が子を見守るのは、爽《さわ》やかな若草色の着物に身を包んだ、七代目華宵亭大旦那である。

七代目が差し出した手のひらに、花びらがそっと舞い降りた。それは淡雪のような儚《はかな》さだが、消えることはない。七代目が静かに息を吹きかけると、花びらはふわりふわりと飛んでいく。彼が思わず笑みをこぼした瞬間、子供たちがやってきた。

七代目の左膝に乗ったのは、髪の長い少女だ。

「ととちゃま。どうちて『かちょーてい』っていうお名前のお宿なの？」

すると右膝に乗った短髪の少年が、彼と同じ顔をした少女に言う。

「真珠、『かちょーてい』ではなくて『かしょーてい』だよ。ととしゃまに笑われちゃうよ」

「あ、そっか。『かしょーてい』だった」

えへへと笑う娘を見て、七代目はふわりと柔らかく笑み、説明を始めた。

「華宵亭の華宵というのはね、花に酔うというところからきているんだ。お花を見ていると、お酒を飲んでいるみたいに、ほわほわっていい気分になる。それを花酔いっていうんだよ」

少年は、困った顔をする。

「んー、ととしゃま、おしゃけを飲んでいなければ、ほわほわがわからないよ。だったら、いつもお茶ばかり飲んでる、おばあしゃまや香織お姉しゃまはわからないの？」

「華宵亭にいる人たちなら、皆わかるよ。そのほわほわっていうのは、幸せだなって思う気持ちだから。華宵亭は皆が幸せになって、にこにこしてもらうお宿。名前には願いという〝想い〟が込められているんだよ」

少女は七代目の着物を掴み、小首を傾げて問う。

「ねぇ、ととちゃま。あたちゃや琥珀の名前にも、お願いが込められているの？」

「ああ、そうだ。ふたりの名前は〝人魚の涙〟という意味がある。華宵亭でそれは、とっても大切なものなんだ。華宵亭には人魚さんがいて、温泉はその人魚さんの涙でできているんだよ」

「人魚さんの涙？　悲ちくて温泉で泣いちゃったの？」

「もしかして、泡になって消えちゃったの？」

『シズクが、あなたとずっと一緒にいるから。だから海の泡にならないで、人魚姫さん』

ある声を思い出した七代目は、幼子の頭を交互に撫でる。

「華宵亭の人魚さんは、泡にならなかったんだ。本当の愛を見つけたからね」

七代目がそう微笑んだ時である。人影を見つけた幼子たちは歓喜の声を上げた。

「かかしゃまだ！」

「かかちゃま！　あ、大倭おじちゃまもいる！」

幼子が駆け出すと、着物姿の女将《おかみ》と羽織姿の番頭が、それぞれ子供を抱き上げる。

突如温もりをなくした七代目は、苦々しい顔で番頭に文句を言った。

「……大倭。ずいぶんと俺と雫の子を手懐《てなづ》けたな。まさか狙っているのか、真珠を！」

「は⁉　あんた真顔でなにを言ってるんだよ」

「あははははは。大倭がわたしの息子に？　真珠との年の差、何歳よ」

女将《おかみ》は愉快そうに笑った後、子供をふたりとも番頭に任せて七代目の隣に寄り添った。

「昔は色々あったけれど、今日も華宵亭は平和ですね」

「ん……。ちょっと騒がしくなったけどね」

七代目は微笑み、愛《いと》おしい妻の肩を引き寄せる。

目の前では番頭がふたりの子供と力いっぱい遊んでおり、どちらが子供なのかわからない。

「……雫、愛しているよ」

耳打ちすると女将《おかみ》は頬を紅く染め、彼女も七代目に囁《ささや》き返す。

「わたしもです、旦那様」

「……いつもみたいに、キスして言ってくれないの？」

「え、えぇぇぇぇ……。大倭がそこにいるじゃないですか」

「大倭なんか気にすることはない。……ねぇ、また子供を作らないか。きみの奥まで、たくさん注ぎたくなった。僕の愛を受け止めてくれる？」

七代目の穏やかな顔が、妖艶《ようえん》な男のものへと変わる。

「こ、こんなところで一体なにを……」

真っ赤な顔で狼狽《うろた》える女将《おかみ》に、七代目は声をたてて笑う。

「はは。いつまでも可愛いな、僕の可愛い女将《おかみ》は」

「揶揄《からか》うのはやめて下さい。もう！　でも……双子の次は三つ子だったらどうしましょう。それはそれで賑やかでいいか」

女将《おかみ》は大所帯の未来を想像して、ふふ、と満更でもなさそうな顔をした。その笑みは、我が子によく似たあどけなさが滲《にじ》んでいる。七代目は目元を緩めると、彼女の頬にキスをした。

するとと女将《おかみ》が反応するより早く、番頭が怒鳴る。

「俺に自分の子供の面倒見させて、なにイチャイチャしてるんだよ！」

「諦めろ。お前には縁がないものだ。可哀想に、もう〝おじちゃま〟、だものな……」

「おい……。俺がおじちゃまなら、俺より年上のあんたは、どうなんだよ」

そして七代目と番頭は、同時に笑い出した。つられて女将《おかみ》も笑い出す。

「あ、そうだ……これ、袖に入れていたんだわ。さっき、あっちの桜の木の下で、これが埋まっていたのを大倭と見つけてきたんです。なんだと思います？」

女将《おかみ》が差し出したのは、鱗《うろこ》みたいな模様がついた小さな長方形の箱。

そこには『人魚』と筆で書かれた紙が貼られてある。

すると七代目は、懐かしそうに暗紫色の目を細めた。それを知らずに女将《おかみ》が続ける。

「これ、初代が隠した人魚の秘密かなと思うんですよね、わたし」

「――ふふふ。どうだろうね。まずは開けて中に入っているものを読んでみたら？」

彼女は知らない。それは彼女と出会った直後の七代目が埋めたものだということを。

人魚を模した箱に、未来の自分への、まじないの文《ふみ》をしたためた。

どうかこの恋が叶っていますようにと。

そして未来で、ともにそれを見る大切な者たちが、笑顔でありますようにと。

番頭は、女将《おかみ》が箱を開けようとしているのに気づくと、子供たちを連れてやってくる。

「なになに、かかしゃま、それなに？」

「かかちゃま、真珠にも見せて！」

女将《おかみ》が中から手紙を取り出し、全員がそれを覗き込んだ。

「うわあ、達筆。絶対初代だと思う。これ……歴史的大発見かも!?」

「じゃ、明治大正の手紙？　達筆すぎて、なんて書いてあるのかわからねぇ……」

女将《おかみ》と番頭の言葉に、七代目は噴き出しながら言った。

「それはね……」

『拝啓、花酔いに艶《いろ》めくきみへ

きみは今――幸せですか？』

書き下ろし番外編

季節を過ぎても、愛おしいあなたに

暑い八月が終わりかける頃、華宵亭の夜の庭には夜香木《やこうぼく》の甘い香りが漂っていた。

別名ナイトジャスミンと呼ばれる夜香木《やこうぼく》は、淡緑色の筒状の花で、昼間は花弁を閉じて匂いがしないが、夜になると白く可愛らしい星形の花弁を開き、リンゴにも似た濃厚な香りを発する。

雫が幼い頃、華宵亭に泊まらないと嗅《か》げない、期間限定のこの香りがとても貴重に思えて、胸いっぱい吸い込んで堪能《たんのう》していたところ、そのまま倒れたことがある。

夜香木《やこうぼく》は花にも香りにも毒性があり、過度の摂取は危険だと後で知ってからは、どんなに近くで愛《め》でたくても、迂闊《うかつ》に近づけない存在になってしまった。

毎年、美しい夜香木《やこうぼく》の香りが漂うたびに、婚約者の瑞貴を重ねていたものだ。

誘うように妖艶《ようえん》なのに、手が触れられない……そんな彼を。

だが今年は――

「お仕事、お疲れ～！」

場所は華宵亭内、従業員には馴染《なじ》みの『四季彩亭』。

ビールジョッキをかち合わせているのは、向かい合わせに座った雫と香織である。

昨日から団体客の接待で大忙しだっただけに、笑顔で送り出せた後の一杯は格別だ。

ビールのシュワシュワ感が爽快で、雫の口から自然と「ぷはー」という声が出てしまい、ウーロン茶を大ジョッキで飲む香織に親父臭いと笑われてしまった。

テーブルの上には、今が旬のアワビの酒蒸しと、アワビステーキがある。

雫は食べやすい大きさにカットされたステーキをまず口に入れ、その味に悶えた。

「ああ、このこりこり具合と絶妙な味わい。美味《おい》しい〜！　頑張ってよかった！」

すると香織も酒蒸しに舌鼓《したつづみ》を打ちながら、どこか得意気に言った。

「ね、本物を頼んでよかったでしょう？　雫さんが頼もうとしたアワビ茸《だけ》のバター炒めなんて、アワビじゃありませんから。アワビだと思って食べればアワビになる……なわけないですからね！」

「でも……本物とは違ってお値段がリーズナブルだし……」

「今回は私たちが支払うのではないのだから、気にしなくていいんです！　他人のお金で食べる時は、高級料理が基本。値段でケチつける男なんて、男じゃありませんから。目指す（注文）はお店のトップ、ナンバーワン！」

「……香織ちゃんが夜の商売を始めたら、売上ナンバーワンになれそう」

「当然、やるからには、この美貌で頂上までのし上がります！」

自他共に認める香織の美貌、それは彼女の努力の賜物《たまもの》だ。

雫は彼女の素顔を見た時のことを思い出しながら、中ジョッキのビールをちびちびと飲んだ。それは遠い昔のように思えたが、たった数ヶ月前のことなのだ。

（あれから色々あったなあ……）

香織との仲も華宵亭も。華宵亭を取り巻くあらゆる人々との関係も。

物思いに耽《ふけ》っていると、香織はジョッキを豪快に呷《あお》ってから尋ねた。

「それとそうと。とうとう念願の結婚式まで一ヶ月切りましたね、雫さん」

「う、うん……」

雫はぽっと顔を赤らめた。

結婚式は瑞貴の誕生月の九月に執《と》り行《おこな》うことが決定している。

「エベレストの山頂から見下ろす風景は、どうですか？」

そんなもの――

「最高に決まってる！」

瑞貴と心を通わせてからのあれこれ。甘い思い出の数々に、雫は頬を緩めて悶える。

「……でしょうね。質問してみる方がアホでした。でもきっと雫さんは……若旦那と結婚して女将《おかみ》になっても、変わらないいんだろうな……」

香織が笑顔でそう言うから、それは悪い意味ではないことはわかった。

「わたしが結婚して女将《おかみ》になっても、香織ちゃんもそのままでいてね。香織ちゃんの毒舌がなくなったら、すごく寂しいから」

「もちろんです。女将《おかみ》に駄目出しできる快感を、存分に味わわせてもらいます」

そしてふたりは同時にぷっと噴き出した。

「おー、盛り上がってるな」

突然の声に顔を向ければ、Tシャツとジーンズに着替えた大倭がやってきたようだ。

「ふふ、仲良しでなにより」

その隣には、淡灰色《ライトグレー》の着物を着た瑞貴もいる。

ふたりとも先に風呂に入ってきたようで、湿り気ある髪が艶《つや》っぽい。

元々タイプの違うイケメンふたり組だが、危難をともに乗り越えて結束を固めたことによって、相乗的に精悍《せいかん》さに磨きがかかったように思う。

四人集まると、平凡この上ない自分だけがどうしても異質に思えるが、それでもこの場に自分も入れてもらえていることを嬉しく思う。

「お前ら、なにアワビなんて食ってるんだよ！　人の奢《おご》りだと思って……！」

大倭は文句を言いながら、香織の横に座った。

「だったら『奢《おご》りだからなんでも好きなものを頼め』なんて格好つけないで下さいよ、

番頭。まーた雫さんにいいところを見せようとしたんでしょうけど、値段でケチつける男はみっともないねと、雫さんと話していたところです」

（それは香織ちゃんが勝手に言い出したもので、わたしは同意したわけではないんだけれど、なぜかふたりの意見に……あぁ、大倭が落ち込んじゃった）

雫がフォローする前に、彼女の隣に座った瑞貴が笑顔で大倭に尋ねた。

「なんでお前が、雫にいい顔をするのかな？　ん？」

ひどく圧のある、黒い笑みである。

「邪推するなって。俺はただ給料が出たから……」

「給料日は全員が同じ日だけど？」

「別に雫だけじゃないって！　香織も……」

「香織……」

「香織……？」

雫は瑞貴と顔を見合わせて、怪訝《けげん》な表情で大倭を見る。

「な、なんだよ。禁忌となった元番頭の苗字を呼べと!?」

慌てる大倭の隣で、その元番頭の娘は平然とウーロン茶を飲んで呟いた。

「腋臭《わきが》がまだまだ香るこの季節、嫌味ったらしく私のことを苗字呼びなんてしたら、この大ジョッキのウーロン茶を、新番頭にぶちまけるところでした」

香織なら冗談ではなく、本気でやりそうだ。

大倭は必死に瑞貴に理解を求め、ひとまず瑞貴も受け入れたようだ。

「雫限定の奢《おご》りではないなら、僕もご馳走になろうかな」

「おう。今日は俺の奢《おご》りだ！　俺は値段でケチをつけるようなみっともない男じゃない。若旦那も好きなものを頼め！」

すると瑞貴は魅惑的に笑い、店員を呼んで注文する。

「アワビの鉄板焼き、厳選極上刺身、ウニとカニのドカドカ盛、そして冷酒は……『幻の大吟醸玄武《だいぎんじょうげんぶ》』を」

むろんそれは、『四季彩亭』でトップクラスの高級メニューだ。

「瑞貴〜！」

慌てふためく大倭を無視して、瑞貴は雫に微笑みかける。

「雫は他になにが食べたい？　今まで食べたことのない、裏メニューにする？」

雫は、〝裏メニュー〟という単語に目を輝かせた。

「だったらわたし、若旦那と大倭が前に頼んだという〝若旦那スペシャル〟を食べてみたい……」

それは大倭と瑞貴が初めてふたりで飲んだ時に、特別に用意させたというメニューだ。

男ふたりの飲み会だからと、雫は爪弾《つまはじ》きにされたが、どんなものか密かに気になっていたのだ。

期待に上気する雫とは対照的に、大倭は青ざめた顔になる。

相当値が張るメニューなのか、瑞貴とのふたりだけの思い出を守りたいのか。

「いらんいらん。雫はもう食ってるだろう、スペシャルな若旦那を！」

聞き覚えのある返答だったが、酒蒸しのアワビを口にした香織が冷ややかに言う。

「ケチな上に下世話な番頭は、嫌われますよ」

呆然とする大倭を無視して、瑞貴が雫に語りかけた。

「ふふ、雫はまだ僕を味わいたいのかな。いいよ、今夜……いつも以上に食べさせてあげるから。美味《おい》しく僕を食べ尽くしてね」

真っ赤になる雫を一瞥《いちべつ》して、香織がアワビのステーキを頬張りながらため息をつく。

「よくこんな色気のカタマリみたいな若旦那を、雫さんが籠絡《ろうらく》できたものだわ。しかも若旦那が独占欲を隠そうとしていないこの様子なら、今もテーブルの下では手でも握り合って、イチャラブしてる気がするけれど」

（なぜわかった⁉）

香織の言う通り、瑞貴が雫の手を取り、指を絡ませて握っていた。

雫は自分のものというみたいに、独占欲を感じられる強い力で。

それが嬉しく、そして気恥ずかしい雫は、図星をさされて照れてしまった。

「ふう、色々とごちそうさまでした」

香織が紙ナプキンで口元を拭いてそう言うと、そこで雫ははたと我に返る。

「あああ！　わたしのアワビステーキも、酒蒸しも食べられた！」

雫の涙声を耳にすると、瑞貴がすぐに追加注文をして雫に言った。

「今夜は好きなだけ食べるがいい。遠慮しないで」

「俺の給料……」

テーブルに突っ伏して嘆く大倭のことなど無視して。


閉店時刻になり、慰労会は賑やかなままで終了した。

大倭が香織を家に送り届けるということで、雫はふたりに手を振って別れた。

喧嘩《けんか》しながら小さくなるふたりを見送り、雫は笑みをこぼす。

「ふふ、香織ちゃんを送り届けるのは、大倭の役目になっちゃったな」

少しだけ寂しさを感じていると、瑞貴が雫の肩を引き寄せた。

「きっと僕と雫を、早くふたりきりにさせようとしてくれているんだろう。ふたりなりの優しい気遣いだ」

「そう思う。だけど……いつかわたしたちのためにではなく、あのふたりが自然に寄り添うようになってくれれば嬉しいな」

「そうだね。大倭も……彼女の想いに気づいて、応えられるようになればと願うよ」

途端に雫は驚いて瑞貴を見上げた。

「か、彼女の想い!? 香織ちゃん、大倭のこと……」

「多分ね。いつからなのかはわからない。僕が雫たちを通して彼女と飲むようになったのは、つい最近だから」

「……っ」

「かなり辛辣《しんらつ》に責められ、情けないと尻を叩かれても、大倭も彼女の前では素を見せている。素を隠さずにいられる相手がいるということは大倭にとっても救いになる。あいつは昔から色々と、相手に気を遣ってばかりいたからね。僕や雫にですら」

するとは雫ふっと笑った。

「若旦那はかなり、大倭のことが好きみたい」

「ぼ、僕は別に……」

顔がほんのりと赤いのは、酒気を帯びているせいだけではないだろう。

「結局今日の飲み会も、若旦那の奢《おご》りになったし。店員にはすでに話をつけていたあたり、最初から大倭に支払いをさせるつもりはなかったんでしょう?」

瑞貴から返答はなかった。

「番頭が大好きな若旦那と、若旦那が大好きな番頭。華宵亭はそんなふたりに支えられて、ますます素敵な宿になっていくでしょうね」

雫が目を輝かせて笑うと、瑞貴が言った。

「忘れちゃ駄目だよ、雫」

「え？」

「僕が大好きなのは、きみだ。この先もずっと」

「若旦那……」

「今はふたりきりだ。若旦那、ではないだろう？」

「……瑞貴」

名を呼ぶと、瑞貴はやるせないため息をつき、そばにある空き部屋に雫を連れ込んだ。

そして閉じた障子《しょうじ》を背に、唇を重ねる。

瑞貴がまとう香りに、冷酒の匂いが入り混じる。

くらくらするのは、どちらの甘さに酔ったからなのか。

ねっとりと舌を絡み合わせ、互いに快楽の声を漏《も》らした。

瑞貴の熱に蕩《とろ》けそうになる中で、首筋に吸いついた瑞貴が、吐息交じりに囁《ささや》いた。

「俺、きみとの結婚が待ち遠しくてたまらないよ。ようやくきみが俺の妻だとみんなに自慢できる。その日を待って、待って……本当に待っていたんだ」

瑞貴が一人称を変えるのは、若旦那の仮面を外す時だ。

そこに彼の〝男〟を見た気がして、雫はぞくぞくする。

「結婚して俺が大旦那になったら、きみは……みんなの前でなんて呼んでくれるの？　大旦那？　それとも……旦那様？」

甘く、色っぽいその声に、雫の身体が溶けてしまいそうになる。

「旦那様は……ふたりの時に」

絞り出した雫の声は、熱に掠《かす》れきっていた。

「あぁ……たまらないね、今から。結婚式は華宵亭の伝統に則《のっと》り、ここでする。その後、ご近所にお披露目《ひろめ》ということで、和装の婚礼衣装のままで熱海周辺を練り歩くことになるけど、教会でも神社でも、全国あらゆるところで結婚式をしたい気分だ。たくさんの神様に、俺と雫の結婚を祝ってもらいたい」

瑞貴の頬が雫のそれにすり寄せられる。

「可愛い雫を俺の妻にできるなんて……幸せでたまらない」

好きな人からそんな言葉をもらえるなんて、望外《ぼうがい》の喜びだ。

瑞貴との結婚を待ち望んでいたのは、雫も同じ。

「わたしも……です。瑞貴がわたしの旦那様になるなんて……」

瑞貴の背に手を回して〝旦那様〟と呼んでみると、瑞貴がぶるりと震えた。

「破壊力がありすぎだ、雫の〝旦那様〟は。こんな幸せ、きっとあいつは味わえないだろう。見せつけてやりたくてたまらないよ」

「あいつって、大倭？」

「違う。俺の……悪友」

瑞貴がそう表現するのはひとりしかいない。

それは『セイレーン』のオーナーのことで、瑞貴と同級生だったとか。

以前、雫が大倭とともに東京で開催された同窓会に出席したことがあった。

その時、華宵亭で留守番中だった瑞貴を、電話一本で東京に呼びつけたのが、その悪友であり、その時瑞貴は〝腹立たしい策士〟と表現していた。

学生時代、首席だった瑞貴が唯一恐れを抱いたほど優秀らしいのに、わざとそれを隠してまったく表舞台に出てこず、後輩である雫も大倭も知らない存在である。

（でも確か、大倭は同窓会の後、会ったはずじゃ……。どんな人だったか聞き忘れていたけど……）

「式には呼んだの？」

「もちろん。雫との進捗状況は話さないまま、いきなり招待状を送りつけ、実家経由で注文をしたから、『そんなの聞いてねぇ！』と叫んでいることだろう」

「注文？」

「結婚祝いの品。なんだかんだ言っても、あいつは面倒見がよくて律儀《りちぎ》な男だ。結婚祝いが手作りの金平糖《こんぺいとう》だけだなんて、そんな無粋《ぶすい》なことはしないはずだ」

(なんで金平糖《こんぺいとう》？　瑞貴が好きだから？)

「俺たちの結婚を機に、こちら側に引っ張り出す。いつまでも夜の喧噪《けんそう》に紛《まぎ》れていられないことくらい、あいつもわかっているはずだから。きっと俺が期待している以上の、素晴らしい手土産《てみやげ》を持って、祝いに来てくれるだろう」

クラブのオーナーなら、あの夜に見た瑞貴のように、ブラックな雰囲気が漂う男なのだろうか。

怖い気もするが、それ以上に瑞貴がこんなに嬉しそうに語る相手なら——

「わたしも見てみたいわ。瑞貴の悪友さん」

「式がなければ紹介したくなかった奴だけれど、いい機会だ。大いに見せつけて、あいつを悔しがらせよう。俺の方が、人生の先輩だということをわからせてやる」

変なところにこだわっているみたいだが、結婚式の楽しみがひとつ増えた。

そうやって少しずつ、瑞貴の人生と交えることができれば嬉しい。

「……雫。俺の部屋に行こう」

そして瑞貴は、唐突に男の艶《つや》をまとって、雫を誘う。

「知ってるよ、明日……雫が遅番だということ。俺もそうした」

「……っ」

「夜通し愛し合おう。夜香木《やこうぼく》が漂う部屋で、香りがなくなる時間までずっと」

魅惑的なその眼差《まなざ》しに惹《ひ》き込まれる。

「今まできみは、夜香木《やこうぼく》のようだった。香《かぐわ》しい匂いを放っていつも俺を誘うのに、触れられない……そんな花」

それは、雫が瑞貴に思っていたことだ。

「でも今、俺は自分の意思できみに触れることができる。きみの香りに包まれて息絶えるなら、それは本望。だからずっと咲いていてよ、俺の元で。俺だけを誘い続けて」

愛する人の囁《ささや》きに、脳が痺《しび》れてくる。

彼の濃厚な甘い香りに当てられて、中毒になったのかもしれない。

「雫、愛してる」

そしてそれは一過性で終わることなく、この先も続くだろう。

夫婦になってもずっと。

「瑞貴、わたしも……愛してる」

春から夏、夏から秋、秋から冬、そしてまた春へ――

巡る季節の中で、ともに愛を育《はぐく》んでいこう。

以前のように愛を呑み込まず、あなたに伝えていきたい。

「瑞貴、わたしね……わがままなお願いがあるの」

「なに？」

雫は背伸びをして瑞貴に耳打ちした。

「旦那様、あなたの愛が――欲しいのです」

もっと、ずっと。

そんな貪欲《どんよく》な自分を丸ごと愛してほしい。

恋人よりも特別な、唯一無二の存在として。

「もちろんだ。俺の愛する妻に……ありったけの愛を捧げる」

華宵亭の花々よりも強く、惜しみない愛を受けたい。

愛するあなたを包み込めるように、いつだって大きく花を開くから。

「とりいそぎ今夜は……寝かせない」

何度でもあなたに恋をしよう。

幸せだと伝えよう。

季節を過ぎても、愛おしいあなたに――

～大人のための恋愛小説レーベル～

エタニティブックス
ETERNITY

ETERNITY
Rouge

エタニティブックス・赤

元若頭の容赦ない執愛！
その愛の名は、仁義なき溺情

奏多《かなた》

装丁イラスト／夜咲こん

四六判　定価：1320円（10%税込）

母親の再婚で、ヤクザの組長の娘になった藍《あい》。組が解散したのち、ひっそりと暮らしていた彼女は、ある日運命の再会を果たす。取引先の社長が、元若頭の瑛《あきら》だったのだ！　彼は変わらず藍を「お嬢」と呼び、仕事を盾に迫ってきて……!?「落とし前つけてもらいますから」って、いったい何をされるの!?

※エタニティブックスは大人の女性のための恋愛小説レーベルです。ロゴマークの色で性描写の有無を判断することができます（赤・一定以上の性描写あり、ロゼ・性描写あり、白・性描写なし）。

詳しくは公式サイトにてご確認ください。
https://eternity.alphapolis.co.jp

携帯サイトはこちらから！

親の頼みでお見合いする事になったランジェリーデザイナーの風花《ふうか》。彼女は「結婚しないで子供だけ欲しい」という本心を、お見合い相手の御曹司・傑《すぐる》につい話してしまう。呆れられると思っていたがなんと傑は風花の希望に協力してくれるらしい！　こうして超イケメンの御曹司様と婚約者のフリをして、子作りをすることに!?
毎晩甘あまに激しく求められる風花は……

無料で読み放題
今すぐアクセス!
エタニティWebマンガ

B6判 定価：704円（10％税込）
ISBN 978-4-434-32477-2

本書は、2020 年８月当社より単行本として刊行されたものに、書き下ろしを加えて文庫化したものです。


この作品に対する皆様のご意見・ご感想をお待ちしております。

おハガキ・お手紙は以下の宛先にお送りください。

【宛先】

〒 150-6008 東京都渋谷区恵比寿 4-20-3 恵比寿ｶﾞｰﾃﾞﾝﾌﾟﾚｲｽﾀﾜｰ 8F
（株）アルファポリス　書籍感想係

メールフォームでのご意見・ご感想は右のＱＲコードから、
あるいは以下のワードで検索をかけてください。

アルファポリス　書籍の感想　検索

ご感想はこちらから

エタニティ文庫

若旦那《わかだんな》様《さま》、もっとあなたの愛《あい》が欲《ほ》しいのです

奏多《かなた》

2023年10月15日初版発行

文庫編集－熊澤菜々子
編集長－倉持真理
発行者－梶本雄介
発行所－株式会社アルファポリス
〒150-6008 東京都渋谷区恵比寿4-20-3 恵比寿ｶﾞｰﾃﾞﾝﾌﾟﾚｲｽﾀﾜｰ8F
TEL 03-6277-1601（営業）　03-6277-1602（編集）
URL https://www.alphapolis.co.jp/
発売元－株式会社星雲社（共同出版社・流通責任出版社）
〒112-0005 東京都文京区水道1-3-30
TEL 03-3868-3275
装丁イラスト－さばるどろ
装丁デザイン－AFTERGLOW
（レーベルフォーマットデザイン－ansyyqdesign）
印刷－中央精版印刷株式会社

価格はカバーに表示されてあります。

落丁乱丁の場合はアルファポリスまでご連絡ください。

送料は小社負担でお取り替えします。


ISBN978-4-434-32776-6 C0193